suhrkamp taschenbuch 460

Franz Rottensteiner studierte Publizistik und englische Philologie in Wien, wo er promovierte. Er war Herausgeber der *Science-fiction der Welt* im Insel Verlag sowie des Almanachs *Polaris 1–3* in den *insel taschenbüchern*; *Polaris 4* erscheint erstmals als *suhrkamp taschenbuch*. Er ediert die Zeitschrift *Quarber Merkur*. Als Mitglied des Redaktionsbeirats arbeitet er an den amerikanischen Zeitschriften *Extrapolation* und *Science-fiction Studies* mit.
Wie *Polaris 2* der russischen Science-fiction gewidmet war, so nimmt sich *Polaris 4* der SF eines anderen Landes an: es sucht dem Mangel an Information über die SF des Nachbarn Frankreich abzuhelfen. Gerade Frankreich hat eine alte beachtliche Tradition in diesem Genre, der Name Jules Verne darf in keiner Diskussion der SF fehlen, gilt er doch als einer der unbestrittenen »Väter« dieser Literaturgattung. Kaum bekannt aber sind hierzulande J. H. Rosny Aîné und Maurice Renard. In den Aufsätzen von Ion Hobana, Jean-Pierre Vernier, Jörg Krichbaum und Rein A. Zondergeld werden diese drei wichtigen Autoren erörtert. Die Geschichten von Gérald Klein, J. P. Andrevon und Pierre Boulle vertreten die moderne Schreibweise in der französischen SF. In Frankreich hat sich eine umfangreiche eigenständige SF herausgebildet, die zwar unausweichlich stark von der amerikanischen beeinflußt ist, aber auch ausgeprägte selbständige Züge aufweist. Die französische SF ist in der Regel mehr abenteuerlich als rational kalkulierend, mehr romantisch als intellektuell, mit einem Zug zur Mystik und einem vage sentimental gefärbten Lyrizismus. Die erzählerischen Beispiele in *Polaris 4* wurden in erster Linie vom Gesichtspunkt der Vielseitigkeit und Qualität ausgewählt.

# Polaris 4

*Ein Science-fiction-Almanach*

Herausgegeben von
Franz Rottensteiner

Phantastische Bibliothek
Band 21

Suhrkamp

Umschlagzeichnung: Hans Ulrich & Ute Osterwalder

suhrkamp taschenbuch 460
Erste Auflage 1978
Copyrightvermerke, Quellen und Übersetzungshinweise
am Schluß des Bandes
Suhrkamp Taschenbuch Verlag

Satz: Otto Gutfreund & Sohn, Darmstadt
Druck: Ebner, Ulm · Printed in Germany
Umschlag nach Entwürfen
von Willy Fleckhaus und Rolf Staudt

# Inhalt

## Vorwort

War *Polaris 2* der in der BRD weitgehend unbekannten sowjetischen Science-fiction gewidmet, so stellt *Polaris 4* die nicht minder unbekannte französische Science-fiction in Aufsätzen und Beispielen vor. Wiewohl Frankreich doch unser unmittelbarer Nachbar ist, hat verhältnismäßig wenig Science-fiction-Literatur aus diesem Lande die Sprachbarriere überwunden. Das Englische dagegen ist allgegenwärtig und allesbeherrschend geworden, was Schriftstellern dieser Sprache eine rasche Aufnahme sichert, auch wenn das Produzierte nicht immer ersten Ranges ist. Sieht man sich an, was aus dem Englischen und Amerikanischen an sogenannter Science-fiction übersetzt wird, fällt es einem oft wirklich schwer, zu glauben, daß es anderswo nicht weitaus Interessanteres geben sollte. Zumindest das Gros der SF, das freilich überall in der Welt gleich schlecht ist, gibt einem diesen Gedanken ein; aber wie steht es mit den besten Leistungen, die in der Literatur allein zählen? Da muß man doch, abweichend von der selbstgefälligen Meinung der französischen SF-Kritiker und -Autoren (etwa: Jacques Sadoul oder Jacques van Herp), die ihre Science-fiction den besten Werken der amerikanischen für ebenbürtig halten, sagen, daß es mit der gegenwärtigen französischen SF nicht weit her ist, daß es ihr durchaus an Eigenständigkeit, aber oft auch an schlicht handwerklichem Können fehlt. Immerhin: Die guten Autoren schreiben zumindest einen kultivierten Stil.

Eine davon abweichende Meinung vertritt Dr. Jörg Weigand in seinem Beitrag über die französische SF-Zeitschrift *Fiction*: er glaubt nämlich, daß die französischen Autoren eine eigene Note in die Science-fiction bringen. Vom Standpunkt der Unterhaltungsliteratur aus mag das auch zutreffen, nur sind die Eigenarten der französischen Science-fiction leider solche, die an ihrer Ernsthaftigkeit zweifeln lassen, obwohl sie auf den ersten Blick Vorzüge zu sein scheinen. Es sind dies vornehmlich der Versuch, dem Stil literarische Qualitäten zu verleihen, oft verbunden mit einem Hang zu lyrischen Beschreibungen, und der spürbare Drang zur psychologischen Vertiefung der Figuren – menschlicher und nichtmenschlicher – und der SF-Konflikte. Da die Franzosen als Franzosen nicht vergessen, daß der Mensch auch ein Sexualwesen ist, gibt es, bezogen auf die Sexualität, freizügigere Beschreibungen, auch wenn das mit der Geschichte an sich wenig zu tun hat. Im Prinzip sind das alles sehr lobenswerte Absichten, die aber in der schriftstellerischen Praxis leider zu ungenügenden Ergebnissen führen. Psychologie, auch Tiefenpsychologie sind wohl angebracht, wenn die Autoren tatsächlich etwas zu sagen haben und imstande sind, psychologische Konflikte überzeugend zu gestalten; ist das aber nicht der Fall, wirkt der psychologische Anspruch als Anmaßung und Ärgernis, denn Unterhaltungsliteratur, die – wie die beste amerikanische Science-fiction – mit Kompetenz geschrieben ist, ist einer Literatur vorzuziehen, die Ansprüche erhebt, denen die Autoren nicht gewachsen sind. Die Erotik in der französischen SF ist leider allzu häufig nur eine mechanische Zutat, die ebensogut fehlen könnte, und die »Psychologie« ein seichtes Geschwätz ohne Überzeugungskraft, während Situationen und Probleme die typischen, abgedroschenen Situationen und Probleme sind, die lediglich von amerikanischen Vorbildern übernommen wurden. Die Begegnung mit Außerirdischen, die Invasionen aus dem Weltraum, die Weltraumfahrten, die Roboter, die Mutanten, die Zeitreisen finden sich auch in der französischen SF mit ermüdender Häufigkeit. Die französische Science-fiction tendiert nur dazu, sie zu sentimentalisieren, was jede Spur einer eventuell vorhandenen begründeten Problematik noch mehr verschwimmen läßt. Die Klarheit des philosophischen Denkens und die Eleganz des Witzes, für die die Franzosen bekannt sind und wofür Voltaire und Anatole France (zwei Schriftsteller nicht ohne Bedeutung für die Entwicklung der SF) als Beispiel stehen mögen, ist nicht die Stärke der heutigen französischen Science-fiction. Sie neigt im Gegenteil dazu, allen gedanklichen Konstruktionen auszuweichen und sich ins vage, aber breit ausgemalte Gefühl zu flüchten, wobei die angeblichen Mysterien von Raum und Zeit, die zur Rechtfertigung jedes Unsinns dienen können, zu Zeugen angerufen werden. Die angestrebte stilistische Literarität verführt sie dabei zu barocken Sprachwucherungen, zu Schwulst und Überschwang – das, was die Engländer als »overwritten« bezeichnen.

Nicht umsonst gilt A.E. van Vogt, der die Kategorien von Raum, Zeit und Kausalität so durcheinanderwirbelt, daß er sich in den Knäueln seiner eigenen Fabeln verliert, in Frankreich als einer der tiefsinnigsten SF-Autoren. Sein Enfluß zeigt sich z.B. in zwei Romanen Gérard Kleins *Le temps n'a pas d'odeur* (1963) und *Les seigneurs de la guerrę* (1971), die beide auch ins Amerikanische übersetzt wurden, oder einigen neueren Büchern von Michel Jeury, *Le temps incertain* (1973) und *Les singes du temps* (1974), die unter Franzosen denen von Philip K. Dick als ebenbürtig gelten, weil sie gewisse oberflächliche Ähnlichkeiten aufweisen. In Wahrheit aber verwendet Dick die vertrauten Clichés der Science-fiction lediglich als Bausteine für seine existentialistische Aussage, die einer ganz anderen Bedeutungsebene angehört, während die Bücher Jeurys, wiewohl besser geschrieben, bloße Spielereien im Rahmen der SF sind, ohne jeden tieferen Sinn: Selbstzweck also. Über diese Pseudo-Profundität kommt die französische SF fast nie hinaus. Schuld daran ist nicht zuletzt auch der französische Sachbuchschreiber Jacques Bergier, einer der Stiefväter Erich von Dänikens, der wie dieser allen Spuren von angeblich verlorengegangenem oder unterdrücktem Wissen unserer Vorfahren nachgegangen ist, den Besuchern aus dem Weltall, den Geheimwissenschaften und ähnlichen Ungereimtheiten, wobei er sogar die Science-fiction als Quelle und Zeugnis herangezogen hat. Bergier hat auch eine Anthologie der sowjetischen SF zusammengestellt und verschiedene Aufsätze zur SF und phantastischen Literatur veröffentlicht. Stanisław Lem hat einmal in Ausführungen zur französischen Science-fiction vom »fatalen Einfluß dieses verblödenden ›Theoretikers‹, den alle französischen SF-Autoren zu ehren scheinen, des Jacques Bergier« (in:

*Quarber Merkur* Nr. 44, 1976, S. 55) gesprochen.

Diese Einflüsse, noch verstärkt durch die anti-rationalistischen Sentiments der englischen und amerikanischen ›New Wave‹ in der SF, die in Frankreich gleichfalls wertgeschätzt wird, Autoren vor allem wie Roger Zelazny und Harlan Ellison mit ihren stilistischen Exzessen, haben das bedauerliche Resultat, alle echte Problematik in einem trüben Nebel und einer Wortsuppe verschwimmen zu lassen; statt Gedanken gibt es Emotionen, und statt der angestrebten ›guten‹ Literatur ihr Spottbild, den Kitsch. Der Kitsch ist das wahre Element der französischen Science-fiction, aus dem sich nur wenige Autoren befreien konnten.

Es gibt jedoch diese Ausnahmen, vor allem bei den kürzeren Erzählungen. Gérard Klein, dessen Romane voller prätentiöser Zeitintrigen sind, hat einige vorzügliche, stilistisch von Saint-Exupery beeinflußte Kurzgeschichten geschrieben. Seine ersten Erzählungen (in *Les perles du temps*, 1958) waren durchaus gelungene, aber völlig unselbständige lyrische Stimmungsbilder in der Art Ray Bradburys, aber sein zweiter Kurzgeschichtenband *Un chant de pierre* (1966) enthält einige selbständigere, gute Erzählungen, die vornehmlich Abenteuer im Weltraum mit einer gewissen Grandeur darstellen. Das sind Konstruktionen, denen es mehr auf mythische Bedeutung ankommt denn auf Plausibilität und streng logische Durchführung eines wahrscheinlichen Einfalls. Auch Autoren wie Jean-Pierre Andrevon, Charles und Nathalie Henneberg und der Belgier Jacques Sternberg – der so etwas wie ein Pendant zu Robert Sheckley ist, mit einer starken Neigung zu absurden Nichtigkeiten – haben einige brauchbare Prosa geliefert, wenn auch verborgen unter Massen ganz durchschnittlicher und unorigineller Werke.

Es ist vielleicht charakteristisch, daß jenes Buch, das kein Geringerer als Stanisław Lem für den bemerkenswertesten französischen SF-Roman hält, Edward de Capoulet-Junacs *Pallas ou la tribulation* (1967; deutsch *Pallas oder die Heimsuchung*, Frankfurt/Main: Insel Verlag 1971) in Frankreich überhaupt keine Beachtung gefunden hat, ja mit Spott und Hohn bedacht wurde, und sich die französischen Autoren zuweilen sogar dagegen wehren, daß dieser Roman als Vertreter der französischen SF betrachtet wird. Was wiederum Lem, der *Pallas* als »alleinstehende, vollkommen originelle Leistung« bezeichnet, die »diejenige Plastizität des Menschen als psychisches Wesen« darstellt, die es ihm »prinzipiell ermöglicht, die Grenzen der erotischen Kontaktsphäre meilenweit über die ihm biologisch vorgegebene Sexualsphäre hinaus zu verschieben«, so erklärt: »Denn *Pallas* von Capoulet-Junac ist eine ›anti-SF‹, dazu noch eine recht ironisch-bissige! Sie ist vor allem völlig *anspruchslos*. Es wird dort alles ganz simpel gesagt, ohne diese Zeitknäuel und ohne diese tiefe Philosophasterei an seichten Stellen, die dem Bergier so lieb erscheint...« (*Quarber Merkur* Nr. 44, 1976, S. 55).

Dem Anschein nach ist *Pallas* Ungeheuer-SF, d. h. die typisch glotzäugigen, mit gummiähnlicher Haut ausgestatteten BEMs (bug-eyed monsters) der Space Opera-Variante der SF überfallen die Erde und entführen verschiedene Menschen, darunter auch den Erzähler und seine Kusine, und über derlei primitive Geschichten ist man doch im Zeitalter psychologischer Abhandlungen hinaus, nicht wahr? Es wird jedoch deutlich, daß der Autor diese typischen Requisiten schlechter SF nur deswegen gewählt hat, um sich weidlich über sie lustig zu machen, was man schon daraus ersieht, daß seine ›Helden‹ ziemlich klägliche Gestalten sind, die, weit davon entfernt, die übliche glorreiche Revolution anzustiften, die die Überlegenheit der menschlichen Spezies als Krone der Schöpfung wiederherstellen und bestätigen würde, sich in lächerlichen Verschwörungsversuchen und kleinlichen Intrigen gegeneinander verzetteln und sich psychisch an ihre erniedrigende Situation anpassen, nach dem »bekannten Prinzip ›Küsse die Hand, die du nicht abschneiden kannst!‹« (Lem). Die außerirdischen Monstren ignorieren die Versuche der Menschen nämlich weitgehend und behandeln diese nicht anders als Schoßtiere, so wie wir unsere Hunden und Katzen behandeln. Und wie ernst nehmen denn wir die Empörungsversuche unserer Katzen, wer von uns sucht den Dialog mit seinem Hund? Unfähig, seine Lage zu ändern und seine außerirdische Herrin dazu zu bringen, ihn ernst zu nehmen, paßt sich der Held schließlich psychisch an: indem er seine Herrin trotz aller unüberbrückbaren anatomischen Unterschiede lieben lernt. Das ist nun freilich ein erniedrigendes Bild vom Menschen, das mit dem gewohnten Menschenbild der SF, die das Welteroberungs- und Kolonisierungsschema des 19. Jahrhunderts zumeist unverändert auf den Weltraum überträgt, nichts gemein hat.

Von den vielen Autoren, die als repräsentative Vertreter der modernen französischen SF gelten – wie Jacques Sternberg, René Barjavel, Gérard Klein, Jean-Pierre Andrevon, Stefan Wul (ein phantasiereicher, aber völlig undisziplinierter Autor von abenteuerlichen Romanen), Nathalie und Charles Henneberg, Francis Carsac (Pseudonym für François Bordes), Kurt Steiner (Pseudonym für André Ruellan), Pierre Barbet (Pseudonym für einen Arzt – auch Stefan Wul ist ein Pseudonym: für einen Zahnarzt), B.R. Bruss, Philippe Curval oder Daniel Drode –, hat nur René Barjavel einige Verbreitung in der Bundesrepublik gefunden. Barjavel zählt zur Gattung der Unterhaltungsschriftsteller (er ist unter anderem der Autor eines ungemein kitschigen Romans über die Jugend in *Katmandu*), seine Romane stecken voller Liebeshändel und Intrigen, versetzt mit ein bißchen Sozialkritik. Zusammen mit seinem Landsmann Jean-Gaston Vandel (*Invasion aus dem Kosmos*, *Roboter im Weltraum*, dt. beide 1955) gehörte er zu den Autoren, die in den fünfziger Jahren in der Buchreihe »Die Welt von morgen« des Berliner Gebr. Weiß Verlages, der auf dem Gebiet des Zukunftsromans im Nachkriegsdeutschland eine wenig gewürdigte Pionierrolle spielte, dem deutschen Publikum präsentiert wurden. Seine *Sintflut der Atome* (1953; im Original *Le diable l'emporte*, 1948) ist ein satirischer Weltuntergangsroman. 1969 wurde auch sein französischer Bestseller *La nuit des temps* (1968), der in Frankreich mehr als eine Million Exemplare verkaufte, unter dem Titel *Elea* übersetzt, fand aber in der

BRD kaum Beachtung. Das ist die bittersüße Romanze von einer überirdisch schönen Frau und einem Wissenschaftler aus dem untergegangenen Gondowa, die im tiefgefrorenen Zustand den Untergang ihrer Welt (in einem Atomkrieg) überlebt haben und im Jahre 2000 entdeckt und aufgetaut werden. In Übereinstimmung mit manchen pseudo-wissenschaftlichen Theorien hatte Gondowa damals eine hochentwickelte Wissenschaft, die seitdem in Vergessenheit geraten ist. Der Roman ist eine ziemlich kitschige Liebesgeschichte, gekoppelt mit einer Warnung vor dem Mißbrauch der Atomkraft. 1975 wurde noch ein späterer Roman *Le grand secret* (1973) unter dem Titel *Das große Geheimnis* bei Heyne übersetzt, ein Thriller mit einigen ziemlich naiven Weltverbesserungsideen. Noch nicht übersetzt sind zwei Romane Barjavels, die in Frankreich als große Klassiker der Gattung gelten, aber in Wirklichkeit ziemlich schwach sind. In *Ravage* (1943), das ein wenig an J. H. Rosny Aînés *Die geheimnisvolle Kraft* erinnert, kommt es zum unerklärlichen Ausfall der Elektrizität, während der Zeitreiseroman *Le voyageur imprudent* (1944), ausgehend von einem erfolglosen Versuch, den jungen Napoleon bei Toulon zu ermorden, in eine ferne Zukunft, das Jahr 100000, führt, wo es nur mehr Ameisenmenschen gibt, mit Gebärmüttern (Ameisenköniginnen) von Bergesgröße. Das ist alles ziemlich lächerlich.

Weitaus besser ist die SF von einigen nichtspezialisierten Autoren wie Pierre Boulle (dessen armselig verfilmter Roman *Der Planet der Affen* freilich auch nur das Verhältnis Mensch – Menschenaffe nicht sehr erfindungsreich satirisch auf den Kopf stellt), Jean Hougron (mit *Le signe du chien,* 1961, deutsch *Das Zeichen des Hundes*, 1962 bei Paul Zsolnay, eine gut geschriebene galaktische Geschichte mit satirischen Obertönen) und vor allem Robert Merle (etwa *Malevil*) und Vercors. Vercors (Pseudonym für Jean Bruller) veröffentlichte seinen Roman *Les animaux dénaturés*, deutsch *Das Geheimnis der Tropis,* 1952, aber er wirkt so frisch und modern wie damals. Er wirft die Frage nach der Natur und Verantwortung des Menschen anhand eines in Neuguinea aufgefundenen ›missing links‹, des

Bindegliedes zwischen Mensch und Affen, auf, und macht daraus eine ätzende und zielsichere Satire.

Die Wurzeln der französischen Science-fiction reichen weit zurück und umfassen einige illustre Namen. Cyrano de Bergerac (1619-1655) veröffentlichte einige der besten kosmischen Reisen des 17. Jahrhunderts, die als Vorläufer der Science-fiction gelten: *L'autre monde ou les états et empires de la lune* (1650) und *Histoire comique des états et empires du soleil* (1662), deutsch erschienen als *Die Reise zu den Mondstaaten und Sonnenreichen* (zuletzt 1962 im Heyne-Verlag, München), satirische Darstellungen irdischer Zustände vermischt mit grotesken Einfällen; unter anderem erfand Cyrano mehrere originelle Methoden für kosmische Reisen. Auch Restif de la Bretonne (1734-1806), der freilich als Pornograph bekannter ist, schrieb einige Utopien wie *La Découverte Australe* (1781), *L'an 2000* (1789) und *Les posthumes* (1796), in denen es verschiedene Arten von fliegenden Menschen und Übermenschen gibt; im ersten Roman wird in der australischen Wildnis eine vergessene Welt entdeckt.

Eine großartig groteske, zuweilen auch utopische Phantasie verraten die Zeichnungen von Grandville (1803-1847) in *Un autre monde* (1844). Vielleicht noch erstaunlicher sind die Antizipationen im Werk des Schriftstellers und Illustrators Albert Robida (1848-1926), speziell in *La guerre au vingtième siècle* (1887), *Le vingtième siècle* (1882) und *La vie électrique* (1893). Robidas Prosa war wenig bemerkenswert, aber seine düster-satirischen Zeichnungen vereinen einen prophetischen Blick mit charmant nostalgischen Zügen – zumindest scheint es uns Heutigen so. Er entwarf die freundlichen (wie Unterwasserausflugsschiffe, Vergnügungsluftschiffe und Erholungshotels der Zukunft), aber besonders die düsteren Seiten des künftigen Daseins, entsetzliche Kriegsmaschinen und futuristische Waffen: Riesenkanonen, kanonenstarrende Schlachtschiffe, Unterseeboote, chemische und bakterielle Kriegführung. Er dachte sich auch einen automatischen französischen Staatspräsidenten aus, in den man nur den passenden Schlüssel einführen muß, damit er alle ihm vorgelegten Dokumente unterzeichnet.

Völlig vergessen, bis es vor einigen Jahren wiederentdeckt wurde, war *Star ou Psi de Cassiopée* (1854) von Charles Defontenay (1819-1856), ein kosmisches Abenteuer in einem anderen Planetensystem, dessen Erfindungskraft von Raymond Queneau gelobt wurde. Der Roman wurde auch ins Englische übersetzt.

Über die dominierende Rolle Jules Vernes (1828-1905) in der französischen SF braucht man keine Worte zu verlieren. Seine phantasievollen Reiseromane erfreuen sich auch in Deutschland ungebrochener Beliebtheit, und sie haben im Lauf der Jahre eine liebenswürdige Patina angesetzt, der ihren Reiz noch erhöht. Verne und zwei andere Pioniere der französischen SF, J.H. Rosny Aîné und Maurice Renard, werden im weiteren noch in eigenen Aufsätzen eingehend vorgestellt, so daß es sich erübrigt, auf sie einzugehen; von den beiden war Maurice Renard unzweifelhaft der bessere Schriftsteller. Ein anderer Vorläufer, Villiers de l'Isle-Adam (1838-89) ist besonders für die phantastische Literatur von Bedeutung, aber *L'Eve future* (1886) kann zur SF gezählt werden, und der Roman wurde erst 1972 als *Die Eva der Zukunft* bei Rogner und Bernhard in München in der ›Bibliotheca Erotica et Curiosa‹ neu aufgelegt. Thomas Alva Edison, der berühmte Erfinder, baut einen Roboter, der echter wirkt als die Frau, nach deren Bildnis er entworfen wurde, so daß ein englischer Lord den Roboter der Frau vorzieht. Anatole Frances Romane *Auf dem weißen Felsen* (1905, *Sur la pierre blanche*) und *Die Insel der Pinguine* (*L'île des Pingouins*, 1908) enthalten ebenfalls utopische Elemente. Speziell die *Insel der Pinguine,* worin ein zerstreuter, sehr heiliger Mönch versehentlich einige Pinguine tauft, wodurch diese Seelen erlangen und damit die ganze Mühsal der Zivilisationsentwicklung kennenlernen, ist eine großartige Satire auf die menschliche Kultur, deren geistreicher Witz selten übertroffen wurde. Einige Erzählungen von André Maurois wie ›Fragments d'une histoire universelle‹ (1928) haben diese Tradition der Hochliteratur fortgeführt.

Die übrigen ›Klassiker‹ der französischen SF sind mehr für den Hausgebrauch geeignet. Dazu zählen vor allem die zwei Marsabenteuer von Gustave Le Rouge *Le prisonnier de la planète Mars* (1908) und *La guerre des vampires* (1909) und die unlesbaren Bücher von Régis Messac (*Quinzinzinzili,* 1935, und *La cité des asphyxiés*, 1937), der 1943 in einem deutschen Konzentrationslager umkam. Der Belgier Jean Ray (1887-1964) soll auch kurz angeführt werden, obwohl er in erster Linie zur phantastischen Literatur zählt. Er hielt es jedoch mit den Mysterien von Raum und Zeit, und seine Redereien von metaphysischen Geheimnissen verweisen auf die heutige französische Sciencefiction. Jacques Spitz (1896-1963), ein anderer Belgier, schrieb einige Science-fiction-Romane von nicht allzugroßer Qualität. *La guerre des maches* (1938) war möglicherweise sein bester Roman; andere Titel sind *Les évadés de l'an 4000* (1936), *L'expérience du Dr. Mops* (1939) und *L'œil du purgatoire* (1945). Die meisten der erwähnten Bücher wurden in den letzten Jahren in populären Ausgaben neu aufgelegt, die Franzosen pflegen ihre eigene SF-Tradition.

Anders als in der Bundesrepublik genießt die SF in Frankreich größeres intellektuelles Ansehen, neue Bücher werden ausführlich in der Presse rezensiert, und schon Anfang der fünfziger Jahre, als die ersten SF-Übersetzungen in Frankreich erschienen, setzten sich einige Intellektuelle für sie ein, so etwa Raymond Queneau und Boris Vian, der unter anderem A. E. van Vogts *The World of Null-A* ins Französische übertrug. Ab 1951 gab es »Le Rayon Fantastique« bei Hachette und Gallimard, eine Buchreihe, die es bis zum Jahre 1964 auf 119 Titel brachte; dann wurde die Reihe infolge Differenzen zwischen den beiden Verlagen eingestellt. Von 1954 an erschien die älteste bestehende SF-Reihe, die »Présence du futur«, zuerst herausgegeben von Robert Kanters, derzeit betreut von Elizabeth Gille.

1953 wurden die ersten Ausgaben von *Fiction* und *Galaxie* publiziert, ursprünglich französische Ausgaben der amerikanischen Magazine *Galaxy* und *The Magazine of Fantasy and Science-Fiction,* von denen *Fiction* noch immer existiert und im Lauf der Jahre auch Hunderte von original-französischen SF-Erzählungen veröffentlichte (siehe den Überblick Dr. Jörg Weigands). Eine deutsche Auswahl findet der Leser in dem Band *Die Stimme des Wolfs,* herausgegeben von Jörg Weigand (München: Heyne Verlag, 1976).

Heute verlegen viele der größten und angesehensten Verlage Frankreichs SF: Robert Laffont (»Ailleurs et demain«, herausgegeben von Gérard Klein, dort auch eine Reihe mit »Klassikern«), Calmann-Levy (»Dimensions«, herausgegeben von Robert Louit), Denoël (»Présence du futur«, herausgegeben von Elizabeth Gille), Albin Michel und andere. Im Gegensatz zu Deutschland, wo die teureren gebundenen Reihen innerhalb weniger Jahre eingestellt werden mußten, sind in Frankreich auch teure SF-Bücher erfolgreich. Die billigen Taschenbuchreihen publizieren fast alle auch Science-fiction, die meisten J'ai lui. Einige Titel haben bereits Auflagen von über 100 000 Exemplaren erreicht. Die Masse der Erscheinungen besteht natürlich auch in Frankreich aus Übersetzungen aus dem Englischen und Amerikanischen, doch kommen auch französische Autoren zu Wort, vor allem bei Robert Laffont und in den Taschenbuchreihen, von denen Fleuve Noir fast nur französische Autoren veröffentlicht. (Diese Reihe hat das niedrigste Niveau.)

Jedenfalls ist die SF in Frankreich ein florierendes Unternehmen, an dem auch die Autoren des Landes teilhaben, und wenn die französische SF, von einigen seltenen Ausnahmen abgesehen, keine hervorragenden Leistungen hervorgebracht hat, so gibt es doch einige Beispiele, die der Beachtung wert sind und die hoffen lassen, daß die französische SF in Zukunft einen größeren Beitrag zum zunehmend internationaler werdenden Genre liefern wird.

Einige Belege dafür, aktuelle wie historische, liefert diese kleine Auswahl.

Franz Rottensteiner

**Pierre Boulle**

# Die Liebe und die Schwerkraft

Allen Liebhabern der Science-fiction gewidmet

Nachdem der erste künstliche Satellit die Erde einen Monat lang in einer Entfernung von zweitausend Kilometern mit ungeheurer Geschwindigkeit umkreist hatte, wurde die Besatzung abgelöst.

Die ersten Besatzungsmitglieder kehrten in einer Rakete zurück, so wie sie gestartet waren, und landeten ohne Zwischenfall in der Nähe von New York. Ein begeisterter Empfang erwartete die Pioniere des Weltraums, und die größten Zeitungen kämpften mit Dollarschecks um die Exklusivrechte für ihre Eindrücke.

Ihre Berichte hatten aber nicht den erwarteten Sensationserfolg. Wissenschaftler und Techniker hatten schon vor so langer Zeit und mit so großer Sorgfalt alle Risikofaktoren der Expedition ausgeschaltet, daß in dem Satelliten jeder Augenblick nach einem im voraus erstellten und allen bekannten Plan abgelaufen war. Es stellte sich sehr bald heraus, daß das außeratmosphärische Erlebnis nur eine bereits perfekte Theorie bestätigt hatte.

Der Satellit war an Ort und Stelle zusammengesetzt worden, nachdem mehrere Raketen die einzelnen Teile hinaufgebracht hatten. Die einzige Schwierigkeit dabei war anscheinend der Verlust des Mechanismus gewesen, der dem Satelliten eine Rotationsbewegung verleihen und so durch die Zentrifugalkraft das Fehlen der Erdanziehung ausgleichen sollte, um den Aufenthalt für die Passagiere angenehmer zu machen. Die Besatzung hatte also während der ganzen Dauer des Aufenthalts im All im schwerelosen Zustand leben müssen. Aber auch das war allgemein bekannt. Seit Wells kennen sogar die Kinder jedes einzelne der Phänomene, die für diesen Zustand charakteristisch sind. Unzählige Bücher und Filme haben das Bild des Weltraumreisenden, der sich mit dem Finger von einer

Wand abstößt und wie ein Ballon an die gegenüberliegende Wand fliegt oder der jedesmal am Plafond landet, wenn er einen Schritt auf dem Fußboden macht, allgemein verbreitet.

Da mich aber mein Beruf als Journalist dazu zwingt, dem Ungewöhnlichen nachzuspüren, und da ich entsprechend enttäuscht war, weil ich mit alten, abgegriffenen Klischees abgespeist worden war, fragte ich einen der Astronauten immer wieder nach interessanten Details.

»Das Fehlen der Schwerkraft muß doch sonderbare Folgen haben?« fragte ich.

»Eigentlich nicht so sehr, muß ich sagen.«

»Aber...«

Er überlegte eine Weile. Ich flehte ihn förmlich an. Sein Gesichtsausdruck veränderte sich.

»Es gibt vielleicht einen Vorfall...« begann er. »Aber ich würde diese Geschichte um nichts auf der Welt erzählen. Fragen Sie lieber Joe.«

Joe war der Mechaniker der Mannschaft. Da die Gegenstände im luftleeren Raum kein Gewicht haben und die körperliche Arbeit mit so wenig Anstrengung verbunden ist, hatte man sich auf einen einzigen Handwerker beschränkt.

Aber Joe war verschwunden. Im Gegensatz zu den anderen Pionieren, die von einem Empfang zum nächsten wanderten, hatte Joe die Stadt verlassen, ohne ein Interview gegeben zu haben. Außerdem war seine Rolle bei dem Unternehmen so unbedeutend gewesen, daß niemand daran gedacht hatte, mit ihm zu sprechen.

»Wenden Sie sich an Joe«, wiederholte mein Gesprächspartner. »Er ist der einzige, der Ihnen vielleicht die interessanten Details liefern kann, die Sie suchen.«

»Wenden Sie sich an Joe«, sagte mir einer der anderen Raumfahrer mit Groll in der Stimme, als ich ihm die gleichen Fragen stellte. »Wenden Sie sich an Joe«, wiederholte auch der Kommandant des Satelliten, als ich ihn endlich erreichte. »Ich will nichts mehr von diesem Mann hören, und noch weniger etwas von seiner Geschichte. Er war das schwarze Schaf unserer Expedition: *a pain in the neck*.«

Neugierig geworden, begab ich mich fieberhaft auf die Suche nach Joe. Ich entdeckte ihn in einem kleinen, alleinstehenden Haus, weit von New York entfernt, in das er sich sofort nach seiner Rückkehr zurückgezogen hatte. Er war ein großer, junger Mann mit rundem Gesicht. Seine naiven blauen Augen zeigten nicht nur keine Spur von Bosheit, sondern waren für einen aufmerksamen Beobachter auch ein Hinweis darauf, daß er unvermeidlich das Opfer aller Fallen werden mußte, die der Zufallsteufel schlichten Gemütern stellt. Ich gebrauchte ihm gegenüber keinerlei Ausflüchte, sondern stellte mich als Reporter einer großen Zeitung vor, die gern seine Eindrücke veröffentlichen wollte. Zu meiner großen Überraschung weigerte er sich glatt zu sprechen. Ich blieb hartnäckig. Er geriet in Zorn und warf mich hinaus. Noch neugieriger geworden, rief ich meine Zeitung an. Dann kehrte ich zu ihm zurück, und ehe er noch den Mund aufmachen konnte, bot ich ihm für seine Story eine beträchtliche Summe. Wäre er allein gewesen, hätte er vielleicht wieder abgelehnt; aber mein Angebot lockte seine Frau Betty, die bei unserem Gespräch anwesend war, und sie redete leise auf ihn ein. Er zögerte lange, ließ sich aber schließlich doch erweichen.

Ich habe seinen Bericht so getreu wie möglich wiedergegeben, und ich bedaure nur, daß ich nicht den Reiz der volkstümlichen amerikanischen Ausdrucksweise in meinen Bericht hinüberretten konnte.

»Eindrücke«, begann Joe, »wenn Sie die wollen, die können Sie schon haben. Ich wollte diese Geschichte eigentlich nie erzählen, weil sie nicht gerade schmeichelhaft für mich ist, aber schließlich war es ja nicht mein Fehler, daß alles so gekommen ist, und wenn es Leute gibt, die Geld dafür ausgeben wollen, um sie kennenzulernen, wäre ich ja schön blöd, wenn ich diese Chance nicht nützte. Nur bin ich kein guter Geschichtenerzähler, und diese ist außerdem ziemlich heikel.«

»Schießen Sie nur los, Joe. Ich bin sicher, daß es sich genau um die Art von Anekdote handelt, die meine Leser interessiert. Kümmern Sie sich überhaupt nicht um mich und erzählen Sie einfach drauflos.«

»Na schön, angefangen hat alles mit einer Idee von Betty, die hier neben mir sitzt...«

»Ihrer Frau, Joe?«

»Meiner Frau, Sir. Sie hat als Stubenmädchen an der Expedition teilgenommen; Sie wissen das vielleicht nicht, denn es wurde nie darüber gesprochen. Beim Start des Raumschiffs, des Satelliten, wie man sagt, waren wir nur verlobt. Wir waren schon sehr lange verlobt. Nun kam sie auf die großartige Idee, daß wir die Hochzeit in dem Ding feiern sollten; eine richtige Weiberidee, sicherlich, aber schließlich auf den ersten Blick auch nicht so dumm.«

»Ich habe keinen Vorteil darin gesehen, aber auch keinen Nachteil. Um ihr einen Gefallen zu tun, habe ich mit dem Boß der Expedition darüber gesprochen; er hat mich recht gern. Er hatte nichts dagegen; im Gegenteil, er schien davon begeistert zu sein. Ein Padre, der auch an der Reise teilnehmen sollte, könnte unsere Verbindung segnen, sagte er, und er selbst als Kommandant würde die Ziviltrauung vornehmen, wie es manchmal auf Schiffen geschieht. Es schien ihm großen Spaß zu machen.«

»Da alle einverstanden waren, wurde also beschlossen, daß wir heiraten sollten, sobald die Raumstation zusammengebaut und bewohnbar war. Der Boß dachte wahrscheinlich auch, das würde meinen Arbeitseifer heben.«

»Wir starteten also. Von der Reise selbst brauche ich Ihnen nichts zu erzählen; das wissen Sie schon alles. Wir kamen im vorgesehenen Winkel des Weltraums an und begannen zwischen den Teilen des Satelliten, die man vor uns hinaufgeschossen hatte, um die Erde zu kreisen.«

»Ich verlasse also die Rakete in meinem Raumanzug und mache mich an die Arbeit, weil ich mir sage, daß ich meine Betty um so früher heiraten kann, je schneller ich damit fertig bin, und daß ich es mir dann bis zum Ende der Reise gut gehen lassen kann.«

»Die Montage ging schnell voran. Ich muß Ihnen sagen, daß die Abwesenheit von dem Zeug, der Schwerkraft, wie das heißt, mir meinen Job beträchtlich erleichtert hat. Zuerst war mir natürlich ein bißchen schwindlig, weil ich nichts unter den Füßen hatte und sah, wie die Erdteile und die Ozeane mit einem ganz schönen Zahn unter mir dahinflitzten, aber man hatte mich so gut gedrillt, daß die Überraschung nicht allzu groß war, und bald achtete ich überhaupt nicht mehr darauf. Dann war da auch noch die Sache mit der Koordinierung der Bewegungen, was gar nicht so einfach war. Wenn Sie dort oben einen Eisenträger mit aller Kraft wegstoßen, sind Sie es, der nach hinten fliegt, und wenn Sie einen Schraubenzieher benützen, beginnen Sie sich selbst zu drehen; aber der Chefmechaniker hatte mir geduldig beigebracht, wie man die Rückstoßpistole verwendet, um alle falschen Bewegungen auszugleichen, und nach ganz kurzer Zeit benützte ich sie vollkommen automatisch, als hätte ich nie etwas anderes getan.«

»Ich habe also alle Teile der Raumstation um mich versammelt und begonnen, das Ding zusammenzubauen. Mir hat dieser neue Job so gut gefallen, daß nach fünf Tagen alles fertig war und ich nicht einmal müde wurde. Natürlich hat mir auch der Gedanke an meine Hochzeit Schwung gegeben. Ich habe das Gefühl gehabt, daß ich für meine Betty arbeite.«

»Fünf Tage, Sir, nicht einer mehr, und die Raumstation war zusammengebaut. Sie kennen ihre Form, alle Zeitungen haben ja darüber geschrieben: eine Art riesiges Rad, in dem die Passagiere in der Felge stecken, die groß genug und natürlich luftdicht ist. Ein Stück fehlte allerdings. Davon war zwar schon die Rede, aber passen Sie gut auf: es war der Mechanismus, der das Ding wie einen Kreisel drehen sollte. Den habe ich nicht finden können. Die Rakete, die ihn raufbringen sollte, war nie angekommen. Vielleicht war sie vom Weg abgekommen und zum Mond hingeflogen. Vielleicht war sie wieder in den Ozean zurückgefallen. Fest steht, daß sie nicht da war.«

»›Das macht nichts‹, sagte mir der Boß, als ich ihm darüber berichtete. ›Wir brauchen ihn gar nicht. Wir leben in unserer Rakete seit fünf Tagen ohne Schwerkraft und fühlen uns dabei sehr wohl. Wir müssen nur aufpassen. Ich werde die Besatzung instruieren.‹«

»Danach hat er uns alle zusammengerufen und uns auf den Zustand aufmerksam gemacht, der durch das Fehlen der Schwerkraft entsteht. Wir haben nicht sehr aufmerksam zugehört, vor allem ich nicht, weil ich an meine Betty gedacht habe. Wir haben das alles schon aus den Filmen und von unseren ersten Erfahrungen her gekannt. Aber er gab schon immer gerne gute Ratschläge, und ich habe mich später an einige seiner Sätze erinnert: ›Es handelt sich um das Prinzip der Aktion und der Reaktion‹, hat er ungefähr gesagt. ›Das ist mathematisch. Jeder Stoß nach vorne, gegen ein Hindernis, treibt euch nach hinten, in die dem Stoß entgegengesetzte Richtung. Das kann nach oben, nach unten, nach rechts oder links sein; denn es gibt keine Schwerkraft mehr, die euch zurückhält oder euch bremst.‹«

»Wir haben ihm gesagt, daß wir alles verstanden haben. Dann haben sie mich beglückwünscht, weil ich die Raumstation so rasch montiert habe. Ich habe nur an meine Betty und an das Versprechen gedacht, das mir der Boß gegeben hat. Er hat mich verstanden. Er war sehr menschlich. Also hat er beschlossen, die Einweihung von dem Ding und unsere Hochzeit gleichzeitig vorzunehmen; der Padre war damit einverstanden. Eine einzige Zeremonie. Sie können sich denken, daß ich stolz und zufrieden war. Mir kam vor, als hätte ich persönlich das Haus für meine Betty und mich gebaut. Und was für ein Haus! Ein Erdsatellit, Sir. Nichts Geringeres. Irgendwie ein kleiner Mond. Erinnerst du dich, Betty, wie aufgeregt wir waren?«

»Das ganze Theater wäre gar nicht notwendig gewesen«, sagte Betty kühl. »Außerdem wäre mir eine kleine, gemütliche Bude lieber gewesen.«

»Laß mich doch erzählen… Ich werde diese Hochzeit nie vergessen, Sir. Wir waren alle im Satelliten. Wir hatten alle Eingänge verschlossen. Das Belüftungssystem funktionierte gut.

Wir konnten endlich die Raumanzüge ausziehen. Alles war perfekt.«

»Alles war perfekt – nur die Schwerkraft fehlte.«

»Indem wir uns mit den Händen festhielten, gelang es uns, in unsere Zimmer zu kommen. Wir sollten in einer Stunde im Salon sein, zur Zeremonie. Ich will nicht von den Schwierigkeiten reden, die ich beim Anziehen hatte. Ich schaffe es trotzdem. Ich gehe in den Korridor und treffe genau mit Betty zusammen, die aus ihrem Zimmer kommt. Das hat mir vielleicht einen Schock versetzt, Sir.«

»Warum, Joe?«

»Die Füße auf dem Plafond, die Beine in der Luft, den Hintern oben, den Kopf unten, Sir, so stand sie vor mir; ihr Brautkleid schwebte um sie herum wie ein weißer Heiligenschein, und sie hielt sich krampfhaft an einem Luster fest. Das war vielleicht ein Eindruck! Erinnerst du dich, Betty?«

»Du hast den Kopf unten gehabt«, sagte Betty. »Glaub nur nicht, daß ich nicht erschüttert war.«

»Sie war an dem verkehrten Ende, glauben Sie mir, Sir. Sie marschierte den Plafond entlang, ganz gleich, was sie heute sagt. Und natürlich, kaum entdeckt sie mich, fängt sie an, wie ein Pfau zu schreien und wirft mir vor, daß ich mich an meinem Hochzeitstag nicht anständig benehme. Ich habe ihr nicht mehr zuhören können. Ich habe mich abgestoßen, bin zu ihr hinaufgeflogen, habe sie wie einen Pfannkuchen umgedreht und mit dem nächsten Stoß nach unten gebracht, wie es sich für eine Braut gehört. Sie war ziemlich eigensinnig. Sie wollte nicht zugeben, daß ich der Normale war. Ich mußte ihr den angenagelten Teppich und die Beleuchtungskörper zeigen. Schließlich hat sie sich beruhigt, wir haben uns überall angehalten, wo es nur ging, und sind tatsächlich im Salon gelandet.«

»Dort gab es vielleicht ein Theater, Sir. Die Besatzung war schon dort, hatte sich aber noch nicht darüber geeinigt, wo oben und wo unten war. Sie werden mit Recht sagen, daß doch die Möbel da waren. Natürlich, die Möbel waren mit Schrauben am Fußboden befestigt, und das war gut, denn sonst weiß ich nicht, was noch passiert wäre. Aber reden Sie einmal vernünftig mit Menschen, die den Kopf verloren haben. Ganz abgesehen davon, daß der Widerspruchsgeist da auch immer mitspielt, ich habe eigentlich nie begriffen, warum. Kurz, ungefähr die Hälfte hielt sich mit dem Kopf nach unten auf dem Plafond auf und behauptete, daß nur sie die Normalen wären. Vor allem der Padre wollte nichts vom Herunterkommen hören. Er schimpfte, daß er seinen Segen nur unter ordentlichen Bedingungen erteilen könne. Ich sage Ihnen, wir haben mindestens eine Viertelstunde mit Diskussionen vertan, bevor wir alle mehr oder weniger aufrecht standen.«

»Aber endlich war es doch so weit, und wir haben geheiratet. Der Padre und anschließend der Boß haben jeder eine Rede darüber gehalten, daß meine Betty und ich jetzt für gute und schlechte Zeiten vereint sind. Aber darüber will ich gar nicht reden, und auch nicht darüber, wie komisch sie ausgesehen haben, weil sie sich krampfhaft an den Möbeln festgehalten haben. Ich übergehe auch das Hochzeitsmahl, und die Schwierigkeiten beim Essen und vor allem beim Trinken. Die haben wir ja gekannt, und mit Strohhalmen und Röhrchen kommt man ganz gut damit zurecht. Und außerdem hat das ja nur nebenbei mit meiner Geschichte zu tun.«

»Das Festessen war erst spät zu Ende. Meine Betty und ich haben uns nach ein bißchen Zweisamkeit gesehnt. Die anderen haben uns zweideutige Blicke zugeworfen, genau wie auf der Erde bei solchen Gelegenheiten. Um es kurz zu machen, sie haben dann schließlich getan, als beachteten sie uns nicht mehr. Und da haben meine Betty und ich uns an allem angehalten, was uns in den Weg kam, und uns gegenseitig geholfen, und so sind wir ins Schlafzimmer gekommen.«

Hier legte Joe eine lange Pause ein und blickte vor sich hin, als hätte ihn die Erinnerung überwältigt. Ich drängte ihn.

»Erzählen Sie weiter, Joe. Vor allem, werden Sie nicht verlegen. Erzählen Sie einfach, was Ihnen einfällt. Die ganze Welt wartet darauf, aus Ihrer Erfahrung zu lernen.«

»Eine Erfahrung war es jedenfalls. Also... Wir kommen ins Schlafzimmer, das ich besonders hübsch hergerichtet hatte. Der Boß hatte mir da freie Hand gelassen, und Komfort haben wir in der Raumstation wirklich genügend gehabt... Uns fehlte nur die Schwerkraft!«

»Gut. Wir kommen herein. Ich schließe die Türe. Ich nehme Betty in die Arme und beginne, sie zu küssen. Das ist nur natürlich, nicht wahr? Ich habe schon seit Stunden auf diesen Augenblick gewartet, und sie hat auch nichts dagegen gehabt. Also wir sind zärtlich miteinander, und wir verlieren ein bißchen den Verstand, wenn Sie verstehen, was ich meine. Weil ich beide Arme brauche, lasse ich die Türklinke los – Sie müssen sich in meine Lage versetzen. Ich habe an nichts mehr gedacht, und Betty auch nicht mehr. Wir haben uns gehenlassen. Wir haben geglaubt... Das brauche ich Ihnen aber nicht zu erzählen – es hat nicht lange gedauert.«

»Kaum ein paar Sekunden, nicht mehr. Wir sind durch einen Stoß brutal aufgeweckt worden... Peng! wie ein Schlag mit einem Holzhammer! Ich habe geglaubt, daß mein Kopf in Stücke springt. Natürlich haben wir mit dem Küssen aufgehört, und ich sehe heute noch Bettys Gesicht vor mir. Auch sie hat alle Engel singen gehört.«

»Seither habe ich einen losen Zahn«, warf Betty ein.

»Im ersten Augenblick, Sir, habe ich geglaubt, daß sich einer meiner Kameraden einen dummen Spaß erlaubt hat. Aber das war es nicht. Wir waren wirklich allein. Nur haben wir bei unserem Geschmuse ein bißchen die Beine bewegt, was ja auch nichts Außergewöhnliches ist. Die Reaktion des Fußbodens hatte genügt, um uns geradewegs an den Plafond zu befördern, an den unsere Köpfe gestoßen sind. Es war genau so, wie es der Boß gesagt hatte. Jeder Stoß gegen ein Hindernis bewirkt eine Reaktion, die einen in die entgegengesetzte Richtung schleudert. Das ist ein mathematisches Prinzip, hat er gesagt, aber wenn Ihnen so was in einem solchen Augenblick passiert, hilft es Ihnen überhaupt nicht, daß es irgendein Prinzip ist, es bringt Sie nur auf die Palme, das kann ich Ihnen sagen!«

»Ich verstehe Sie voll und ganz, Joe. Ich teile Ihre Gefühle. Und dann?«

»Warten Sie nur. Drängen Sie mich nicht, sonst verliere ich den Faden... Als ich begriffen hatte, was los war, begann ich zu überlegen und beruhigte erst einmal Betty, die natürlich nervös war. Ich nahm sie wieder in die Arme. Ich stemmte mich gegen den Plafond. Ich berechnete genau den Abstoß. Ich zielte wie beim Scheibenschießen, und wir landeten wirklich wieder auf dem Fußboden, genau in einem großen Fauteuil. Da fühlte ich mich sicher; er war gut befestigt, konnte also nicht davonfliegen. Ich holte ein bißchen Luft und sagte zu Betty:

»›Es ist alles in Ordnung, Baby, glaub mir. Hab keine Angst. Wir haben nur diese Sache mit der Schwerkraft nicht einkalkuliert. Reine Gewohnheitssache. Bald werden wir überhaupt nicht mehr daran denken.‹«

»›O Joe‹, sagte sie weinerlich, ›es ist so ein komisches Gefühl, wenn ich immer daran denken soll, daß ich mich irgendwo anhalten muß!‹«

»Ich muß Ihnen gestehen, Sir, daß ich mich auch nicht richtig wohl fühlte. Dazu muß ich sagen, daß ich sie auf die Knie genommen und den rechten Arm um ihre Taille gelegt hatte, um sie festzuhalten. Mit dem linken Arm mußte ich mich aber an der Armlehne festhalten, und ich durfte auf keinen Fall loslassen, sonst war der nächste Senkrechtstart fällig. Und dieser Gedanke nahm mich so in Anspruch, daß ich mich nicht nach Herzenslust mit ihr beschäftigen konnte. Und umgekehrt: wenn ich trotzdem mit ihr handgreiflich wurde, wenn ich so richtig in Schwung kam und wenn sie ganz kribblig wurde, dann verlor ich den Kopf und vergaß, mich am Fauteuil festzuhalten. Verstehen Sie? Das sind eben zwei ganz verschiedene Gedankengänge. Also hopp! entweder ließ ich mit meinem linken Arm los, und wir segelten beide in den Raum, oder mein rechter Arm rutschte von ihrer Taille, um woanders spazierenzugehen, und dann hob sie von meinen Knien ab und entschwebte in den unwahrscheinlichsten Winkeln nach oben oder nach unten. Ein paarmal, Sir, erwischte ich sie gerade noch an den Haaren, an den Fingern, an den Beinen, an den Füßen, wie es gerade kam. Das hat mich ganz schön fertig gemacht.«

»Ich verstehe, Joe.«

»Ich weiß nicht, ob Sie es sich wirklich vorstellen können, wenn Sie es nicht erlebt haben. Es war um so peinlicher, als ihre Körperteile, die mir wie Aale durch die Finger rutschten, mich in einen unvorstellbaren Zustand versetzten. Ich habe eine zarte Natur, das schwöre ich Ihnen. Ich wollte meine Betty nicht grob behandeln... Und diese ungewöhnliche Situation begann auch noch, ihr zu gefallen.«

»Das kann man wohl kaum sagen!« protestierte Betty.

»Natürlich hat sie das. Betty schien sich dabei zu amüsieren. Sie ließ sich treiben, wie in einem Bad. Sie tat nichts, um mir zu helfen, und überließ mir die ganze Verantwortung für das Manöver, und dabei schwitzte ich schon Blut. Ich hatte versucht, mich mit beiden Beinen an dem Fuß des Fauteuils festzuklammern, um so beide Hände freizubekommen, können Sie mir folgen? Auch Fehlanzeige! Ich hätte immerfort gleichzeitig an die Schwerkraft und an Betty denken müssen, und gerade das konnte ich einfach nicht. Ich habe Ihnen ja schon gesagt, daß das zwei völlig verschiedene Gedankengänge sind.«

»Ich glaube, daß es niemand an Ihrer Stelle hätte besser machen können, Joe. Fahren Sie nur fort.«

»Eine Zeitlang ist es so weitergegangen, einmal oben, einmal unten, wie ich es Ihnen schon erklärt habe. Dann habe ich mir gesagt, daß ich jetzt genügend Zartgefühl bewiesen hatte. Weder sie noch ich hatten einen Grund, die Sache auf die lange Bank zu schieben, wenn Sie schon alles wissen wollen.«

»Also habe ich mich weiter mit einem Bein oder einer Hand festgehalten und begonnen, sie auszupacken. Sie müssen bedenken, daß sie ein Brautkleid anhatte, mit dem ganzen Firlefanz rundherum; sie hatte trotz der äußeren Umstände darauf bestanden: langes Kleid, Schleier, Orangenblütenkranz, und so weiter. Und bald beginnt dieser ganze Brautputz im Zimmer herumzutreiben, stößt an die Wände und kommt wieder zurück, wenn ich ihn ein bißchen zu energisch wegschubse, und dann schwebt er wieder friedlich im Raum. Ich sehe es noch vor mir. Ich hatte das Licht angelassen, nicht wahr? Unter diesen Umständen wäre es im Dunkeln zu gefährlich gewesen. Na schön, diese ganzen weißen, duftigen Dinge trieben vor den elektrischen Birnen hin und her, wie Wolken, die der Wind vor sich herbläst. Es sah immerfort aus, als verstecke sich die Sonne hinter den Wolken und käme dann wieder hervor. Es war recht merkwürdig. Ich erinnere mich, daß ich einmal mit einem Auge hinaufgeschielt und den Schleier gesehen habe, der aufrecht vor mir stand, und einen Meter darüber der Kranz, wie eine Gloriole auf Heiligenbildern. Ich habe Augen wie Wagenräder gekriegt.«

»Das war jetzt poetisch, Joe.«

»Mag sein; aber ich habe an etwas ganz anderes gedacht. Ich beschäftigte mich mit ganz anderen Problemen. In diesem Augenblick, verstehen Sie, wollte ich unbedingt ins Bett kommen. Ich habe Ihnen ja gesagt, ich bin zartfühlend. Ich wollte nicht meine Hochzeitsnacht auf dem Fauteuil verbringen. Nur durfte ich mich mit dieser verflixten Schwerkraft nicht verschätzen.«

»Ich nahm sie in die Arme. Ich berechnete meinen Schwung – ja, Sir, ich mußte die ganze Zeit rechnen, ich hatte schon Kopfschmerzen davon! Ich versetzte dem Fauteuil einen Stoß, und es gelang mir, mit ihr genau auf der Bettdecke zu landen. Ich hielt mich am Rand des Nachttischchens fest. Unter tausend Vorsichtsmaßnahmen legte ich sie schön flach auf das Bett und sagte ihr:

»›Beweg dich nicht, Baby, vor allem beweg dich nicht! Keine Bewegung! Bleib mit ausgestreckten Beinen ganz ruhig liegen. Atme nicht zu tief. Mach die Augen zu und warte auf mich. Ich komme wieder.‹«

»Sie tut, was ich sage, Sir, während ich wieder zum Fauteuil zurückhüpfe, um mich auszuziehen. Ich wollte trotz der außerordentlichen Umstände nicht ihr mädchenhaftes Schamgefühl verletzen.«

»Diese Gefühle machen Ihnen alle Ehre, Joe. Erzählen Sie weiter.«

Einen Augenblick lang zögerte er.

»Diese Geschichte sollte man eigentlich gar nicht erzählen«, meinte er.

Ich redete ihm geduldig seine Skrupel aus. Schließlich fuhr er fort:

»Na schön, ich muß Ihnen etwas gestehen, Sir. Als ich mich umdrehte, nackt wie ein Frosch, und meine Betty sah, wie sie in der gleichen Kostümierung brav auf dem Bett lag, versetzte es mir nach der vorhergehenden Szene direkt einen elektrischen Schock. Ich habe meine Selbstbeherrschung verloren, das muß ich zugeben. Ich habe überhaupt nicht mehr überlegt: ich habe mich auf sie gestürzt. Schließlich und endlich waren wir verheiratet.«

»Das ist natürlich verständlich, Joe, absolut entschuldbar.«

»Vielleicht ist es entschuldbar, aber es war unvorsichtig. Ich hatte die Geschichte mit der Schwerkraft natürlich wieder einmal vergessen. Diesmal hatte ich meinen Schwung schlecht berechnet. Um die Wahrheit zu sagen, ich hatte überhaupt nichts mehr berechnet, ich habe ganz instinktiv gehandelt. Das Ergebnis war, daß ich über sie hinweggeflogen bin, ohne sie zu berühren. Ich kam im Gleitflug über das Bett, ihren ganzen Körper entlang, ohne sie berühren zu können. Sie war außerhalb meiner Reichweite, mehr als einen Meter unter mir. Ich stieß mit dem Kopf an die Wand am Kopfende des Bettes und flog rückwärts zur gegenüberliegenden Wand. Ich war vielleicht wütend, Sir.«

»Ich begreife Ihre Wut, Joe! Was für eine Situation!«

»Ich bin nicht so sicher, daß Sie meine Situation wirklich begreifen. Sie war nämlich gar nicht so einfach. Lassen Sie es mich erklären, weil Sie ja alle Details wissen wollen.«

»Also: Die Aktionslinie meines Antriebs, hat mir später der Mathematiker der Besatzung erklärt, war die Horizontale. Das heißt, um es klar auszudrücken, daß ich mich auf einer Flugbahn bewegte, die eineinhalb Meter über dem Bett parallel zu diesem von einer Wand zur anderen verlief... Sie müssen auch noch bedenken, daß Begriffe wie Horizontale, Vertikale, Oben und Unten, überhaupt keinen Sinn mehr hatten, weil es wegen des Fehlens dieser blöden Schwerkraft kein Oben oder Unten mehr gab. Alles, was ich darüber sage, gilt in bezug auf das Bett, auf dem meine Betty immer noch brav mit geschlossenen Augen lag. Das war die ganze Zeit mein Bezugspunkt.«

»Ich verstehe, Joe. Das Zentrum Ihres Universums.«

»So ist es... Ich konnte also von einer Wand zur anderen fliegen; aber beachten Sie folgendes: in dieser Höhe waren die Wände vollkommen nackt und glatt: kein Rohr und nicht die geringste Unebenheit. Das heißt für jemanden, der etwas von Mechanik versteht, daß ich keine Möglichkeit hatte, ohne Anstoß von außen meine Flugbahn zu ändern. Kommen Sie mit? Alles, was ich tun konnte, war, zwischen den beiden Wänden hin und her zu pendeln, was ich über zwanzigmal tat, wobei jedesmal Bettys Körper außer Reichweite an mir vorüberzog. Das machte mich langsam verrückt.«

»Ich kann mich in Ihre Lage versetzen, Joe. Wie sind Sie aus dieser Situation herausgekommen?«

»Durch Überlegung, Sir... Warten Sie, ich erkläre es Ihnen schon. Als ich genug davon hatte, abwechselnd mit Kopf und Fersen anzuprallen, hielt ich mich absolut ruhig und versuchte nachzudenken. Dadurch verlangsamte sich mein Flug (auch das hat mir der Mathematiker erklärt, die künstliche Luft im Satelliten wirkt wie eine Bremse). Ich blieb also schließlich in der Luft hängen, aber das war auch nicht viel besser.«

»Das war auch nicht besser, Joe?«

»Es war ärger, Sir. Hören Sie weiter und versuchen Sie, es sich vorzustellen. Als ich müde und erschöpft in der Luft hängen blieb, befand ich mich genau über dem Bett, genau über meiner Betty, zu weit von den Wänden entfernt, um mich abstoßen zu können – ich konnte mich also überhaupt nicht mehr vom Fleck rühren... Aber eigentlich war nur mein Schwerpunkt, mein Nabel, zur absoluten Unbeweglichkeit verurteilt. Um ihn herum konnten sich alle meine Gliedmaßen bewegen, sich biegen und strecken, wie eine Spinne am Ende eines Fadens oder wie ein Schmetterling, der auf ein unsichtbares Brett genagelt ist; und ich muß Ihnen sagen, daß meine Gliedmaßen sich keineswegs ruhig verhielten, so aufgeregt war ich. Nackt wie ein Frosch, wenn Sie sich erinnern, auf dem Bauch in der Luft liegend, mehr als einen Meter über ihr. Gut. Und was geschieht in diesem Augenblick? Meine Betty macht die Augen auf, Sir!«

»Sie macht die Augen auf, Joe!«

»O boys! Sie hätten ihr Gesicht sehen sollen! Ich sehe noch ihren Ausdruck und höre sie schreien. Das hat mich noch mehr zur Verzweiflung gebracht. Ich kann Ihnen sagen, daß sie die Augen prestissimo wieder geschlossen hat, sie hat die Lider zusammengekniffen, als wäre sie geblendet worden. Dadurch ist die Situation aber auch nicht besser geworden.«

»Glaubst du denn, daß du so schön ausgesehen hast, während du da oben herumgeschwebt bist und gezappelt hast?« protestierte Betty beleidigt. »Ich hätte nie geglaubt, daß es auf der Welt oder im Weltraum etwas so Schreckliches geben kann. Du hast mich nicht an einen Schmetterling oder eine Spinne erinnert, sondern an einen Kraken. Und sogar ein Krake hätte neben dir menschlich gewirkt. Sagen Sie selbst, Sir. Das hat noch kein Mädchen in seiner Hochzeitsnacht gesehen. Sowas hätte ich mir in meinen kühnsten Träumen nie vorgestellt!«

»Ich gebe zu, daß ich kein Anblick für eine unerfahrene Braut war. Ich hatte mir doch geschworen, zartfühlend zu sein, und ich schämte mich fürchterlich. Trotzdem hatte es keinen Sinn, Zeter und Mordio zu schreien. Ich überlegte also noch einmal und sagte ihr dann:

»›Hör zu, Baby. Es hat keinen Sinn, jetzt den Kopf zu verlieren. Ich bin da, du hast mich gesehen. Ich bin es, nur ich; vielleicht nicht so, wie du es erwartet hast, aber dafür kann ich nichts. Du wirst sehen, es wird alles gut, wenn ich erst bei dir bin. Durch die Entfernung wirkt alles verwirrend und unklar, und das kommt von dieser verdammten Schwerkraft. Im Augenblick kann ich aber hier nicht weg. Du mußt mir helfen. Mach die Augen zu, wenn du willst, aber tu, was ich dir sage. Du streckst vorsichtig den Arm aus und hältst dich am Rand des Nachttischchens an. Damit hast du einen Fixpunkt. Sobald du das getan hast, nicht vorher, hebst du ein Bein senkrecht zu mir hinauf, als würdest du Gymnastik für die schlanke Linie treiben. Hast du mich verstanden? Ich werde mich dann an dir festhalten, kann zu dir hinunterkommen, und du siehst mich nicht mehr in diesem Zustand.‹«

»Ich mußte ganz sanft mit ihr reden, Sir, sonst hätte sie einen Nervenzusammenbruch bekommen. Aber sie hat sich dann doch beruhigt. Sie wagte es sogar, ein Auge halb zu öffnen; nur eines, und sie schloß es schnell wieder. Aber das wollte ich ja gar nicht haben. Endlich entschließt sie sich, das zu tun, was ich sage. Sie klammert sich am Tischchen an und hebt ein Bein hoch. Sie ist sehr gelenkig. Ihr Fuß kommt weit hinauf. Ich erwische eine Zehe. Ich bin gerettet. Ich ziehe mich hinauf – oder hinunter, wie Sie wollen – an ihrem Bein entlang, und ich bin endlich bei ihr auf dem Bett.«

»Vielleicht glauben Sie, daß damit alles vorbei war, daß wir damit endlich so weit waren, glücklich zu sein? Also da irren Sie sich. Damit hat die Komödie erst richtig begonnen. Nur ist die Fortsetzung noch delikater.«

»Erzählen Sie sie trotzdem, Joe.«

Ich blieb lange neben ihr liegen und hielt den Atem an. Ich dachte nur an sie. Dieser Anblick, Sie verstehen, hätte einen lebenslänglichen Komplex bei ihr hervorrufen können. Sie war von Kopf bis Fuß zuerst rot und dann blaß geworden. Ich beruhigte sie, ich streichelte sie zart, oh, ganz zart, bis sie sich allmählich erwärmte, und ich mich auch. Sie bekam wieder Farbe, und weil sie mich neben sich fühlte, wagte sie es endlich, die Augen wieder aufzuschlagen.«

»Wie soll ich es Ihnen erklären? Es kam wieder ein Augenblick, in dem ich den Verstand verlor. Sie müssen mich verstehen. Sie war schon ganz ruhig, und das war der Augenblick, in dem ich zu Taten schreiten mußte. Zu meinem Pech dachte ich wieder einmal nicht nach; ich war ganz Gefühl. Ich kann es nicht besser erklären.«

»Es ist ja auch ganz einfach, Joe, ich verstehe Sie sehr gut.«

»Es ist ganz einfach, aber ich hatte schon wieder vergessen, diese verdammte Schwerkraft einzukalkulieren; und daraufhin begann ein Alptraum.«

»Sie erinnern sich vielleicht daran, wie der Boß das Prinzip erklärt hat? Ich habe mich im Lauf dieser denkwürdigen Nacht ein paarmal daran erinnert: *Jeder Stoß gegen ein Hindernis führt zu einer Reaktion in entgegengesetzter Richtung, und es gibt nichts, was euch bremst. Und so weiter.* Um es klar auszudrükken: wenn Sie nach vorn stoßen, werden Sie sofort nach hinten geschleudert. Sind Sie diesmal mitgekommen? Ich sehe an Ihrem Gesicht, daß Sie verstanden haben, weil Sie grinsen. Nur ist es etwas anderes, es zu verstehen, wenn Sie auf der Erde sind und ihr Körper durch sein Gewicht ordentlich festgehalten wird, und wieder etwas anderes in der Hochzeitsnacht in einer Raumstation. Im ersten Fall grinsen Sie vielleicht dabei; aber im zweiten Fall, wenn Sie es sind, der wie ein Gummiball nach hinten fliegt, schwöre ich Ihnen, daß das absolut nicht lustig ist.«

»Ich bitte um Entschuldigung, Joe.«

»Keine Ursache. Also genau das ist passiert. Bei einem ersten Versuch flog ich schräg in eine Ecke des Plafonds und stieß mit dem Hintern an, noch dazu sehr heftig, kann ich Ihnen sagen, denn ich war sehr energisch vorgegangen, und logischerweise war die Reaktion nach hinten genau so energisch. Diesmal, Sir, sah ich tatsächlich rot. Ich überlegte keinen Augenblick lang. Versetzen Sie sich doch in meine Lage.«

»Ich versetze mich in Ihre Lage, Joe.«

»Ich habe nicht einen Moment überlegt, sage ich Ihnen. Ich habe mich wütend wieder abgestoßen und bin wie ein Bomber auf sie hinuntergestürzt. Und ich habe immer wieder begonnen, und es war immer wieder das gleiche. Ich flog zurück wie ein Tennisball. Und je aufgeregter ich wurde, je ungeduldiger und fiebriger ich war, um so schneller flog ich zurück und um so härter stieß ich mit dem Hintern an den Plafond. Fünfzigmal habe ich es versucht, Sir, bis mein Hintern ganz zerschlagen war. Aber das war noch nichts im Vergleich zu meiner Geistesverfassung. Ich drehte richtig durch.«

»Und glaubst du, daß es für mich angenehm war?« fragte Betty. »Du hast dich vielleicht wie ein Tennisball gefühlt, aber ich hatte das Gefühl, ein Rakett oder vielmehr das Netz zu sein, auf das die Akrobaten im Zirkus springen.«

»Ich machte mir deinetwegen Sorgen, Betty. Sie verstehen, Sir, sie lag noch immer mit geschlossenen Augen auf dem Bett, und ich merkte an ihrem Gesichtsausdruck genau, daß sie durch mein Vorgehen ziemlich überrascht, sogar verdutzt war. Man muß sich auch in ihre Lage versetzen. Trotz ihrer Unerfahrenheit mußte ich ihr äußerst merkwürdig vorkommen. So konnte es nicht weitergehen. Nachdem ich mich lange genug damit herumgeschlagen hatte, begriff ich, daß ich durch Ungestüm nicht weiterkommen würde, ganz im Gegenteil. Was ich tun mußte, immer noch und immer wieder, war *nachdenken*.«

»Ach, Mister! in diesem Zustand nachdenken! Aber es mußte sein. Wenn die brutale Kraft nicht zum Ziel führt, gelingt es vielleicht der Intelligenz und der Schlauheit. Leider sind Intelligenz und Liebe Gegensätze, wie es die Fortsetzung dieser Geschichte nur zu klar beweist.«

»Ich habe also mit meinen Luftsprüngen zwischen Bett und Plafond aufgehört. Irgendwie habe ich es geschafft, mich an ihr festzuhalten. Ich atmete tief durch und beschäftigte mich mit den Gegebenheiten des Problems.«

»›Ich bin ein Idiot‹, sagte ich mir schließlich. ›Es ist ja gar nicht so schwierig. Man darf nur nicht den Kopf verlieren, wie es mir gerade vorhin passiert ist.‹«

»›Hör mal zu, Baby‹, sagte ich, nachdem ich mir meinen Plan genau zurechtgelegt hatte. ›Was uns da zugestoßen ist, ist etwas ganz Außergewöhnliches, das gebe ich zu. Aber alles wird mit ein bißchen Geduld wieder in Ordnung kommen. Wir sind in einem Satelliten. Es gibt keine Schwerkraft mehr. Wir müssen uns also den Umständen anpassen. So wie ich das Problem sehe, gibt es nur eine Lösung. Wir müssen uns festhalten.‹«

»›Festhalten, Joe‹, sprach sie mir nach.«

»›Festhalten. Zerbrich dir nicht den Kopf, Baby, ich denke für uns beide. Also. Du breitest die Arme aus, als würdest du im Meer treiben. Mit der rechten Hand hältst du dich weiter am Nachttischchen an. Mit der linken... warte. Mit der wirst du die Leine festhalten, die ich am Fauteuil festbinden werde. Kommst du mit? Es ist nicht weiter kompliziert. Du hast übrigens die leichtere Rolle. Du hältst dich mit beiden Händen ordentlich fest und konzentrierst dich darauf, nicht loszulassen. Ich meinerseits werde mich an deinen Schultern festhalten, und du darfst nicht erstaunt sein, wenn ich ein bißchen fest zugreife. Du hältst jedenfalls fest, was immer geschieht.‹«

»›O Joe‹, sagt sie. ›Ich weiß nicht, ob ich das kann. Ich habe nie geglaubt, daß meine Hochzeitsnacht so aussehen könnte.‹«

»›Trotzdem, Betty, muß ich zugeben, daß du begriffen hast, daß du das Deine dazu beitragen mußt. Nicht viele Frauen wären so gelehrig gewesen.‹ Und sie gehorcht mir, Sir. Sie legt sich genau so hin, wie ich es ihr gesagt habe; ich hab an ein kleines Mädchen beim Seilspringen denken müssen, als ich sah, wie sie das Ende des Stricks festhielt... Sie gehorcht mir sogar zu schnell, Sir, denn ich habe es Ihnen wohl schon gesagt, aber ich kann es nicht oft genug wiederholen: diese beiden Dinge, die heiße Liebe und die kühle Überlegung, passen überhaupt nicht zusammen; das heißt, nachdem ich meine Gehirnwindungen bemüht hatte, um meinen Plan auszuarbeiten, mußte ich einen Augenblick warten, bis mein Kopf wieder frei war, bevor ich ihn verwirklichen konnte. Verstehen Sie?«

»Ich habe Sie sehr gut verstanden, Joe.«

»Sie war also folgsam und geduldig, das muß man sagen. Gut. Einen Augenblick später waren wir wieder bereit; sie hielt sich an zwei Fixpunkten fest; ich mich an ihren Schultern. Ich hatte geglaubt, daß ich endlich die richtige Lösung gefunden hatte; aber, Sir, ich hatte mich geirrt. Es war noch immer nicht möglich.«

»Wirklich, Joe? Nicht möglich?«

»Nicht möglich. Der Mathematiker hat mir nachher erklärt, warum, nachdem ich es selbst festgestellt hatte. Sie werden gleich begreifen. Ihre beiden Hände ergaben zwei Fixpunkte.

Gut. Zwei Fixpunkte bestimmen, hat man mir später gesagt, eine Gerade; in diesem Fall eine Achse, die Achse ihrer ausgebreiteten Arme. Wieder gut. Meine Hände, die sich auf dieser Achse befanden, trugen nichts zu ihrer Stabilität bei. Und sobald es eine feste Achse gibt, kann sich der ganze übrige feste Körper um sie drehen; das ist Geometrie. Und unsere beiden festen Körper haben sich natürlich dieses Vergnügen gemacht.«

»Eine akrobatische Nummer, Sir, wie man sie nur im Zirkus sieht! Keiner von uns ließ los; gut; ich flog also nicht mehr an den Plafond. Aber bei jeder meiner Aktionen sorgte die Reaktion dafür, daß mein Körper einen Kreisbogen um die Achse von Bettys ausgebreiteten Armen beschrieb. Ich habe einfach einen Überschlag gemacht. Mein Körper drehte sich, bis meine Füße an die Wand hinter dem Bett stießen.«

»Und was Betty inzwischen tat? Oh, sie ließ nicht los, am Anfang jedenfalls nicht. Nun, mehr konnte man von einer Braut ja nicht verlangen, nicht wahr? Ich konnte vernünftigerweise nicht erwarten, daß ihr Körper unbeweglich wie ein Stück Holz blieb. Also sie bewegt sich, was absolut verständlich ist, und daraufhin hebt sie ihrerseits ab und beginnt wie ich, sich um die Achse zu drehen, bis sie kräftig an mich stößt, und dann bewegt sich jeder von uns in die entgegengesetzte Richtung. Stellen Sie sich ein gähnendes Krokodil vor – genau so haben wir ausgesehen, zwei Kiefer, die sich öffneten, sich schlossen und sich wieder öffneten, ohne jemals länger als den Bruchteil einer Sekunde in Kontakt zu sein. Ich weiß nicht, ob Sie das Bild vor sich sehen.«

»Als ob ich dabei wäre, Joe. Sie beschreiben wunderbar anschaulich.«

»Natürlich ist das nicht stundenlang so weitergegangen. Die arme kleine Betty hat schließlich losgelassen. Ich habe mich weiter an ihr festgehalten, und weil das Krokodil genau in diesem Augenblick besonders heftig gähnte, flogen wir gemeinsam ins Brautgemach.«

»Das war vielleicht ein Flug, Sir! Den Kopf unten, den Hintern oben, die Beine, ich weiß nicht wo, drehten wir uns, wirbelten wir, purzelten wir um unseren gemeinsamen Schwerpunkt herum. Gelegentlich vollführten wir eine vollständige Drehung um die Achse, die jetzt schwankte, ab und zu stießen wir mit dem Bauch oder mit der Kehrseite zusammen, entfernten uns aber gleich wieder voneinander, als könnten wir einander nicht leiden – kurz, wir schafften es nie, eng beisammen zu bleiben. Bei mir wurde es schon zu einer Art fixen Idee; meine Sprünge wurden immer verzweifelter und ich immer erschöpfter, aber das führte auch zu nichts, im Gegenteil. Ich turnte an keinem fixen Barren mehr, sondern an einem fliegenden Trapez; wir vollführten einen Freistilringkampf in einem dreidimensionalen Ring; ich weiß nicht, wie ich es bezeichnen soll. Es gab kein Oben, kein Unten, überhaupt nichts mehr.«

»Vielleicht wollen Sie mir sagen: das ist ja die Lösung des Problems. Nicht mehr an die Schwerkraft, an Oben, Unten, Sonstwas denken. Nicht mehr ans Bett, an die Möbel, an nichts mehr denken, sondern sich fest mit Händen und Füßen aneinander festhalten und es im freien Raum machen. Sie haben leicht reden. Wir haben es versucht, Sir, das kann ich Ihnen sagen. Aber Sie können sich nicht vorstellen, was das für ein Gefühl ist, wenn man versucht, sich freischwebend zu lieben, während man sich um seinen Schwerpunkt dreht. Es gibt immer irgendwelche Körperteile, die nicht beisammen bleiben wollen. Ich hätte nie gedacht, wie wichtig jeder einzelne Körperteil sein kann. Waren es nicht die Hände, so waren es die Beine, die losließen. Waren es nicht die Beine, so waren es die Hüften, die ganz weich nachgaben, wie auf einem Kissen. Und wenn das alles stimmte, kam der Schwindel, weil die Zimmerwände, der Fußboden, der Plafond, die Möbel, die Beleuchtungskörper um uns herumwirbelten. Ich kann Ihnen nur sagen, daß ich aus Erfahrung spreche. Man muß unbedingt etwas Festes haben, auf das man sich stützen kann… Vielleicht wäre es möglich gewesen, wenn Betty mehr Erfahrung gehabt hätte; aber so konnte sie mir überhaupt nicht helfen. Sie weinte, und sie wollte zu ihrer Mutter zurück.«

»Wir haben alles versucht, Sir. Es gibt Schlaumeier auf der Erde, die von den verschiedenen Positionen sprechen. Also Sir, meine Betty und ich, das kann ich Ihnen sagen, haben in dieser Nacht mehr Positionen ausprobiert als alle vereinigten Lüstlinge dieses Planeten und aller anderen Planeten dazu je erfunden haben. Stellungen, Sir, über die ich heute noch rot werde und die selbst die Teufel in der Hölle verblüfft hätten. Ich kann nur wiederholen, wir haben alles getan. Wir haben uns mit den Händen festgehalten. Wir haben uns mit den Füßen festgehalten. Wir haben uns sogar in den Brautschleier gewickelt, der immer noch herumschwebte. Aber immer gab es etwas, das nicht hinhaute. Dann haben wir eine glorreiche Idee gehabt: wir sind unter das Bett gekrochen; aber dort war es zu eng, wir haben uns gefühlt wie in einer Konservendose. Schließlich haben wir unsere Hochzeitsnacht aber doch dort verbracht. Unter dem Bett, nebeneinander, wie zwei kleine Kinder, und beide ganz fürchterlich seekrank.«

»Das war also mein Abenteuer, Sir, das Sie ja so interessiert hat. Mehr gibt es nicht zu erzählen, aber das genügt. In den darauffolgenden Nächten gab es immer das gleiche Theater, mit gelegentlichen Varianten, aber immer dem gleichen Luftballett am Schluß, und immer mußten wir aufgeben. Nichts hat genützt. Ich habe versucht, die Herren Wissenschaftler der Besatzung zu fragen. Zuerst haben sie mir geduldig, sogar interessiert zugehört. Sie waren voller Mitgefühl. Sie haben sogar versucht, mir zu helfen.«

»Der Mathematiker hat mir vom wissenschaftlichen Standpunkt aus sehr genau erklärt, was eigentlich passiert ist und warum es passiert ist. Der Physiker hat sich nicht damit begnügt. Er hat einen komplizierten Apparat mit elektrischen Feldern und Magnetfeldern gebaut, mit dem er eine Art künstlicher Schwerkraft erzeugen wollte. Wenn ich diese Felder ausnützen wollte, mußte ich aber leider ein von ihm erfundenes Kostüm mit einer Menge Metallgurten anziehen; wie eine Zwangsjacke. Das war also auch ein Fehlschlag. Der Chefmechaniker ist ein netter Kerl, aber er konnte mir auch nur raten, die Rückstoßpistole zu verwenden. Es ist nur eine Frage der Koordination der Kräfte, meinte er. Ich habe auch das versucht, aber ich habe nie die richtige Koordination gefunden.«

»Sogar der Padre hat sich eingemischt. Ich war so unglücklich, daß er ganz traurig wurde. Eines Tages hat er mich beiseite genommen und mir eine lange Rede gehalten, aus der ich entnommen habe – ganz sicher bin ich aber nicht, weil so viele lateinische Worte drin vorgekommen sind –, daß angesichts der außergewöhnlichen Umstände die Kirche vielleicht bei Stellungen, die absolut nicht den göttlichen Gesetzen entsprechen, die Augen zudrücken würde. Er wäre bereit, mir die Absolution im voraus zu erteilen, wenn ich ihm diese Stellungen genau schildere. Ich weiß nicht, ob unsere Stellungen irgendwelchen Gesetzen entsprochen haben, aber als ich begann, ins Detail zu gehen – o boys! Da ist er vielleicht an den Plafond geflogen wie eine Fledermaus, so aufgeregt war er. Danach hat er zu beten begonnen und nichts mehr gesagt.«

»Und dann haben allmählich alle begonnen, mir aus dem Weg zu gehen. Ich habe das Gefühl gehabt, daß sie böse und verärgert sind. Ich habe begriffen, daß meine Geschichte das Image der Expedition zerstört, und habe nichts mehr gesagt. Betty und ich haben uns damit abgefunden, die Rückkehr auf die Erde abwarten zu müssen.«

Joe schwieg lange, in Gedanken versunken, dann fuhr er fort:

»Sie verstehen, Sir, sie wollten nicht zugeben, daß ihr Ding, ihr Satellit, nicht in jeder Beziehung vollkommen ist, wie sie nachher bei den Interviews gesagt haben. Und jetzt komme ich zu dem Schluß, den ich daraus gezogen habe.«

»Wenn sie das sagen, Sir, lügen sie alle, das kann ich Ihnen versichern, und Betty auch. Ihr Satellit, ihr Ding ohne Schwerkraft, ist vielleicht für wissenschaftliche Beobachtungen, für die Betrachtung der Sterne, für das Einfangen kosmischer Strahlen großartig geeignet, das gebe ich gerne zu. Aber in bezug auf die Liebe ist er eine eindeutige und ungeheure Fehlkonstruktion. Es ist der letzte Platz auf der Welt, den ich für eine Hochzeitsnacht vorschlagen würde, außer man ist widernatürlich veranlagt. Das können Sie mir glauben, und ich bitte Sie, es in Ihrer Zeitung ganz groß herauszubringen, damit meine Erfahrung wenigstens irgendeinen Sinn hat.«

»Ich verspreche es Ihnen, Joe.«

## Ion Hobana
## Der unbekannte Jules Verne

Das Jahr 1895 brachte für Jules Verne den Gipfelpunkt seiner phantastischen literarischen Laufbahn. Er konnte auf die glänzenden Erfolge seines raschen Aufstiegs zurückblicken: *Die Reise zum Mittelpunkt der Erde, Von der Erde zum Mond, Zwanzigtausend Meilen unter dem Meer, Reise um die Erde in achtzig Tagen, Die geheimnisvolle Insel, Der Kurier des Zaren, Robur der Sieger, Das Karpathenschloß.* Seit langem war er weit über die Grenzen Europas hinaus bekannt. Und dennoch schrieb er am 10. April seinem jungen italienischen Brieffreund Mario Turiello: »Ich habe das Gefühl, vollkommen unbekannt zu sein.« War es der Ausdruck übergroßer Bescheidenheit? Taktgefühl? Oder »ein Geständnis, das vielleicht Abgründiges, ins Unterbewußtsein Verdrängtes andeutete, etwas, was er selbst nicht ergründen wollte«, wie es Jean Chesneaux in einer interessanten Studie definiert?

Diese Erklärung muß im Zusammenhang mit einigen kürzlich erfolgten Versuchen betrachtet werden, das »Geheimnis« des großen Schriftstellers zu enträtseln. Die Surrealisten und ihre Nachfolger haben auf die Häufigkeit der initiatorischen Themen und der geheimnisvollen Bedeutungen in Jules Vernes Gesamtwerk hingewiesen. Marcel Brion hat seinen dem Schriftsteller gewidmeten Artikel, der 1966 in der Sondernummer der Zeitschrift *L'Arc* erschien, sogar *Initiatorische Reise* genannt. Michel Butor hat die wichtige Rolle des Zentralen Feuers und des Höchsten Punktes betont und hat es »gewagt«, die Unterwasser-Visionen der Gefangenen des *Nautilus* und die Beschreibung der elektrischen Gewitter im Polgebiet in *Reisen und Abenteuer des Kapitäns Hatteras* den schönsten Werken von Henri Michaux gegenüberzustellen.

Darüber hinaus wurde auch die Psychoanalyse bemüht, um das massierte Auftreten der Insel-, Schatz-, Metalle-Motive zu erklären. Marcel Moré unterstreicht die ständige Wiederkehr zweier grundlegender psychoanalytischer Themen: die Suche nach dem Vater und die unzerstörbare Freundschaft zweier Brüder. Er glaubt, in den Büchern Jules Vernes den Schlüssel für diese Fixierung in den Beziehungen des Schriftstellers zum Verleger Hetzel und zu seinem Bruder Paul Verne gefunden zu haben. Aus dieser Sicht ist Lord Glenarvan aus *Die Kinder des Kapitän Grant* der »großartige Vater« Robert Grants, und Cyrus Smith aus der *Geheimnisvollen Insel* derjenige des jungen Naturwissenschaftlers Herbert. Das Thema der beiden Brüder ist besonders stark in *Die Gebrüder Kip, Nord gegen Süd* und *Die Eissphinx* ausgeprägt.

Jean Chesneaux hält diese Untersuchungen für »vollkommen gerechtfertigt«, denn: »Sie zerstören ein für allemal Jules Vernes Alibi, nur ›Literatur für Kinder‹ zu machen, hinter dem er sich zu lange versteckt hat; sie machen vor allem den großen Reichtum seines Werks deutlich.« Wir werden auf dieses »Alibi« zurückkommen. Was die betreffenden Untersuchungen anlangt, so zeugen sie zweifellos von einer Änderung der Ansichten in den – mehr oder weniger offiziellen – mit Literatur befaßten Kreisen und tragen dazu bei, den *Außergewöhnlichen Reisen* in der Geschichte der französischen und Weltliteratur den ihnen gebührenden Platz einzuräumen. Das heißt mit anderen Worten, daß wir die initiatorischen und geheimnisvollen psychoanalytischen Erklärungen nicht akzeptieren müssen, ehe wir nicht die naheliegenderen Erklärungen überprüft haben, die sich aus der genauen Gegenüberstellung des Lebenslaufs mit dem Werk des Schriftstellers ergeben. Es ist eine schwierige Aufgabe, da sich die Nachlaßverwalter weigern, die über das Familienarchiv vor siebzig Jahren verhängte Sperre aufzuheben. Aber sind sie denn zu verurteilen? Marguerite Allote de La Fuye, die Enkelin des Schriftstellers und die Autorin der ersten Biographie Jules Vernes, für die dieses Archiv weitgehend herangezogen wurde, schreibt, daß Jules Verne um 1900 »Hunderte von Briefen, persönlichen Papieren, Rechnungsbüchern und sogar unveröffentlichten Manuskripten verbrannt hat. Bei seiner letzten Übersiedlung ließ er es anscheinend absichtlich zu, daß Andenken und wertvolle Geschenke verlorengingen. Als ob er versucht hätte, die Spuren seiner materiellen Existenz zu verwischen.« Es ist auch das Zeugnis eines Briefes vom 25. Mai 1902 an Mario Turiello: »Die Geschichte meines Lebens ist überhaupt nicht außergewöhnlich, genausowenig wie meine Reisen. Ein Schriftsteller ist für seine Heimat oder die Welt ausschließlich in seiner Eigenschaft als Schriftsteller von Interesse.« Wir können also annehmen, daß die erwähnte Sperre nur der Ausdruck des unausgesprochenen oder vielleicht sogar ausgesprochenen Wunsches Jules Vernes ist, von der Nachwelt nur nach seinen Werken beurteilt zu werden. Aber diesen Standpunkt zu verstehen bedeutet nicht unbedingt, ihn zu rechtfertigen. Der Zugang zum Familienarchiv hätte den Forschern sicherlich entscheidende Erkenntnisse über die oft so gegensätzlichen Aspekte dieses großartigen Werks geliefert. Um so mehr, als den *Außergewöhnlichen Reisen* oft persönliche Erlebnisse des Schriftstellers zugrunde zu liegen scheinen, der übrigens in *Claudius Bombarnac* zugibt: »Es geschieht nur selten, daß die Persönlichkeit eines Autors sich nicht mit dem vermengt, was er erzählt.« Wir werden ein einziges Beispiel anführen. In etlichen Jules Verne-Romanen ist das Motiv des utopischen Sozialismus deutlich spürbar, aber sein genauer Ursprung konnte noch nicht festgestellt werden. Die Korrespondenz Jules Vernes könnte Hinweise auf seine Beziehungen zu den letzten Saint-Simonensern geben (um 1860) oder zu seinem Mitbürger in Nantes, dem Doktor Guépin, einem begeisterten Anhänger des Fourierismus und dem Autor des Monumentalwerks *Philosophie du XIX^e^ siècle, étude encyclopédique sur le monde et l'humanité* (1854).

Wir erwarten von der Öffnung des Familienarchivs ein völlig neues Bild des Autors und stellen fest, daß die bis jetzt bekannten biographischen Daten, die bisher veröffentlichten Briefe, die Interviews und vor allem die *Außergewöhnlichen Reisen* selbst ein Bild ergeben, das sich ziemlich von dem des gütigen Greises auf dem Titelbild der Ausgabe »rouge et or« unterscheidet. Wir haben immer die Fotografie des Fünfundzwanzigjährigen für charakteristischer gehalten: verschränkte Arme, leicht nach vorn geneigter Kopf, die Augen in die Ferne gerichtet, Zukunftsvisionen schauend, die bereits die Gestalt des »wissenschaftlichen Romans« anzunehmen begannen... 1895 aber war Jules Verne siebenundsechzig Jahre alt, war auf allen Meridianen und Breitengraden bekannt und in viele Sprachen übersetzt und fühlte sich doch als »vollkommen unbekannt«. Warum?

Wir dürfen den Schock einiger biographisch belegter Ereignisse nicht unterbewerten. Es ist bekannt, daß der Schriftsteller als eine Art Handwerker betrachtet wurde, den man in die Randbereiche der großen literarischen Strömungen der Epoche verwies. In einem Brief an Hetzel bezieht er sich auf »die geringe Bedeutung dieser hauptsächlich für die Jugend bestimmten Bücher in der Literatur« und fährt fort: »Ich erinnere mich daran, daß Paul de Saint-Victor, der über die Autoren des *Magasin d'Education et de Récréation* sprach, mich nicht einmal erwähnt hat.« Und, abschließend: »Lieber Freund, seien Sie mir nicht böse, aber machen Sie sich nicht etwa Illusionen in bezug auf diese Literatur und auf Ihren ergebenen Autor, der im übrigen unfähig wäre, etwas anderes zu machen?«

Leider war die Einstellung Paul de Saint-Victors kein Einzelfall. Die meisten Kritiker und Literaturhistoriker schienen die Existenz ihres berühmten Landsmannes und Zeitgenossen nicht wahrnehmen zu wollen. Und wo sie ihn nicht ignorierten, zitierte ihn Thibaudet gerade nur im Vorübergehen, und Lanson widmete ihm eine ein wenig verächtliche halbe Zeile. Selbst Anatole France, der später *Auf dem weißen Felsen* mit einer utopischen Erzählung abschloß, bewies eine merkwürdige Kurzsichtigkeit: »Allzu naive Knaben, die dem Herrn Verne Glauben schenken, stellen sich vor, daß man mit einem Geschoß den Mond erreichen und daß sich der menschliche Organismus den Gesetzen der Schwerkraft ohne nachhaltige Folgen entziehen kann. Dieses von ihm entworfene Zerrbild der edlen Wissenschaft von den Himmelsräumen, der altehrwürdigen Astronomie, entspricht weder der Wahrheit noch dem Sinn für

Schönheit.« (*Das Buch meines Freundes,* 1885).

Diese Geringschätzung wirkt sich auch auf seine Stellung in der Öffentlichkeit aus. Jules Verne, der seit 1870 Ritter der Ehrenlegion war, wurde erst 1892, im Alter von vierundsechzig Jahren, zum Offizier ernannt, und zwar auf Grund des bereits 1886 erfolgten Vorschlags von Frédéric Petit, Mitglied des Stadtsenats von Amiens, also »viel mehr wegen seiner Eigenschaft als Stadtrat denn als großer Schriftsteller«. Aber hiermit erschöpft sich bereits die Großzügigkeit der Regierung der Dritten Republik. Jules Verne wird nie zum Kommandeur der Ehrenlegion ernannt und erhält nicht einmal die Palmen der Akademie, eine Auszeichnung, die sonst recht großzügig verteilt wird. Zu der Möglichkeit der Aufnahme in die Französische Akademie, diesem Gipfel der öffentlichen Anerkennung, wieder ein aufschlußreicher Absatz aus dem gleichen Brief an Hetzel: »Vor kurzem hat eine Zeitung die Romanciers aufgezählt, die Anspruch darauf hätten, in die Akademie aufgenommen zu werden, und Daudet, Goncourt, Fabre, Féval usw. genannt... alle, außer mir. Ich stelle mir deshalb vor, daß bei meiner allfälligen Kandidatur viele bloß die Achseln gezuckt hätten.« 1892 kommt der Schriftsteller, wieder in einem Brief an Hetzel, nochmals darauf zu sprechen: »Wenn man mit fünfundvierzig in die Akademie aufgenommen wird, so geht es gerade noch an; aber wenn man bereits sein vierundsechzigstes Lebensjahr erreicht hat, lohnt sich der Eintritt nicht mehr. Ich werde nie bereit sein, mich in dem notwendigen Ausmaß dafür einzusetzen, wenn noch dazu meine Erfolgschancen so gering sind, da mein Genre anscheinend nicht akademiewürdig ist.«

Bei der Lektüre dieser Geständnisse drängt sich die folgende Frage auf: Warum ist Jules Verne seinem Genre treu geblieben, wenn es dazu führte, daß er ständig unterschätzt wurde? War er wirklich »unfähig, etwas anderes zu machen«? Im Licht der Tatsachen scheint diese Behauptung eher eine indirekte, bittere Antwort auf diese Frage zu sein. Bevor er der beinahe exklusive Mitarbeiter des *Magasin d'Education et de Récréation* wurde, hatte er etwas anderes gemacht: Komödien, Stücke in Versen,

Libretti, Novellen, Studien, populärwissenschaftliche Artikel. *Les Pailles rompus,* ein Akt in Versen, erlebte sogar zwölf Vorstellungen in dem von Alexandre Dumas gegründeten Historischen Theater. Aber das Maß für die Möglichkeiten des jungen Schriftstellers war durch »Meister Zacharias« gesetzt worden, einer Erzählung, die 1854 im *Musée des Familles* veröffentlicht worden war und die schon eine gewisse Begabung für die phantastische Literatur ahnen ließ. Wir müssen uns im übrigen die Frage stellen, was für einen Erfolg die *Außergewöhnlichen Reisen* gehabt hätten, wenn der Autor sie nicht bewußt für ein jugendliches Publikum ersonnen und zu Papier gebracht hätte. Jedenfalls sind unter dem flüssigen Erzählerstil der Verneschen Prosa ungeahnte Tiefen und Feinheiten verborgen, die nur von sehr wenigen Zeitgenossen des Schriftstellers erkannt wurden. Unter denen, die später darauf hingewiesen haben, befindet sich George Călinescu: »Nicht selten reicht seine visionäre Kraft an Victor Hugo heran. Der Stil ist bezaubernd, geistreich und äußerst plastisch. Der Eindruck von Halluzinationen entsteht durch den Wagemut, mit dem hypothetische, aber auf wissenschaftlichen Erkenntnissen beruhende Voraussetzungen als konkrete Tatsachen eingeführt werden.« Mihail Ralea war wieder von der Beschreibung der unterseeischen Vegetation begeistert: »Selten sind die Farben, die chromatischen Symphonien, das Ballett der komplizierten pflanzlichen Formen, diese rein visuellen Eindrücke so deutlich allein mit Hilfe des Wortes wiedergegeben worden. Wenn man diese Schilderung ein zweites Mal liest, entsteht das vielgestaltige und bunte Trugbild erst richtig plastisch vor unseren Augen.« Im übrigen haben einige der nachgelassenen Werke – vor allem *Die Schiffbrüchigen der Jonathan* und »Der ewige Adam« – nichts mit Jugendschrifttum zu tun. Wir wagen sogar anzunehmen, daß sie zu Lebzeiten des Autors nie erschienen wären. Aber wir greifen vor.

Die Erklärung für Jules Vernes Festhalten an dieser Literaturform könnte auch in den Verpflichtungen gesucht werden, die er Hetzel gegenüber eingegangen war. Durch sechs aufeinanderfolgende Verträge verpflichtete sich der Schriftsteller, zuerst zwei, dann drei und zuletzt wieder zwei Bände jährlich zu liefern. Seine unermüdliche, mit der Regelmäßigkeit eines Metronoms ausgeführte Arbeit führte jedoch zu einer bedeutenden »Überproduktion«. Seit 1890 schrieb Jules Verne schon im voraus für die kommenden Jahre und häufte Manuskripte an, die dem Herausgeber dann nicht unbedingt in der chronologischen Reihenfolge der Fertigstellung übergeben wurden. Um die Jahrhundertwende wächst diese Reserve. In einem Brief vom 15. Januar 1902 an Mario Turiello heißt es: »... heute erscheint mein dreiundachtzigster Band, aber ich habe weitere sechzehn bereits fertig und der, an dem ich gerade arbeite, wird mein hundertster. Daher muß ich wohl annehmen, daß die letzten posthum erscheinen werden.« Also hätte der Schriftsteller zumindest in den letzten fünf oder zehn Lebensjahren genügend Zeit gehabt, um einen Ausbruch aus der Sphäre des »nichtakademischen Genres« zu versuchen. Aber diese Loslösung von dem bisherigen Themenkreis war keine Frage der Zeit – und auch nicht der Möglichkeiten, wie wir weiter oben gesehen haben. Es wäre notwendig gewesen, daß sich Jules Verne vornahm, etwas anderes zu schreiben und vor allem zu veröffentlichen, und den ehrgeizigen Plan aufgab, den er Jahrzehnte zuvor gefaßt hatte, als er ganze Tage in der Nationalbibliothek verbrachte, wo er wissenschaftliche Abhandlungen und Zeitschriften verschlang. Er hätte die *Außergewöhnlichen Reisen* unterbrechen müssen, die dazu bestimmt waren, wie Hetzel im Vorwort zum ersten Band schrieb, »alle *geographischen, geologischen, astronomischen und physikalischen* Erkenntnisse zusammenzufassen, die von der modernen Wissenschaft zusammengetragen worden waren und in der malerischen und bestrickenden Art und Weise, die ihm eigen ist, die Geschichte des Universums neu zu schreiben.« Und noch etwas wäre erforderlich gewesen...

Wir haben versprochen, auf das »Alibi«, Bücher für Kinder zu schreiben, zurückzukommen, eine Idee, die Jean Chesneaux mit Begeisterung aufgegriffen hat und die andere vor ihm bis in die letzten Konsequenzen entwickelt haben. Raymond Roussel hat 1921 an Eugène Leiris geschrieben: »Er (Jules Verne) ist bei weitem das größte literarische Genie aller Jahrhunderte; er wird noch gelesen werden, wenn alle anderen Autoren unserer Epoche längst vergessen sein werden. Außerdem ist es genauso monströs, ihn Kindern zum Lesen zu geben, als sie die Fabeln La Fontaines auswendig lernen zu lassen, die so tiefgründig sind, daß nur sehr wenige Erwachsene fähig sind, sie entsprechend zu würdigen.« Moderne Literaturkritiker sind in ihren Formulierungen vorsichtiger und wollen uns zum Beispiel davon überzeugen, daß das »Etikett eines Autors für die Jugend... das Ergebnis einer Autosuggestion ist, die von seiner Umgebung und vor allem von Hetzel selbst gefördert wurde...« Aber was ist die Meinung des Schriftstellers selbst dazu?

1896 hat Edmondo de Amicis ihn in Amiens besucht, vielleicht um eine idiotische Legende zu zerstören, die von Menschen wie von seinem Freund in Turin kolportiert wurde, der ihm bei der Abreise gesagt hatte: »Du willst Jules Verne besuchen? Und wenn Jules Verne gar nicht existiert? Alle Welt weiß: die *Außergewöhnlichen Reisen* sind das Werk einer Gruppe von Schriftstellern, die ein gemeinsames Pseudonym gewählt haben!« Der Autor von *Cuore* kehrte nicht nur mit der Gewißheit zurück, daß der methodische Fleiß und das arbeitsame Genie eines einzelnen Mannes ein Wunder vollbracht hatten, sondern auch mit einem erschütternden Geständnis. Angesichts der Regale mit den achtzig Originalbänden und den Hunderten von Übersetzungen in alle Sprachen der Welt, hatte Jules Verne seinem jüngeren Kollegen gesagt: »Sehen Sie, diese Verbreitung beruht zum großen Teil darauf, daß ich mir beim Schreiben immer vorgenommen habe, selbst auf Kosten der Kunst nicht eine Seite, nicht einen Satz hervorzubringen, die die Kinder, für die ich schreibe – und die ich liebe – nicht verstehen können.« Diese Erklärung scheint alle Spekulationen über die Zielgruppe der Werke Jules Vernes und über seine Absichten endgültig zu beenden. Wir wollen uns aber vor einer gefährlichen Simplifizierung hüten.

Marcel Moré mißt einer von Pierre Louys durchgeführten graphologischen Analyse Jules Vernes große Bedeutung bei, in der gleich zu Beginn festgestellt wird, daß er ein »heimlicher Revolutionär« ist. Eine begründete Qualifizierung, auch wenn uns die angewandte Methode fraglich erscheint. Aber als Beweis dafür müßte nicht angeführt werden, daß er mit elf Jahren versucht hat, als blinder Passagier auf einem Schiff nach Indien zu gelangen, und auch nicht, daß er als Kandidat einer sozialistisch und radikal gefärbten Parteigruppierung für den Gemeinderat von Amiens aufgestellt wurde. Außerdem übertreibt Marcel Moré auch dort, wo er um jeden Preis einen Zusammenhang zwischen Jules Verne und Nietzsche herstellen will, weil der letztere 1886 in seiner Vorrede zu *Morgenröte* geschrieben hat: »In diesem Buch findet man einen »Unterirdischen« an der Arbeit, einen Bohrenden, Grabenden, Untergrabenden«, oder weil beide Stendhal schätzten und die gleiche Einstellung zu Wagner hatten. Ohne die übrigen, von diesem französischen Wissenschaftler vorgebrachten Übereinstimmungen zu erwähnen, wollen wir nur das wichtigste Argument zitieren, das als sicherer Beweis für den Einfluß Nietzsches auf Jules Verne angeführt wird. Es handelt sich um das Ende der Novelle »Der ewige Adam«: »... Der Zartog Sofr-Ai-Sr erwog langsam, schmerzlich die innere Überzeugung der ewigen Wiederkehr aller Dinge.« Und Moré schließt daraus: »Es ist klar: wer sonst hätte Jules Verne die Idee einer ewigen Wiederkehr inspirieren können als die Lektüre philosophischer Werke, denen hauptsächlich dieses Thema zugrunde liegt?« (lies: die Werke Nietzsches). Diesmal scheint die Annahme sogar begründet, auch wenn es nirgends im Werk und in der Korrespondenz Vernes einen Hinweis auf den deutschen Philosophen gibt. Wir wollen uns dennoch an das vom berühmten Franziskanerpater Guillaume d'Occam aufgestellte Prinzip der Beschränkung halten: »Man soll die Hypothesen nicht vermehren, wenn es nicht unbedingt erforderlich ist.« Anders gesagt, ehe man auf die komplizierteren und unsichereren Annahmen zurückgreift, muß man die einfacheren und leichter überprüfbaren heranziehen. Daher werden wir auf die ein wenig rhetorische Frage »wer sonst hätte Jules Verne die Idee einer ewigen Wiederkehr inspirieren können« erwidern, daß sich diese Idee durch die gesamte romantische Literatur zieht und wahrscheinlich Cuviers Theorie der geologischen Katastrophen entspringt. Der hervorragende französische Gelehrte hat das Verschwinden ganzer Pflanzen- und Tierfamilien durch die Katastrophen erklärt, die mehrere Male in der Geschichte der Erde das organische Leben teilweise zerstört haben. Von dieser Theorie wurden sicher auch die Beschreibungen uralter Zivilisationen in *Der Sturz eines Engels* von Lamartine oder in *Die verschwundene Stadt* und *Das Feuer, das vom Himmel fiel* von Hugo beeinflußt. Aber warum sollten wir eigentlich nicht den geistigen Ursprung des »Ewigen Adam« in Platons Dialogen über Atlantis suchen, eines Mythos, das im Lauf der Zeit unzählige Veränderungen erfahren hat und der auch in den *Außergewöhnlichen Reisen* sehr stark zutage tritt? (Der Doktor Clawbonny aus den *Reisen und Abenteuern des Kapitäns Hatteras* zitiert den Astronomen Bailly, der behauptete, daß die Atlantiden am Nordpol gelebt hätten; Kapitän Nemo führt den Professor Aronnax auf dem Grund des Ozeans zu den Ruinen der untergegangenen Stadt; die Überlebenden der Weltkatastrophe aus dem »Ewigen Adam« entdecken diese Spuren auf dem aus dem Wasser wieder aufgestiegenen Kontinent.) Und das Spiel kann noch weiter fortgesetzt werden, indem man die vor der Novelle Jules Vernes erschienenen belletristischen Werke aufzählt, die auf der Hypothese einer solchen Katastrophe beruhen; oder, wenn wir schon unbedingt den Einfluß eines Philosophen nachweisen wollen, dann können wir uns noch eher auf Schopenhauer beziehen (der zugleich mit anderen französischen und ausländischen Geistesgrößen in *Claudius Bombarnac* zitiert wird), für den die Geschichte durch die ewige Wiederholung einiger trügerischer Erscheinungen charakterisiert ist. Nietzsche kann man jedenfalls nicht in diese Spekulation einbeziehen, denn die Idee zu dieser Novelle ist bereits in den Meditationen des Professors Aronnax aus *Zwanzigtausend Meilen unter dem Meer*

(1870) enthalten. »Vielleicht wird eines Tages eine gewaltige Eruption diese versunkenen Ruinen wieder an die Oberfläche des Meeres bringen.« So sagt auch Cyrus Smith in der *Geheimnisvollen Insel* (1874/75): »In künftigen Jahrhunderten werden neue Entdecker wie einst Christoph Columbus die Inseln Chimborasso, Himalaya und Mont Blanc wiederfinden, die Reste der vom Wasser verschlungenen Erdteile Amerika, Asien und Europa.« Und schließlich greift der »Ewige Adam« dieses Thema wieder auf (das Datum der Fertigstellung ist nicht bekannt) und baut sie weiter aus: »... Doktor Moreno vermutete, daß diese Ruinen zum antiken Atlantis gehörten und daß der vulkanische Ausbruch sie wieder an die Oberfläche gebracht hatte«; »... der gesamte amerikanische Kontinent war von den Wellen überflutet worden!«; »... Die *Virginia* setzte ihre Reise nach Südwesten fort, gelangte auf die Höhe von Tibet, dann des Himalaya. Hier hätten sich die höchsten Gipfel der Welt befinden müssen. Nun, soweit wir auch in alle Richtungen blickten, nichts erhob sich über die Oberfläche des Ozeans.«; »... wir sind über den Ural gesegelt, der zu einer unterseeischen Bergkette geworden war, und fuhren über das Gebiet hinweg, das einmal Europa gewesen war.«

Daß wir der Klarstellung dieses Problems so viel Raum widmen, ist durch die schwerwiegenden Schlüsse, die sich aus der Hypothese von Marcel Moré ergeben, gerechtfertigt; er spricht schließlich von einem »Verneschen Nietzscheismus« »avant la lettre« und stellt sich die Frage, ob »der Zartog Sofr-Ai-Sr nicht irgendwie Jules Verne selbst ist, der seine letzten Lebensjahre damit verbrachte, die ihm durch das ins Französische übersetzte Werk Nietzsches aufgegebenen Rätsel zu lösen.« Trotz des Pessimismus dieser letzten Jahre, dessen Ursache man in Vernes Person und in seinem Verhältnis zu der damaligen Gesellschaft suchen muß, ist aber der tiefere Sinn seine schriftstellerischen Werkes weit davon entfernt, mit dem seines angeblichen Vorbilds übereinzustimmen. Sogar der »Ewige Adam«, der düstere Bericht über eine weltweite Katastrophe und über einen wissenschaftlichen Irrtum, beweist, daß der Optimismus Jules

Vernes, genau wie der seines Helden, nur »weitgehend gestört«, aber nicht völlig verlorengegangen war. Das pflanzliche und tierische Leben paßt sich den ungünstigen Bedingungen auf dem letzten Zufluchtsort an. Und die Überlebenden raffen sich aus ihrer stumpfen Lethargie auf, um den künftigen Geschlechtern eine Zusammenfassung aller ihrer Kenntnisse zu hinterlassen und ihnen so »den mühsamen Weg der Entwicklung zu verkürzen«.

Außer den anfechtbaren Behauptungen, die wir angeführt haben, enthält der Artikel von Marcel Moré auch ausreichend begründete Feststellungen, wie zum Beispiel die folgende: »... Er (Jules Verne) hat geahnt, daß die Maschine, die immer vollkommener wird und eine immer größere Rolle im Leben des Menschen spielt, ihm die Möglichkeit geben wird, seinem Schicksal mit größerer Energie und mehr Aussicht auf Erfolg entgegenzutreten; er wird aber das Risiko eingehen müssen, daß er dadurch eine apokalyptische, früheren Jahrhunderten unbekannte Atmosphäre schafft. Und weil Jules Verne sich mit einem ganz neuen und so wichtigen Problem nicht in philosophischen Schriften, sondern in seinen Romanen auseinandersetzt, die vor allem als Jugendlektüre gedacht waren, könnte man da nicht sagen, daß er sich einer Art Untergrundarbeit gewidmet hat, weil er eigentlich ein Revolutionär war?« Diese Annahme ist zweifellos berechtigt. Aber diese revolutionäre Einstellung findet ihren Ausdruck nicht nur darin, daß er der Maschine – und im weiteren Sinn der Wissenschaft – einen bedeutenden Platz im Leben der Menschheit einräumt. Die in den letzten drei Jahrzehnten durchgeführten Forschungen haben das ständige Vorhandensein von drei Hauptströmungen im Werk Jules Vernes bewiesen: die Tradition des Jahres achtundvierzig, den Einfluß des utopischen Sozialismus und den des freiheitlichen Individualismus. Für uns haben diese Begriffe eher historische Bedeutung. Aber wie mußte der Bürger des Zweiten Kaiserreichs reagieren, der noch unter dem Eindruck des bonapartistischen Putschversuchs von 1851 stand; wie das Kind und der Jugendliche, die im Geist des Respekts vor dem

Kaiser und der feststehenden Ordnung aufgewachsen waren, wenn sie die zündenden Sätze des Kapitäns Nemo lasen: »Das Meer gehört nicht den Despoten. Auf seiner Oberfläche können sie noch ihre usurpierten Rechte durchsetzen, können einander bekämpfen und vernichten, alle Schrecken des Festlandes dorthin transponieren. Aber in dreißig Fuß Tiefe ist ihre Macht nicht mehr vorhanden, hört ihr Einfluß auf, schwindet ihre Stärke! Ja, mein Herr, leben Sie in der Tiefe des Meeres! Nur hier kann man unabhängig sein! Hier anerkenne ich keinen Herrn. Hier bin ich frei!«

Man kann uns mit Recht entgegenhalten, daß der Autor und seine Personen nicht eins sind, daß wir sie nicht miteinander verschmelzen dürfen. Aber irgendwo hat Jules Verne geschrieben: »Wenn ich auch nicht immer das bin, was ich sein sollte, so werden wenigstens die Figuren meiner Romane das sein, was ich gerne gewesen wäre.« Und Marguerite Allotte de la Fuye stimmt in den Zeilen, die sie dem Roman *Zwanzigtausend Meilen unter dem Meer* widmet, dem Kapitän Nemo zu: »Unter allen von Jules Verne geschaffenen Gestalten ist der Mann des Wassers diejenige, in die er alle seine Neigungen transponiert hat. Mit dieser Figur hat sich der Schriftsteller identifiziert.« Und, etwas weiter: »Die Freiheit ... Jules Verne umwirbt sie mit der romantischen Leidenschaft jener Männer, die 1848 zwanzig Jahre alt waren... Nemo ist die Verkörperung des Mannes des Jahres 1848. Er jagt die Despoten und kämpft für das Nationalitätenprinzip. Unerbittlich versenkt er die Fregatte der Unterdrücker und verschenkt großzügig seine Schätze an die um ihre Freiheit kämpfenden Völker.«

Aber von dieser Identifizierung ist erst 1928 die Rede. Über dreißig Jahre vor dem Erscheinen des Buches seiner Enkelin hat sich Jules Verne, der sich freiwillig nach Amiens zurückgezogen hatte und von der Kritik und der Öffentlichkeit nur als unbedeutender Schriftsteller angesehen wurde, als »ein vollkommen unbekannter Mensch« gefühlt, der hartnäckig seine Bemühungen als heimlicher Revolutionär fortsetzt. Diese persönliche Revolution hat er jedoch nicht vollzogen, indem er gleichsam als Alibi vorgab, für Kinder zu schreiben, oder indem er sich als Autor für die Jugend abstempeln ließ. Nachdem er sich sein Publikum mit Absicht ausgesucht hatte, impfte er ihm seine Ideen tropfenweise mit jeder neuen Schilderung einer *Außergewöhnlichen Reise* ein – das Wissen, die Ideen, die Gefühle, die man zur Bewältigung der kommenden Zeiten brauchen würde und mit denen er sich selbst bestätigt sehen wollte. Denn, wie sein anderes Ich, Kapitän Nemo, sagte: »Die Erde braucht nicht neue Kontinente, sondern neue Menschen.«

Übersetzt von Hilde Linnert

## Jean-Pierre Vernier
## Die Science-fiction von J.H. Rosny dem Älteren

Während Wells und Verne heute als die Begründer der modernen SF gelten, ist J.H. Rosny Aîné (Rosny der Ältere) weiterhin weitgehend unbekannt, und dies, obwohl er um die Jahrhundertwende eine prominente Gestalt im literarischen Leben Frankreichs war und im SF-Genre eine Anzahl von äußerst interessanten Werken verfaßte. »Les Xipéhuz« (Die Xipehuz), seine erste Erzählung und eines der originellsten Beispiele früher SF, veröffentlichte er 1887, acht Jahre vor *The Time Machine*, und er schrieb während seines ganzen Lebens (1866-1940) SF – siehe die beigefügte Bibliographie. Sein literarischer Ruf schwand jedoch nach seinem Tode rasch dahin. Wie H. G. Wells schrieb er viel zu viel, und viele seiner Romane sind von höchst zweifelhaftem Wert. Einen Namen machte er sich mit den »prähistorischen« Romanen, von denen *La guerre du feu* (Der Feuerkrieg, 1909) der bekannteste ist. Alle seine anderen Werke werden entweder ignoriert oder sind in Vergessenheit geraten. Vieles von seiner »realistischen« Prosa ist heutzutage nahezu unlesbar, und selbst seine besten Werke sind nicht völlig frei von Weitschweifigkeit, rührseliger Sentimentalität und unbeholfenen stilistischen Manieriertheiten. Unter den Büchern, die von Kritikern wie Lesern gleichermaßen verworfen wurden, befinden sich jedoch einige ausgezeichnete und höchst originelle SF-Erzählungen. Die kürzliche Veröffentlichung einer Sammlung davon, die die besten darunter enthält[1], deutet auf ein Wiedererwachen des Interesses an seiner SF hin. Trotz gewisser Ähnlichkeiten scheint Rosny keinen Einfluß auf H. G. Wells ausgeübt zu haben; andererseits ist es sehr wahrscheinlich, daß Rosnys Spätwerke teilweise das Interesse widerspiegeln, das die französischen Übersetzungen von Wells' SF

1 J. H. Rosny Aîné: *Récits de science-fiction*, herausgegeben von J. Baronian mit einem Vorwort von J. Van Herp (Verviers: A. Gérard-Marabout 1973); das ist die beste vorhandene Sammlung von Rosnys Erzählungen.

hervorgerufen hatten. Ungleich Wells, den die die Phantasie beflügelnden Möglichkeiten der biologischen Evolution und die Arbeitsweise des naturwissenschaftlichen Verstandes, den er als Mittel ansah, um über die Öde der Welt seiner Zeit zu triumphieren, anzogen, fühlte sich Rosny, obwohl er an anderen Lebensformen ungemein interessiert war, nicht bloß zur deskriptiven Biologie und Ethnologie hingezogen, sondern auch zur Physik, Chemie und Astronomie. Sein Hauptinteresse galt jedoch weniger dem Wellsschen »Entwicklungsprozeß der Menschheit« als vielmehr den Möglichkeiten des Lebens im Universum.

Rosny war gebürtiger Belgier, schlug aber nach einer Reise nach England in Paris die Karriere eines Berufsschriftstellers ein. Er war zunächst ein Anhänger Zolas, dessen Einfluß er im Jahre 1887 öffentlich abschwor, dann ein angesehenes Mitglied der »Académie Goncourt« – wurde aber doch in ungewöhnlichem Maße von den Aussichten fasziniert, die die Wissenschaft aufgetan hatte. Sein wirklicher Name war Joseph Henri Böex. Er hatte einen jüngeren Bruder, der ebenfalls Romanschriftsteller war, und beide verwendeten dasselbe Pseudonym. Bis 1892 veröffentlichte Joseph Henri seine Arbeiten unter dem Namen »J.H. Rosny«; anschließend, zwischen 1893 und 1907, wurde dieses Pseudonym für Bücher verwendet, welche die beiden Brüder gemeinsam schrieben. Das endete im Jahre 1907, als sie beschlossen, die Namen »J.H. Rosny Aîné und »J.H. Rosny Jeune« zu verwenden. Folglich wurden die zwischen 1893 und 1907 entstandenen und heute Rosny dem Älteren zugeschriebenen Werke in Wirklichkeit zusammen mit seinem Bruder geschrieben, doch zeigen die stilistischen Eigenheiten, die sie mit den vorher oder nachher geschriebenen Erzählungen gemein haben, daß möglicherweise das meiste von Rosny dem Älteren stammt.

Man kann Rosnys SF in vier Kategorien unterteilen, die für verschiedene Aspekte derselben Vision stehen: (1) jene Erzählungen, die sich mit völlig fremden Lebensformen befassen, sei es in der Vergangenheit oder der Zukunft der Menschheit oder auf anderen Planeten; (2) jene, die von Parallelwelten oder unerklärten natürlichen Wesen oder Naturerscheinungen handeln, die auf die Gegenwart des Erzählers und des Lesers der damaligen Zeit einwirken; (3) jene, die das Schema der »unentdeckten Insel« verwenden, in dem die menschlichen Helden plötzlich feststellen müssen, daß sie von der Gesellschaft abgeschnitten sind und sich in einer fremden Umwelt befinden, die als autonome Welt dargeboten wird, obwohl es sich geographisch durchaus nicht um eine Insel handeln muß; (4) Romane über das Leben von Mensch und Tier in der Vorgeschichte.

Ich habe in dieser Klassifikation nicht nur Rosnys »realistische« Bücher ausgeschieden, sondern auch Erzählungen und Romane mit phantastischen Themen wie Hexerei, Vampirismus oder Doppelgängern. Ich übergehe auch Werke, in denen das SF-Element nur nebensächlich und für die Entwicklung nicht zentral ist. Schließlich bleibt in Rosnys Fall die Frage offen, ob Geschichten, die in imaginären urgeschichtlichen Zeiten spielende Abenteuer schildern, zur SF gehören. Man findet in ihnen vertraute SF-Themen, doch liegt der Nachdruck weitgehend auf Abenteuern um der Abenteuer willen und einer Art hochgestochenem Lyrizismus, nicht aber auf einer logischen Auslotung der geschaffenen Lage. Kurzum, das kognitive Element hat sich weitgehend dem Vergnügen der Weltflucht unterordnen müssen. Natürlich befinden sich einige von Rosnys Geschichten an der Grenze, wo sich meine Kategorien überschneiden.

In »Les Xipéhuz«, Rosnys erster Geschichte, sehen sich Nomadenstämme in der Gegend des späteren Mesopotamien, der Wiege der Menschheit, geheimnisvollen Wesen gegenüber, die wie durchsichtige Kegel aus lebender Materie aussehen und mit magnetischer Energie geladen sind. Ihr plötzliches Erscheinen auf der Erde und ihre Vermehrung bedrohen sogar die Existenz der Menschheit. Die Xipéhuz sind lebende Minerale und vom Menschen so grundlegend verschieden, daß eine Verständigung mit ihnen unmöglich ist. Im Gegensatz zu Wells' Marsianern, die als Weiterentwicklung der Evolution des Menschen geschildert werden, vertreten die Xipéhuz eine Lebensform, für die es im menschlichen Geist keinen Vorläufer und kein vorstellbares Modell gibt. Schließlich werden die Invasoren durch die Idee eines außergewöhnlichen Mannes namens Bakhûn vernichtet – eines Außenseiters, der sich nicht an die herkömmlichen Normen der Gesellschaft hält. Bakhûns Leben steht für ein fortgeschritteneres Stadium der menschlichen Zivilisation, oder es erinnert im Gegenteil an die Vollkommenheit Edens – ein Vergleich, den Rosny ganz offen anstellt. Seine sitzende Lebensweise, die er mit vier Frauen und dreißig Kindern teilt, macht es ihm möglich, alle seine Energie für intellektuelle Anstrengungen aufzusparen... Bakhûns Überlegungen stützen sich auf meßbare Daten, und er steht zur Religion seiner Zeit im Gegensatz, denn er glaubt an einen einzigen Gott und betont, daß die Weisheit das moralische Grundprinzip ist.

Diese Erstlingsgeschichte zeigt Rosnys ständige Hypothese, daß andere, aus Energie bestehende Lebensformen vielleicht das Universum zusammen mit uns bewohnen, ohne daß wir es merken, und daß derjenige, der imstande ist, mit solchen Problemen fertig zu werden, jemand ist, in dem sich Naturwissenschaft, Glaube und Kunst harmonisch verbinden, ein Übermensch also, der mit einer kleinen Elite von Jüngern die Geheimnisse des Universums teilt.

In *La Mort de la Terre* (Der Tod der Erde, 1910) beschreibt Rosny nicht den Tod unseres Planeten, sondern den Tod der Menschheit. Auf der Erde haben sich ungeheure geologische Umwälzungen vollzogen, und zu Beginn der Erzählung, 500 Jahrhunderte in der Zukunft, gibt es einen Wassermangel, dem nicht mehr abzuhelfen ist. Die wenigen noch übriggebliebenen Menschen haben sich auf kleine, unabhängige Gemeinwesen zurückgezogen, in denen die Geburtsrate absichtlich sehr niedrig gehalten wird. Der nachhistorische Mensch hat erneut das Stammesleben erfunden, aber zum Unterschied vom urgeschichtlichen Menschen weiß er nun, daß er eine zum Untergang verurteilte Art ist, und er verhält sich völlig passiv: »Der

Lebensgeist ist verschwunden; er erhält sich nur in wenigen Individuen als Atavismus. Durch den Prozeß der Auslese hat die Rasse einen automatischen und daher vollkommenen Untertanengeist gegenüber den neuen unveränderlichen Gesetzen angenommen.«[2] Anstelle des menschlichen Bewußtseins und des Tierreichs im allgemeinen, bevorzugt die Erde nun das Reich der Minerale. Eine neue Form »ferromagnetischen« Lebens ist aufgekommen; sie wird sich bald selbständig machen und die Nachfolge des Tierreiches antreten. Symbolisch weist der letzte Mensch die Euthanasie zurück und legt sich auf der Erde nieder, wo die Minerale durch Anämie seinen Tod herbeiführen werden: »Dann traten einige Teile des letzten Menschenlebens ins neue Leben ein.«[3] Die letzten Menschen akzeptieren die neue Lebensform, die ihre Auslöschung verursacht, die aber auch einen geheimnisvollen Plan impliziert, der die Evolution des Lebens regiert.

Dieses Gefühl einer *Grundeinheit im Universum* ist bei Rosny ein Hauptmotiv. Es zeigt sich erneut in dem Kurzroman *Les Navigateurs de l'infini* (Die Seefahrer des Unendlichen, 1925)[4], wo die Verfremdung räumlicher und nicht zeitlicher Natur ist. Drei Menschen von der Erde landen auf dem Mars, der von Wesen bewohnt wird, deren Gestalt der ternären Symmetrie unterliegt: diese Dreifüßler haben sechs Augen, und sie pflanzen sich durch Parthenogenese fort. Das ermöglicht es Rosny, sich über die Vorzüge einer Methode auszulassen, die die Grobheit und Vulgarität des Geschlechtlichen beseitigt. Aber die Marsianer haben dasselbe Evolutionsstadium erreicht wie die Menschen in *La Mort de la Terre*; sie werden von den »Zoomorphen« bedroht, einer neuen Form flachen protoplasmischen Lebens, und sie haben jeden Schöpfergeist verloren. Die Technik und die Energie der Erdmenschen sichern den Sieg im Kampf gegen die fremden Wesen und ermöglichen das

2 *La Mort de la Terre* in *Récits*, S. 148.
3 Ibidem, S. 188.
4 Diesem Roman folgte ein zweiter Teil, *Les Astronautes*, der posthum veröffentlicht wurde (Paris: Rayon fantastique 1960).

Überleben der marsianischen Dreifüßler. Die Hauptschwäche des Buches bildet eine Liebesgeschichte zwischen dem Erzähler und einem weiblichen marsianischen Dreifüßler; sie grenzt oft ans Lächerliche, ermöglicht Rosny aber auch die Andeutung, daß ästhetisches Wohlgefallen auch von Dingen oder Wesen erweckt werden kann, die mit dem Menschen nichts gemein haben. Auf die gleiche Weise spricht die Entdeckung der Ätherischen auf dem Mars, leuchtender Netze aus phosphoreszierender Materie, die eine völlig andere Lebensform sind, den geschärften Schönheitssinn der Forscher an. Die Menschen sind nicht in der Lage, diese Erscheinung völlig zu verstehen, aber ihr Anblick weckt ihren Schönheitssinn und erregt ihre Bewunderung. All das ist eine Folge des geheimnisvollen Plans und der Einheit, die das Universum durchwalten, und ein Beweis dafür. Das Gefühl eines Universums, das sich weit über unsere Wahrnehmungsmöglichkeiten hinaus erstreckt, war möglicherweise die Antriebskraft von Rosnys Phantasie.

Die zweite Gruppe von Erzählungen und Romanen befaßt sich mit seltsamen (obwohl nicht übernatürlichen) *unerklärten Wesen und Naturerscheinungen.* Wie Rosny in *La Force mystérieuse* (Die geheimnisvolle Kraft, 1913) erklärte, läßt uns die Existenz von parallelen Welten zwei Wahlmöglichkeiten: entweder sie durchdringen unsere Welt ständig und sind daher schwierig wahrzunehmen, da sie den gewohnten Ablauf der Dinge nicht durcheinanderbringen, oder sie treten nur gelegentlich mit unserer Welt in Wechselwirkung, und die Kollision zweier Welten führt zu den schrecklichsten Katastrophen.

Zwei Erzählungen befassen sich mit der ersten Alternative: »Un autre monde« (Eine andere Welt, 1895) und »Dans le monde des Variants« (In der Welt der Varianten, 1939). In beiden kann ein außergewöhnlicher Mensch, der in unserer Welt lebt, zugleich ein verschiedenes Paralleluniversum wahrnehmen und in ihm existieren. In »Un autre monde« ist ein junger Holländer, der als schwachsinnig gilt, in Wirklichkeit mit einem Organismus zur Welt gekommen, der einem anderen Rhythmus gehorcht; er bewegt sich viel schneller als gewöhnliche Menschen, spricht so rasch, daß seine Worte aufgezeichnet und verlangsamt werden müssen, damit sie verständlich werden, und was für gewöhnliche Menschen undurchsichtig ist, ist für ihn durchsichtig und umgekehrt. Diese Besonderheiten befähigen ihn dazu, eine Welt zu sehen, die von geheimnisvollen Wesen bevölkert ist, die von uns ganz verschieden sind und mit uns leben, die die Menschen ignorieren und von ihnen ignoriert werden, aber dennoch auf unsere Umwelt so einwirken, wie wir auf die ihre einwirken. Hier beschäftigt sich Rosny wiederum mit der phantasievollen Ausdehnung der Grenzen unseres Universums: unser beschränktes Wahrnehmungsvermögen ist vielleicht die einzige Erklärung für die Annahme, der Mensch sei ein beherrschendes Wesen und der Mittelpunkt der ganzen Welt.

Dieselbe Hypothese bildet die Grundlage seiner Kurzgeschichte »Le Cataclysme« (Die Katastrophe, 1888) und des Romans *La Force mystérieuse.* In beiden schöpft Rosny das Thema der Erde aus, die zufällig einer unbekannten Energiequelle aus dem Weltraum begegnet. In der Kurzgeschichte werden durch eine »Sternenkraft« , die auf ein weltabgeschnittenes französisches Tafelland von eigenartiger meteorischer Herkunft fällt, die physikalischen Eigenschaften der Materie verändert, wodurch sich eine alte volkstümliche Prophezeiung erfüllt, was mit bemerkenswerter Phantasie dargestellt wird. In *La Force mystérieuse* wird das Katastrophenthema breiter ausgewalzt: eine geheimnisvolle energetische Zone kreuzt die Umlaufbahn der Erde und verändert plötzlich die Eigenschaften des Lichtspektrums. Chaos breitet sich auf der Erde aus, die Nachrichtenverbindungen und die Industrieproduktion werden unterbrochen. (Merkwürdigerweise erschien ein paar Monate nach der Publikation dieses Romans A. Conan Doyles *The Poison Belt* im *The Strand Magazine*; die Ähnlichkeit zwischen den beiden Werken war so auffällig, daß Rosny 1924 ein Plagiat vermutete. Der Kunstgriff war jedoch vertraut: Verne hatte ihn in *Hector Servadac* verwendet, Wells und eine Anzahl anderer populärer Schriftsteller hatten ihn ebenso benützt.) In Rosnys Roman werden durch tadellose wissenschaftliche Erklärungen die Implikationen dieses Kunstgriffs ausgearbeitet. Unglücklicherweise leidet der Roman unter einer sentimentalen und melodramatischen Nebenhandlung; ein weiterer Fehler ist, daß die Ereignisse vom Standpunkt eines wenig überzeugenden idealisierten Wissenschaftlers gesehen werden. Dieser stereotypisierte Charakter, der in so vielen seiner Werke vorkommt, mag mit ein Grund sein, warum sich Rosnys literarischer Ruhm so rasch verflüchtigte.

Der idealistische Wissenschaftler spielt in den Geschichten von »unentdeckten Inseln« eine besonders wichtige Rolle; dort ist er in der Regel Held und Erzähler zugleich. Die Geschichten folgen alle dem gleichen Muster: ein Forschungsreisender entdeckt einen bisher unbekannten Teil der Erde, wo er sich Lebewesen gegenübersieht, deren Existenz irgendeine grundlegende Annahme über die Menschheit in Frage stellt oder irgendeinen verborgenen Aspekt der menschlichen Persönlichkeit enthüllt. Der Beobachter gerät in eine Situation, in der Sozialkontakte auf ein Minimum reduziert werden, so daß der Eindruck dieser Entdeckung voll diese vereinzelte Persönlichkeit trifft, die gewöhnlich das repräsentiert, was Rosny für die besten Eigenschaften des Menschengeschlechtes hält.

Ein paar Beispiele zeigen die gemeinsame Charakteristik dieser Entdeckungen. In »Nymphée« (1893) erzählt der Held, wie er während einer Expedition in den Fernen Osten ein seltsames Land voller Sümpfe, Inseln und Höhlen fand, das von mehreren verschiedenen Stämmen von »Wassermenschen« bewohnt war, menschlichen Wesen, die sich biologisch an ihre ungewöhnliche Umwelt angepaßt hatten und den lebenden Beweis für die Wirklichkeit lieferten, auf der uralte Legenden beruhten. Rosny widmet mehrere Geschichten den Variationen der Körpergestalt, die verschiedene Arten menschenähnlicher Geschöpfe erlangten, die durch Naturzufälle von der Entwicklung der modernen Welt abgeschnitten blieben. In »Les Profondeurs de Kyamo« (In den Tiefen von Kyamo, 1896) findet der Forscher Aglave – der in mehreren Erzählungen vorkommt – Riesengorillas, in denen er Vorfahren des Menschen erkennt, und hilft ihnen. Eine weitere Expedition führt ihn in eine Welt geheimnisvoller Höhlen (»La Contrée prodigieuse des cavernes« – Das Höhlenwunderland, 1896), wo seltsame Tiere in einer von intelligenten Vampirfledermäusen regierten primitiven Gesellschaft leben. Die bedeutendsten Erzählungen sind jedoch wahrscheinlich »Le Voyage« (Die Reise, 1900) und »Le Trésor dans le neige« (Der Schatz im Schnee, 1922). In der ersten kehrt Rosny eine Anzahl von allgemein akzeptierten Ideen über die biologische Evolution um: in ihr werden Wilde entdeckt, die mit Elefanten in Freundschaft leben und sich ihnen untergeordnet haben. Ihre Entschlüsse sind wahre Exempel von Weisheit, im Gegensatz zur mörderischen Narrheit der Menschen. Ebenso entdeckt Aglave in »Le Trésor dans le neige«, inmitten wüster Polareisregionen, eine warme Oase, wo eine verbleibende Familie primitiver Menschen mit den letzten Mammuts überlebt hat. Er rettet unsere Vorfahren vor dem Aussterben und bringt die Überlebenden nach Nordafrika. Dort richtet er eine Art urgeschichtlichen Schutzgebiets ein, wo die Tugenden der ersten Menschen sich mit dem durch die Zivilisation erworbenen Wissen vereinen. Am Schluß der Geschichte wird eine neue Mischlingsrasse geschaffen.

Diese Zusammenfassung der Hauptformen von Rosnys Werk deutet die Spannweite und die Originalität seiner Phantasie an. Obwohl Rosny kein systematischer Denker war, weist die ständige Wiederkehr mancher Muster und Motive auf gewisse ideologische Überzeugungen hin.

Im Jahre 1899 veröffentlichte Rosny »La Légende sceptique« (Die skeptische Legende), die er als »belletrisierten Essay« bezeichnete. In diesem eigenartigen Werk, das zum selben Stamm wie Poes »Eureka« gehört, verschmelzen wissenschaftliche Ideen mit einem etwas verschwommenen lyrischen Mystizismus, wodurch eine umfassende Vision der Schöpfung und der Entwicklung des Lebens gegeben werden soll. Sie zeigt, daß für

Rosny die Wissenschaft im Grunde ein Mittel zu einem Zweck war, der jenseits des Wissens liegt, nämlich »eine dichterische Leidenschaft«[5]. Er geht vom subjektiven ästhetischen Wohlgefallen aus, das absolut gesetzt wird – daher sein Beharren darauf, daß Schönheit unabhängig von jedem Bezug zur bisherigen Erfahrung wahrgenommen werden kann. Seine Charaktere verfallen dem Zauber marsianischer Dreifüßler oder prähistorischer Frauen ungeachtet der Tatsache, daß solche Erfahrungen jedes bekannte ästhetische Wohlgefallen übersteigen. Rosny nahm an, daß es so etwas wie einen angeborenen Schönheitssinn gebe und daß ihm ein positiver Wert zukommt. So war die Ästhetik mit der Ethik verknüpft, denn sie spiegelt, wie der einzelne den geheimnisvollen großen Plan erkennt, der im Universum wirksam ist. Diese persönliche, intime Reaktion auf die Außenwelt ist eine Methode, unmittelbares Wissen von der Wirklichkeit zu erlangen, ein Erkenntnisprozeß, der sich auf den ersten Blick kaum mit den rationalen Erklärungen der Wissenschaft vereinbaren läßt. Doch sah Rosny keinen Widerspruch zwischen diesem blinden Glauben an die direkte Erkenntnis des Universums und der wissenschaftlichen Kenntnis ihrer vielgestaltigen Aspekte, die den kosmischen Sinn des Menschen steigert. Wissenschaftliche Erkenntnis war für ihn weder Selbstzweck noch ein Mittel zur Aufrichtung der Herrschaft des Menschen über die Natur, sondern einfach ein Element mehr, das unsere Wahrnehmung der grundlegenden Einheit und des grundlegenden Geheimnisses der Schöpfung verstärkt. Seine SF zielt daher nicht darauf ab, auf wissenschaftlichen Hypothesen beruhende Phantasieleistungen zu vollbringen. Sie verschmolz den logisch-deduktiven Prozeß der wissenschaftlichen Forschung mit einem vagen Meditieren, versetzt mit Tagträumen über die geheimnisvolle Natur des Universums. Rosnys Phantasie wirkte anscheinend in zwei entgegengesetzten und doch einander ergänzenden Richtungen: einerseits dehnte sie sich beinahe ins Unendliche aus, deutete die mögliche Existenz grenzenloser Parallelwelten an, das Überle-

5 J. H. Rosny Aîné: *Torches et lumignons* (Paris 1921), S. 11.

ben und die Entwicklung uralter Lebensformen oder universelle, durch unvorhergesehene kosmische Vorfälle verursachte Katastrophen; andererseits wurden alle diese divergierenden Elemente durch einen blinden Glaubensakt an die Existenz eines wesentlichen einheitlichen Prinzips im Universum zusammengehalten und damit das Chaos abgewendet. Dieses ideologische Konzept zeigt sich in der Wiederkehr gewisser Elemente in Rosnys Prosa. Seine Hauptfiguren sind gewöhnlich Wissenschaftler, Philosophen, Priester und Dichter in einem; sie sind mystische Erforscher des Unbekannten, stehen immer außerhalb der Gesellschaft und kümmern sich wenig um die übrige Menschheit. Deshalb erreicht Rosny beinahe nie jene Wirkung subversiver Verfremdung durch den Kontrast zwischen dem Unerwarteten und den Normen der alltäglichen Welt, wodurch diese Normen in Frage gestellt werden, die Wells' SF auszeichnet. In Rosnys Werk zeigt sich die Welt des Normalen fast nie, und wenn sie sich zeigt – wie in »Un autre monde« oder *La Force mystérieuse* – wird sie von tierischen Tölpeln, einem blutdürstigen Pöbel, dummen aber treuen Dienern und anderen Stereotypen bevölkert, deren einzige Funktion darin liegt, als Kulisse für den Helden zu dienen. Nur eine kleine Elite kommt dem Gefühl religiöser Einheit nahe, doch strebte sie nicht nach weltlicher Macht: wenn diese Übermenschen die Welt dank ihres Wissens und ihrer überlegenen Geistesgaben gerettet haben, ziehen sie sich gewöhnlich in stolze Einsamkeit zurück, nicht ohne zuvor ihren minder gesegneten Mitbrüdern den Rat erteilt zu haben, nach Weisheit zu streben.

Dieser Versuch, das Rationale und das Irrationale miteinander zu versöhnen, läßt sich nur durch die Erkenntnis erklären, daß Rosnys Vision vom Eden-Mythos durchdrungen ist, d. h. von der Sehnsucht nach einer imaginären Zeit, da das Universum durch eine organische Union entgegengesetzter und einander ausschließender Elemente charakterisiert war. Oder, um es anders auszudrücken, Rosny war von der Vorstellung einer ahistorischen Aera fasziniert, einer Zeit, da die Komplexitäten der modernen Gesellschaft noch unbekannt waren und in der die rohe Gewalt die Entwicklung bestimmte. Daher die Rolle, die prähistorische Zeiten in seiner Prosa spielten: sie lieferten ihm ein Milieu, in dem er seine Vorstellung einer grundlegenden Verbindung, einer Vereinigung von Mensch und Tier, darstellen und seine ambivalente Reaktion auf Urtriebe ausdrükken konnte.

Rosnys Einstellung zur Liebe liefert eine bezeichnende Illustration dieser Zwiespältigkeit. Wenn sich einer seiner Helden verliebt, resultiert das in einer Reihe von konventionell-sentimentalen Szenen, wenn aber einer der Partner nicht der gewöhnlichen, zeitgenössischen Welt angehört, ist das Ergebnis weit interessanter. Rosny fühlt sich vom Geschlecht, jenem rivalisierenden Einheitsprinzip, abgestoßen, und zugleich fasziniert es ihn. In »Les Hommes-sangliers« (Die Wildschwein-Menschen, 1929) wird eine junge Holländerin von primitiven wildschweinartigen Menschen entführt und von ihrem Anführer wiederholt vergewaltigt. Sie reagiert darauf mit Scham und Furcht, aber auch mit Faszination und sexuellem Verlangen; der instinktive Urtrieb, der dadurch enthüllt worden ist, läßt eine Rückkehr zum Leben der Zivilisation als unerträgliche Antiklimax erscheinen, und sie verübt Selbstmord, weil das der einzige Ausweg aus ihrem Dilemma ist. Diese Vereinigung von Individuen, die verschiedenen Arten angehören, unterstreicht Rosnys Interesse an der Möglichkeit der Schaffung neuer Lebewesen, die anscheinend einander zuwiderlaufende Züge in sich vereinigen. Die sympathetische Parthenogenese – das Fortpflanzungssystem der Marsianer in *Les Navigateurs de l'infini* ist ein Ideal, weil darin der biologische Drang in eine vollkommene Verschmelzung zweier Selbsts umgewandelt wird. In »Le Trésor dans le neige« schläft Aglave mit einer prähistorischen Frau, wodurch er eine Rasse hervorbringt, die die grundlegenden Vorzüge des primitiven Lebens mit dem anspruchsvolleren Wissen des modernen Menschen vereint.

Rosny betont stets die Einheit: der Mensch ist nicht der Mittelpunkt des Universums, aber seine Welt ist vielleicht eng mit anderen Parallelwelten verknüpft; das primitive Leben gibt dem modernen Beobachter das Gefühl vollkommener Harmonie; Eden bedeutet vielleicht nicht ewigen Frieden, aber es bedeutet gewiß eine Naturordnung. Und die Wissenschaft verhilft dem modernen Menschen zur Erkenntnis, daß jenseits der Erscheinungsformen die Vielfalt der Welt nur Teil ihrer grundlegenden Einheit ist. Die wissenschaftliche Erkenntnis ist, mittels Logik und Deduktion, die Entdeckung des durch mythische Volksüberlieferungen angedeuteten Faktums, daß das Leben in all seinen Aspekten einem grundlegenden Einheitsdrang entspringt. Da das eine Art Offenbarung ist, muß man ihr in der Einsamkeit nachgehen, außerhalb des gesellschaftlichen und historischen Zusammenhangs.

Darum auch konnte Rosny die Wissenschaft mit der dichterischen Liebe zur Dichtkunst gleichsetzen: wie die Dichter der Romantik arbeiten die Wissenschaftler auf eine Neuschöpfung der verlorengegangenen ursprünglichen Einheit hin. Ihre Funktion war eine religiöse, da sie zur metaphysischen Auslegung hinführte und einem subjektiven Gefühl des Staunens über das Schauspiel des Universums entsprang. In einer Welt, in der Gott tot war, mußte die Wissenschaft die Rolle der überlieferten Religion übernehmen und beweisen, daß das Universum einen Sinn – wenn auch vielleicht keinen dem Menschen völlig verständlichen Sinn – hätte. Im Lichte der französischen literarischen Landschaft gegen Ende des 19. Jahrhunderts erscheint Rosnys Werk so als Reaktion auf die naturalistische Prosa und den mechanischen Materialismus, jedoch eine Reaktion, die nicht zu einem neu ausstaffierten Katholizismus zurückführt. Rosny ist von der modernen Kritik weitgehend ignoriert worden, weil seine besten Werke zur Gattung SF gehören (besonders die besten Kurzgeschichten). Ich möchte nicht behaupten, daß seine Prosa dieselbe symbolische Kraft hätte wie die Wells': daß es ihm nicht gelingt, das alltägliche gesellschaftliche Milieu seiner Zeit anders als in hohlen Abstraktionen darzustellen, führt dazu, daß seine künstlerischen Vorzüge weitgehend entwertet werden. Aber seine Phantasie war äußerst originell, und seine besten Erzählungen sind historische

Pionierleistungen, die noch immer einen wertvollen Beitrag zur modernen SF darstellen. Trotz der pseudoromantischen Lyrizismen, die einen Gutteil seiner Schilderungen entstellen, sind sein Konzept von Parallelwelten, die von Lebewesen bevölkert werden, mit denen keine Verständigung möglich ist, und die Art, wie er allgemein für gültig gehaltene Vorstellungen über die Evolution umkehrte, selbst heute noch beträchtliche Errungenschaften.

Zu seinem Unglück war Rosny ein Zeitgenosse von Verne und Wells, die seinen Ruf überschatteten. Es gibt aber keinen Grund, warum man seine Vision nicht parallel zu den ihren gelten lassen sollte. Er ist anders, aber genauso faszinierend. Das Niveau seiner Science-fiction schwankte sehr stark, aber in seinen besten Werken konnte er gewiß mit beiden mithalten.

## *Auswahlbibliographie*

Nur die SF-Erzählungen und -Romane werden angeführt. Da sie alle in Paris erschienen und da die Kurzgeschichten häufig in verschiedenen Sammlungen nachgdruckt wurden, wird nur das Jahr der erstmaligen Veröffentlichung angegeben. Oben nicht besprochene Romane werden kurz beschrieben.

Mein Dank gilt Pierre Versins für Hinweise zur Bibliographie der Sekundärliteratur. Die folgenden Bücher von Rosny enthalten ebenfalls nützliche Informationen über ihn: *Torches et lumignons* (1921), *Les Sciences et le pluralisme* (1922), *Portraits et souvenirs* (1945, mit einem biographischen Hinweis von R. Borel).

*Die mit einem Stern bezeichneten Erzählungen sind in den *Récits* (Anmerkung 1) enthalten.

1 »Les Xipéhuz«*, 1887.
2 »Le Cataclysme«*, 1888.
3 »La Légende sceptique«*, 1889, Essay.
4 *Vamireh*, 1892, prähistorischer Roman.
5 *Eyrimah*, 1893, prähistorischer Roman.
6 »Nymphée«*, 1893.

7 »Un Autre Monde«*, 1895.
8 »La Contrée prodigieuse des cavernes«*, 1896.
9 »Les Profondeurs de Kyamo«*, 1896.
10 »Le Voyage«*, 1900.
11 *La Guerre du feu*, 1909, prähistorischer Roman.
12 »La Mort de la Terre«*, 1910.
13 *La Force mystérieuse*, 1913.
14 *Le Félin géant* (*Die Riesenkatze*), 1918, prähistorischer Roman.
15 *La Grande énigme*, 1920. Eine weitere Variante der Entdeckung eines unbekannten Landes, worin die Beziehungen zwischen Lebewesen umgekehrt werden, wodurch die Stellung des Menschen in Frage gestellt wird.
16 »Le Trésor dans la neige«*, 1922.
17 *L'Etonnant voyage de Hareton Ironcastle*, 1922. In der Hauptsache ein Abenteuer, worin Forscher entdecken, daß ein Teil eines fremden Planeten mit seiner Fauna und Flora mit der Erde verschmolzen worden ist; die Idee erinnert an Verne.
18 *Les Navigateurs de l'infini*, 1925. 2. Teil siehe unter 24.
19 »Les Hommes-sangliers«*, 1929.
20 *Helgvor de fleuve bleu* (Helgvor vom Blauen Strom), 1930, prähistorischer Roman.
21 *Les Compagnons de l'univers* (Ritter des Universums), 1934. Ausführliche Gedanken über die Geheimnisse, die von der Wissenschaft nicht so sehr erklärt als vielmehr enthüllt werden; das ist kein echter Roman, sondern liegt mehr auf der Linie von »La Légende sceptique«.
22 »La Sauvage aventure« (Das wilde Abenteuer), 1935. Eine Weiterentwicklung des in »Les Hommes-sangliers« (Die Wildschwein-Menschen) angeschnittenen Themas.
23 *Dans le monde des Variants**, 1939.
24 *Les Astronautes*, 1960. Zweiter Teil des Buches von 1925 – posthum.

*Sekundärliteratur*

Thieme, H. P.: *Bibliographie de la littérature française*. Paris, 1933. Band 2, Seite 663-66, enthält eine ziemlich vollständige Bibliographie der Werke von und über Rosny bis zum Jahre 1930.
Moog, J.: »Un disciple de Zola«, *Nouvelle Revue* 82 (1893): 554-71.
Doumic, R.: »Les romans de Rosny«, *Revue des Deux-Mondes* 129 (1895), S. 936-47.
Lee, Vernon: »Rosny and the Analytical Novel in France«, *Cosmopolis* 7 (1897), S. 289-96.

Rodenbach, G.: »Les Rosny«, *Nouvelle Revue* 105 (1897), S. 289-96.
Zadig (Pseudonym): »J. H. Rosny«, *Revue Bleue* 13 (1900), S. 533-35.
Leblond, M. A.: »L'épopée évolutionniste de l'énergie humaine«, *Revue des Revues* 46 (1903), S. 641-55.
Casella, G.: *Les Célébrites d'aujourd'hui: J.H. Rosny. Biographie critique*. Paris, 1907.
Poinsot, M. C.: »J. H. Rosny«, *Grande Revue* 41 (1907), S. 449-59, 595-604.
Sageret, J.: »La sociologie de Rosny Aîné«, *Revue du Mois* 9 (1910), S. 270-285.
Berton, C.: »Souvenirs de la vie littéraire de J.H. Rosny«, *La Vie des peuples* 4 (1921), S. 385-95.
d'Ivray, J.: »Rosny Aîné«, *Revue des Revues* 150 (1922), S. 394-405.
Morel, J. und P. Massé: »Rosny Aîné et la préhistoire«, *Mercure de France* 168 (1923), S. 5.
Sageret, J.: *La Révolte philosophique et la science,* Paris, 1925.
Morel, J.: »Rosny Aîné et le merveilleux scientifique«, *Mercure de France* 187 (1926), S. 82.
Bridenne, J.J.: *La Littérature fran*çais d'imagination scientifique. Paris, 1950, S. 191-198.
Bridenne, J. J.: »J. H. Rosny Aîné, romancier des possibles cosmiques«, *Fiction,* Februar 1956.
Domeyne, P.: *Le Merveilleux scientifique, ses sources et ses prolongements dans les romans et nouvelles de J. H. Rosny Aîné.* Diss. Lyon 1965.

## J.H. Rosny Aîné
## Die Xipehuz

### 1. Buch

#### I
#### *Die Formen*

Es geschah tausend Jahre vor dem geballten zivilisatorischen Fortschritt, aus dem später Ninive, Babylon, Ecbatane hervorgingen.

Mit seinen Eseln, Pferden und Rindern durchquerte der Nomadenstamm Pjehu den gefährlichen Wald von Kzur. Es dämmerte schon, und die Strahlen der Sonne standen schräg. Der Gesang des sich neigenden Tages schwoll an, verflachte, fiel harmonisch ab.

Da alle sehr müde waren, suchten sie schweigend nach einer schönen Lichtung, in der der Stamm das heilige Feuer anzünden, das Abendbrot bereiten und, durch die rote Glut vor wilden Tieren geschützt, schlafen könnte.

Die Wolken opalisierten, Phantomlandschaften schweiften über die vier Himmelsrichtungen, die Götter der Nacht hauchten ihr Wiegenlied, und der Stamm war immer noch unterwegs. Ein Kundschafter kehrte im Galopp zurück und kündigte die gesuchte Lichtung an sowie das Wasser einer reinen Quelle.

Drei lange, kehlige Schreie gaben der allgemeinen Freude Ausdruck; alle beschleunigten ihre Schritte, kindliches Lachen ertönte, und sogar die müde trabenden Pferde und Esel, die an der Rückkehr der Kundschafter und am Jubel der Nomaden das Nahen einer Rast zu erkennen gelernt hatten, reckten den Hals.

Die Lichtung tauchte auf. Die frische Quelle schlängelte sich durch Moos und Sträucher. Da zerstörte ein gespenstischer Anblick diese Idylle.

Zunächst gewahrte man einen großen Kreis von bläulichen,

durchsichtigen Kegeln, deren Spitzen nach oben ragten. Sie hatten etwa das halbe Volumen eines Menschen. Einige helle Streifen und dunkle Windungen überzogen ihre Oberfläche, unten hatten sie alle einen hell strahlenden Stern.

Weiter entfernt sah man nicht weniger seltsame Quader, die, aus senkrecht aneinandergelagerten Schichten bestehend, einer Birkenrinde ähnelten und von schillernden Ellipsen geädert waren. Hier und da gab es außerdem noch zylinderartige Formen von unterschiedlicher Ausprägung; die einen waren schmal und hoch, die anderen klein und untersetzt, alle aber waren bronzefarben mit grünen Sprenkeln und, wie die Quader, mit dem charakteristischen Lichtpunkt behaftet.

Der Stamm starrte sie entsetzt an. Auch die Tapfersten wurden von einer abergläubischen Furcht gelähmt, die noch wuchs, als die FORMEN in den grauen Schatten der Lichtung zu wogen begannen. Und plötzlich, mit bebenden, schwankenden Sternen dehnten sich die Kegel aus, die Zylinder und die Quader zischten wie Wasser, das auf eine Flamme trifft, und alle bewegten sich mit erhöhter Geschwindigkeit auf die Nomaden zu.

Kein Mitglied des Stammes vermochte sich zu rühren, jeder starrte wie gebannt auf dieses Schauspiel. Die FORMEN griffen an. Es war fürchterlich. Krieger, Frauen, Kinder fielen reihenweise zu Boden, auf geheimnisvolle Weise getötet, wie vom Blitzschlag getroffen. Da erst erwachten die Überlebenden aus ihrer Erstarrung, die Angst verlieh ihnen Flügel, und sie ergriffen die Flucht. Die FORMEN, die zunächst massiert und nach Rang geordnet aufgetreten waren, zerstreuten sich, um die Flüchtlinge unerbittlich zu verfolgen. Ihre furchtbare Angriffswaffe war jedoch nicht unfehlbar: sie tötete die einen, betäubte die anderen, fügte aber niemals Wunden zu. Einige Tropfen Blut kamen aus den Nasenlöchern, den Augen, den Ohren der Sterbenden, aber die anderen erhoben sich bald unversehrt und konnten ihre Flucht in der blassen Dämmerung fortsetzen.

Welcher Beschaffenheit auch immer die FORMEN sein mochten, sie handelten wie Lebewesen, keineswegs wie Elemente, waren wie Lebewesen unbeständig und verschieden in ihrem Verhalten, wählten ihre Opfer offensichtlich gezielt aus und verwechselten dabei die Nomaden weder mit Pflanzen noch mit Tieren.

Bald merkten die Schnelleren, daß sie nicht mehr verfolgt wurden. Erschöpft, zerrissen, wagten sie es, sich nach dem ungeheuerlichen Geschehen umzudrehen. Weit hinten, zwischen den in Schatten getauchten Baumstämmen, ging die lichterwerfende Verfolgung weiter. Mit besonderem Eifer verfolgten die FORMEN die Krieger und metzelten sie nieder. Die Schwachen, die Frauen und Kinder, verschmähten sie meist.

Aufgrund der Entfernung sowie der Dunkelheit, die hereingebrochen war, wirkte das Schauspiel auf die Barbaren noch unfaßbarer, noch niederschmetternder. Die Krieger wollten gerade ihre Flucht fortsetzen, als eine wichtige Beobachtung sie stocken ließ: wer auch immer die Flüchtlinge waren, die FORMEN *ließen an einer bestimmten Grenze von der Verfolgung ab.* Wie müde und erschöpft das Opfer auch sein mochte – selbst wenn es ohnmächtig wurde –, kaum hatte es diese gedachte Grenzlinie überschritten, war es außer Gefahr.

Diese sehr beruhigende Beobachtung, bald fünfzigfach bestätigt, beruhigte die aufgewühlten Nerven der Flüchtlinge. Sie wagten es, auf ihre Stammesbrüder zu warten, auf ihre Frauen und ihre armen Kinder, die dem Morden entkommen waren. Einer von ihnen, ihr Held, der zunächst nur stumpf vor sich hingestiert hatte, durch das unmenschliche Erlebnis völlig verstört, fühlte sich schließlich doch wieder von Tatkraft und Mut beseelt. Er zündete ein Feuer an und stieß ins Büffelhorn, um damit den Flüchtlingen zu helfen, sich wieder zusammenzufinden.

So kamen sie dann auch, armselig, einer nach dem anderen. Viele krochen auf den Händen, weil sie nicht mehr laufen konnten. Einige Mütter hatten mit der unbezähmbaren mütterlichen Kraft die Frucht ihrer Lenden beschützt, an sich gedrückt durch das wilde Handgemenge gebracht. Auch viele Esel, Pferde und Rinder tauchten auf, weniger verstört als die Menschen.

Eine düstere Nacht folgte, keiner sprach ein Wort, keiner fand Schlaf. Die Krieger spürten, wie ihr Inneres noch immer zitterte. Schließlich brach der Tag an; erst fiel allmählich blasses Licht durch die großen Blätter, dann gemahnte der Fanfarenstoß des Morgens, von Farben und Vögeln widerhallend, die Schrecken der FINSTERNIS zu verjagen.

Der HELD, der geborene Anführer, teilte die Menge in Gruppen auf und begann, sie zu zählen. Die Hälfte der Krieger, zweihundert insgesamt, fehlte beim Aufruf. Der Verlust an Frauen war weitaus geringer und der an Kindern fast gleich Null.

Als man dann auch noch die Anzahl der Tiere überprüft hatte (es fehlten nur wenige, denn im Katastrophenfall ist der Instinkt des Tieres dem Verstande des Menschen überlegen), gruppierte der HELD den Stamm in der gewohnten Zusammenstellung und befahl, auf ihn zu warten. Dann ging er auf die Lichtung zu. Keiner wagte, ihm zu folgen, nicht einmal von ferne.

Er ging zu der Stelle, an der die Bäume weiter auseinander standen, ging etwas über die am Vortag beobachtete Grenzlinie hinaus und blickte aufmerksam hinüber.

In der Ferne, in der frischen Durchsichtigkeit des Morgens sprudelte die begehrte Quelle, um ihr Ufer herum versammelt die phantastische Schar der FORMEN. Ihre Farbe hatte sich geändert. Die Kegel wirkten kompakter, ihre türkise Färbung war ins Grünliche übergegangen, die Zylinder glichen violetten Wolken, und die Quader ähnelten reinem Kupfer. Aber bei allen stach der Stern mit seinen Strahlen hervor, die selbst bei Tageslicht blendeten.

Die Verwandlung erstreckte sich auch auf die Umrisse dieser gespenstischen Wesenheiten: die Kegel näherten sich in der Form den Zylindern an, die Zylinder ihrerseits wurden breiter, während die Kanten der Quader sich teilweise rundeten.

Aber plötzlich wellten sich die FORMEN wie am Vorabend, ihre Sterne begannen zu zittern; der HELD zog sich langsam über die heilbringende Grenzlinie zurück.

## II
*Die Wallfahrt*

Der Stamm der Pjehu machte an der Pforte des großen TABERNAKELS der Nomaden halt, zu dem allein die Häuptlinge Zutritt hatten. Im Hintergrund des sternengeschmückten Raumes, unter dem Bild der kraftvollen SONNE, befanden sich die drei Hohen Priester.Unterhalb von ihnen, auf den vergoldeten Stufen, standen die zwölf ihnen untergeordneten Opferpriester.

Der HELD trat vor und berichtete ausführlich von der schrekkenvollen Durchquerung des Waldes von Kzur. Die Priester hörten staunend und sehr ernst zu. Dieses unvorstellbare Ereignis beeinträchtigte ihr Vertrauen in ihre Macht.

Der oberste Hohe Priester verlangte, der Stamm solle der SONNE zwölf Stiere opfern sowie sieben Wildesel und drei Hengste. Er erkannte den FORMEN göttliche Eigenschaften zu und beschloß, daß nach der Opferfeier eine Wallfahrt unternommen werden sollte.

Boten durcheilten Berge und Ebenen im Umkreis von hundert Meilen, von dem Platz aus gesehen, an dem sich später das ECBATANE der Magier erhob. Überall ließ die düstere Geschichte den Menschen die Haare zu Berge stehen, überall gehorchten die Häuptlinge schleunigst dem Aufruf der Priester.

An einem Herbstmorgen durchstach die kraftvolle SONNE die Wolken, durchflutete den TABERNAKEL, erreichte den Altar, auf dem ein frisches blutiges Stierherz dampfte. Die Hohen Priester, die Opferer und die fünfzig Stammeshäuptlinge stießen einen Triumphschrei aus. Hunderttausend Nomaden, die draußen im frischen Tau umhertrampelten, antworteten mit lauten Schreien und wandten ihre braungebrannten Gesichter zu dem von Wundern erfüllten Wald von Kzur, der sanft hin und her wogte. Die Vorzeichen waren günstig.

Ein ganzes Volk machte sich auf den Weg durch die Wälder, seine Priester an der Spitze. Gegen drei Uhr nachmittags hieß der HELD der Pjehu die Menge anhalten. Die große Lichtung, die der Herbst rotbraun gefärbt hatte und deren moosbewachsener Boden unter toten Blättern versteckt war, erstreckte sich majestätisch vor ihren Augen; an den Ufern der Quelle entdeckten die Priester die FORMEN, die anzubeten und zu besänftigen sie gekommen waren. Unter dem Schatten der Bäume boten sie dem Auge einen angenehmen Anblick mit ihren Farbspielen, dem reinen Feuer ihrer Sterne, ihren ruhigen Bewegungen.

»Wir müssen das Opfer an dieser Stelle bringen«, sagte der oberste Hohe Priester, »auf daß sie wissen, daß wir uns ihrer Macht unterwerfen!« Alle Greise beugten sich dem, nur eine Stimme erhob sich dagegen. Es war Yushik, aus dem Stamme Nim, ein junger Erforscher der Sterne, ein blasser, prophetischer Wächter, der sich schon einen Namen gemacht hatte. Er forderte waghalsig, man solle sich den FORMEN noch mehr nähern.

Aber die Greise, in der Kunst der weisen Worte ergraut, behielten die Oberhand: der Altar wurde erbaut, das Opfer herangeführt – ein herrlicher Hengst, ein stolzer Diener des Menschen.

Während das Volk unterwürfig schwieg, traf das Messer das Herz des edlen Tieres. Klagelaute ertönten. Der Hohe Priester fragte: »Seid ihr besänftigt, o Götter?«

Zwischen den stummen Baumstämmen bewegten sich weiterhin die FORMEN. Sie ließen ihre Sterne glitzern, indem sie bevorzugt Plätze aufsuchten, an denen die Sonnenstrahlen ungehindert einfallen konnten.

»Ja, ja, sie sind besänftigt!« rief er begeistert aus.

Das warme Herz des Hengstes an sich reißend, stürzte Yushik in die Lichtung, ohne daß der Hohe Priester, erwartungsvoll, ein Wort gesagt hätte. Einige Fanatiker folgten ihm schreiend.

Langsam begannen die FORMEN, sich auf und ab zu bewegen. Sie ballten sich in Gruppen zusammen, rasten über den Boden hinweg, um sich auf die Tollkühnen zu stürzen – ein unvorhersehbares, schreckliches Gemetzel erfüllte die fünfzig Stämme mit Grauen.

Sechs oder sieben Flüchtlinge konnten unter großen Anstrengungen die rettende Grenzlinie erreichen, obwohl sie verfolgt wurden, die anderen, unter ihnen Yushik, wurden getötet.

»Diese Götter sind unerbittlich«, sagte der oberste Hohe Priester feierlich.

Dann versammelte sich der ehrwürdige Rat der Priester, der Ältesten und der Häuptlinge.

Der Rat beschloß, daß man die heilbringende Grenze durch eine Pfahlumzäunung kennzeichnen und, um ihren Verlauf genau zu erforschen, Sklaven dazu zwingen solle, sich nach und nach der ganzen Grenzlinie entlang dem Angriff der FORMEN auszusetzen.

Und so geschah es. Unter Androhung des Todes betraten die Sklaven die Einfriedung. Dank der zahlreichen Vorsichtsmaßnahmen kamen nur wenige ums Leben. Auf diese Weise wurde der genaue Verlauf der Grenzlinie festgestellt und durch die Umzäunung für alle sichtbar gemacht.

Die Wallfahrt wurde somit glücklich beendet, und die Zahelal glaubten sich gegen den hinterhältigen Feind geschützt.

## III
### *Die Finsternis*

Aber dieses System, vom großen Rat zur Verhütung weiteren Unglücks ersonnen und befürwortet, erwies sich bald als wirkungslos. Im Frühling des folgenden Jahres zogen die Stämme Hertoth und Nazzum in der Nähe der Pfahlumzäunung vorbei, ohne Argwohn, in ungeordneten Haufen, als sie von den FORMEN überfallen und aufs grausamste dezimiert wurden.

Die Häuptlinge, die dem Gemetzel entkamen, berichteten dem großen Rat der Zahelal, daß die FORMEN jetzt noch viel zahlreicher wären als im vergangenen Herbst. Zwar erstreckten sich ihre Verfolgungen nach wie vor nur bis zu einer bestimmten Grenze, doch sei deren Verlauf sehr viel weiter ausgedehnt.

Diese Neuigkeiten riefen im Volk große Bestürzung hervor und lösten tiefe Trauer aus. Viele Opfer wurden dargebracht.

Schließlich beschloß der große Rat, den Wald von Kzur zu verbrennen. Allen Anstrengungen zum Trotz gelang es ihnen lediglich, den Waldrand in Brand zu stecken.

In ihrer Verzweiflung erklärten die Priester daher den Wald für heilig und verboten, ihn zu betreten. Mehrere Sommer gingen übers Land.

In einer Oktobernacht wurde das Lager des Stammes Zulf, zehn Bogenschußweiten von dem schicksalhaften Wald entfernt, im Schlaf von den FORMEN überfallen. Weitere dreihundert Krieger mußten ihr Leben lassen.

Von diesen Tagen an ging eine düstere, zerstörerische, geheimnisvolle Geschichte um. Sie wurde abends, während der langen Sternennächte Mesopotamiens, flüsternd von Stamm zu Stamm weitergegeben: *Die Menschheit würde untergehen.* Das *Andere,* das sich immer weiter ausbreitete, über den Wald, über die Ebenen, unzerstörbar, würde diese heruntergekommene Rasse tagtäglich um einige Mitglieder dezimieren. Dieses düstere Gerücht plagte die armen, furchtsamen Gemüter, nahm ihnen den Kampfesmut, den überschäumenden Optimismus der jungen Völker. Die Menschen irrten umher, grübelten über die Gefahren nach und wagten es nicht mehr, die saftigen Wiesen ihrer Heimat zu lieben. Ihre besorgten Augen suchten den Himmel ab in Erwartung, daß die Planeten plötzlich stillstehen würden. Es war das Jahr 1000 der Menschheitskindheit, als das Ende der Welt eingeläutet wurde, oder, vielleicht, die Verzweiflung des Mannes der Prärie.

In dieser Angst verfielen die Grübler auf einen bitteren Kult, einen Totenkult, von bleichen Priestern gepredigt, den Kult der FINSTERNIS, die stärker war als die STERNE, die das HEILIGE LICHT, das heilige Feuer schlucken würde.

Überall am Rande der Wüsten sah man unbewegliche, abgemagerte Gestalten, Erleuchtete, Brüder des Schweigens, die sich manchmal mitten unter die Stämme mischten, um von ihren schrecklichen Träumen zu erzählen, von der Dämmerung der großen NACHT, welche nahte, von der SONNE, die mit dem Tode rang.

## IV
### *Bakhun*

Zu dieser Zeit lebte ein außergewöhnlicher Mann namens Bakhun, aus dem Stamm der Ptuh hervorgegangen und Bruder des obersten Hohen Priesters der Zahelal. Er hatte frühzeitig das Nomadenleben aufgegeben und sich in eine anmutige Einsiedelei zurückgezogen, in ein von vier Hügeln umgebenes schmales Tal, welches das Plätschern einer klaren, heiteren Quelle mit Leben erfüllte. Aus Felsblöcken hatte er sich ein feststehendes Zelt gebaut, eine Bleibe, die einen Zyklopen hätte aufnehmen können. Die Ausdauer und die sinnvoll eingesetzte Hilfe von Rindern und Pferden hatten ihm Wohlstand beschert und regelmäßige Ernten gesichert. Seine vier Frauen, seine dreißig Kinder lebten dort wie im Garten Eden.

Bakhun vertrat ungewöhnliche Ansichten, und nur die Achtung der Zahelal vor seinem älteren Bruder, dem obersten Hohen Priester, bewahrte ihn davor, gesteinigt zu werden.

Zum einen verkündete er, daß das seßhafte Leben dem Nomadenleben vorzuziehen sei, da es Kräfte freisetze, die der geistigen Entwicklung des Menschen zugute kämen.

Weiters behauptete er, daß die SONNE, der MOND und die STERNE keine Götter seien, sondern Gesteinsmassen, welche Licht ausstrahlten.

Außerdem meinte er, der Mensch solle nur an die Dinge glauben, die durch Messung bewiesen wären.

Die Zahelal schrieben ihm magische Kräfte zu, und die Wagemutigsten unter ihnen trauten sich zuweilen, ihn um Rat zu fragen. Sie hatten es nie zu bereuen. Man mußte eingestehen, daß er oft notleidenden Stämmen durch Austeilung von Nahrungsmitteln zu Hilfe gekommen war.

In jener düsteren Zeit, als man vor der traurigen Alternative stand, fruchtbare Landstriche aufzugeben oder von den unerbittlichen Gottheiten vernichtet zu werden, da gedachten die Stämme Bakhuns. Die Priester selbst schickten eine Abordnung von drei ihrer angesehensten Vertreter zu ihm, nachdem sie ihren Stolz überwunden hatten.

Bakhun schenkte ihren Erzählungen die größte Aufmerksamkeit, ließ sie sich wiederholen und stellte zahlreiche, präzise Fragen. Dann erbat er sich zwei Tage Bedenkzeit. Als diese verstrichen waren, verkündete er lediglich, daß er sich der Beobachtung der FORMEN widmen wolle.

Die Stämme waren ein wenig enttäuscht, denn man hatte gehofft, Bakhun werde das Land durch Zauberkünste von den FORMEN befreien können. Dennoch zeigten sich viele Häuptlinge glücklich über seinen Entschluß und setzten große Erwartungen in ihn.

Daraufhin ließ sich Bakhun in der unmittelbaren Nähe des Waldes von Kzur nieder und beobachtete, vom Rücken seines schnellen Chaldäer-Hengstes aus, den ganzen Tag über die FORMEN. Er zog sich nur zum Schlafen zurück. Überzeugt, daß das herrliche Tier auch den gewandtesten FORMEN an Schnelligkeit überlegen sei, konnte er seine intensiven, aber riskanten Studien der Feinde des Menschen beginnen; jene Studien, denen wir das große, sechzig Tafeln umfassende Buch verdanken, welches aus der Zeit vor der Keilschrift stammt, das schönste in Stein gehauene Buch, welches das Zeitalter der Nomaden den modernen Völkern hinterlassen hat. Dieses Buch, in schlichtem Stil verfaßt, zeugt von einer großartigen Beobachtungsgabe. Es beschreibt ein Lebenssystem, welches völlig anders ist als das unserer Pflanzen- und Tierwelt, ein System, das Bakhun, wie er bescheiden sagt, nur sehr grob und äußerlich analysieren konnte. Es ist kaum menschenmöglich, bei der Lektüre dieser Schrift über die Wesen, die Bakhun »Xipehuz« nannte, nicht zu erschaudern, nicht zu erschaudern bei der Lektüre von Einzelheiten, die der alte Schriftsteller enthüllt, ohne dabei beständig wundersamen Details nachzujagen. Die Einzelheiten, die das Verhalten der Xipehuz betreffen, die Art, wie sie sich fortbewegen, kämpfen oder sich fortpflanzen, bezeugen, daß die menschliche Rasse am Rande des Untergangs stand, daß die Erde fast von Wesen *beherrscht* worden wäre, von denen wir nicht einmal mehr eine Vorstellung haben.

Es empfiehlt sich, die ausgezeichnete Übersetzung von Herrn Dessault zu lesen, mit seinen unerwarteten Entdeckungen über die vorassyrische Sprache, Entdeckungen, die leider im Ausland, in England und in Deutschland, in größerem Maße anerkannt werden als in seinem Vaterland. Der berühmte Wissenschaftler hat uns freundlicherweise Auszüge aus den interessantesten Stellen des kostbaren Werkes zur Verfügung gestellt. Vielleicht wecken die Seiten, die wir im folgenden einem größeren Publikum vorlegen, die Lust, die überragende Übersetzung des Meisters vollständig zu lesen.[1]

## V

### *Aus dem Buch von Bakhun*

Offensichtlich sind die Xipehuz Lebewesen. Alle ihre Handlungen weisen darauf hin, daß sie einen Willen haben, Launen, Assoziationsvermögen sowie jene partielle Unabhängigkeit, die das Tier von der Pflanze oder von dem leblosen Ding unterscheidet. Obwohl ihre Fortbewegungsweise durch keinerlei Vergleich näher bestimmt werden kann – es ist ein einfaches Gleiten auf der Erde –, fällt zunächst auf, daß sie es nach Belieben steuern können. So halten sie plötzlich ein, drehen sich um, verfolgen einander, spazieren zu zweit, zu dritt, zeigen Vorlieben, die sie dazu bringen, den einen Gefährten zu verlassen, um zu dem anderen, weiter entfernten, zu gelangen. Sie können zwar nicht auf Bäume klettern, aber es gelingt ihnen, Vögel zu töten, indem sie sie auf unerklärliche Weise *an sich heranziehen*. Oft kreisen sie auch Waldestiere ein oder lauern ihnen hinter einem Busch auf. Diese werden dann unweigerlich getötet und vertilgt. Man kann sogar sagen, daß *sie prinzipiell alle Lebewesen töten*, deren sie habhaft werden, und das ohne erkennbares Motiv, denn sie vertilgen sie nicht, sondern äschern sie nur ein.

Ihre Art, Nahrung aufzunehmen, erfordert kein Brennholz:

1 Die Vorläufer von Ninive, von B. Dessault, Ausgabe in 8°, Verlag Calmann-Levy. Im Interesse des Lesers habe ich den Auszug des Buches von Bakhun in moderne Wissenschaftssprache übertragen.

der weißglühende Punkt an ihrer Unterseite genügt zu diesem Vorgang. Zehn oder zwanzig von ihnen bilden einen Kreis um die getöteten großen Tiere und konzentrieren ihre Strahlen auf die Kadaver. Für die kleinen Tiere, z. B. für einen Vogel, genügen die Strahlen eines einzigen Xipehuz zur Einäscherung. Die Wirkung der Wärme, die sie ausströmen können, tritt nicht unmittelbar ein. Meine Hände sind häufig von den Strahlen eines Xipehuz gestreift worden, und die Haut begann erst nach einiger Zeit, sich zu erwärmen.

Ich weiß nicht, ob man davon sprechen soll, daß die Xipehuz verschiedene Formen haben, denn sie können sich jeweils in Kegel, Zylinder oder Quader verwandeln, und das innerhalb eines Tages. Ihre Farbe wechselt ebenfalls beständig, was meiner Ansicht nach hauptsächlich den Veränderungen des Lichts zwischen Morgen und Abend sowie zwischen Abend und Morgen zuzuschreiben ist. Einige Schattierungen scheinen allerdings im jeweiligen Temperament des einzelnen, vor allem in seinen jeweiligen Leidenschaften – wenn ich so sagen darf – begründet zu sein. Man kann von einer regelrechten Physiognomie bei ihnen sprechen. Trotz eingehender Studien war ich außerstande, mehr als nur Vermutungen selbst über die elementarsten Gesichtsausdrücke anzustellen. So konnte ich nie einen zornigen von einem liebevollen Gesichtsausdruck unterscheiden, was sicherlich eine grundlegende Entdeckung auf diesem Gebiet gewesen wäre.

Ich habe von ihren Leidenschaften gesprochen. Zuvor hatte ich bereits das Thema ihrer Vorlieben gestreift, die ich nunmehr ihre Freundschaften nennen werde. Sie haben auch Haßgefühle. So kommt es vor, daß zwei Xipehuz einander beständig meiden. Ihre Wutanfälle scheinen heftig zu sein. Sie gehen mit denselben Bewegungen aufeinander los, die man an ihnen beobachtet, wenn sie große Tiere oder Menschen angreifen. Eben solche Kämpfe lehrten mich auch, daß sie keineswegs unsterblich sind, wie ich zu Anfang glaubte. Zwei- oder dreimal sah ich, wie ein Xipehuz im Kampf unterlag, d. h. er *stürzte, zog sich zusammen, wurde zu Stein.*

Ich habe einige dieser bizarren Leichname aufbewahrt[1], vielleicht können sie späteren Zeiten dazu dienen, die Natur der Xipehuz zu enträtseln. Es sind gelbliche, blaugestreifte Kristalle von unregelmäßiger Form.

Aus der Tatsache, daß die Xipehuz nicht unsterblich sind, folgerte ich, daß es möglich sein müßte, sie zu bekämpfen und zu besiegen, und von diesem Augenblick an startete ich eine Reihe von Versuchen, um herauszufinden, auf welche Weise man sie bekämpfen könnte. Doch darauf komme ich später noch zurück.

Die Xipehuz verbreiten in alle Richtungen einen Strahlenschein, der ihr Nahen ankündigt. Da die Strahlen so stark und hell sind, daß sie sogar durch Dickicht hindurch- und hinter Baumstämmen hervorscheinen, wagte ich mich oft in den Wald, im Vertrauen auf die Schnelligkeit meines Hengstes.

Ich versuchte auch herauszufinden, ob sie sich einen Unterschlupf bauen, scheiterte aber, wie ich gestehe, in meinem Vorhaben. Sie versetzen weder Steine noch Pflanzen, und jede Art von *sichtbarer und berührbarer* Erzeugung scheint ihnen fremd, also der einzigen Art von Erzeugung, die für den Menschen wahrnehmbar ist. Folglich haben sie auch keine Waffen in unserem Sinne. Fest steht, daß sie auf Entfernung nicht töten können: jedes Tier, das fliehen konnte, ohne in unmittelbare Berührung mit den Xipehuz gekommen zu sein, ist ihnen mit Sicherheit entgangen, wie ich mehrmals beobachtet habe.

Wie schon der unglückselige Stamm der Pjehu festgestellt hatte, können die Xipehuz bestimmte gedachte Linien nicht durchbrechen. Dadurch wird ihr Tätigkeitsfeld eingegrenzt. Aber diese Grenzen haben sie Jahr für Jahr, Monat für Monat weiter ausgedehnt. Ich mußte die Ursache dieser Erscheinung erforschen.

Nun, die Ursache dieser Erscheinung scheint nichts anderes zu

1 Das Kensington Museum in London sowie Herr Dussault persönlich besitzen einige mineralische Gesteinsbrocken, die in allen Punkten den von Bakhun beschriebenen ähneln. Sie konnten in der chemischen Analyse nicht *weiter zerlegt* oder mit anderen Substanzen *verbunden* werden und sind aufgrund dessen im Klassifikationssystem der uns bekannten Körper nicht einzuordnen.

sein als das kollektive Wachstum. Wie alle Gesetze der Xipehuz ist auch dieses für die menschliche Intelligenz schwer zu erfassen. Kurz gesagt: die Grenzen des Tätigkeitsfeldes der Xipehuz erweitern sich proportional zu ihrer Anzahl, d.h. jede Fortpflanzung zieht eine Erweiterung der Grenzen nach sich; solange ihre Anzahl unverändert bleibt, ist der einzelne Xipehuz nicht in der Lage, den von der ganzen Rasse in Anspruch genommenen Wohnraum zu überschreiten. Dieses Gesetz zeigt eine engere Verbindung zwischen dem Ganzen und dem Einzelwesen, als sie beim Menschen und beim Tier besteht. Später ist die umgekehrte Gesetzmäßigkeit entdeckt worden, denn sobald sich die Zahl der Xipehuz verringerte, verkleinerte sich proportional ihr Tätigkeitsfeld.

Von der Art und Weise, wie sie sich vermehren, kann ich nur wenig berichten, das Wenige aber ist bezeichnend. Ihre Fortpflanzung vollzieht sich viermal im Jahr, jeweils kurz vor der Tag- und Nachtgleiche sowie vor der Sonnenwende, und nur in sehr klaren Nächten. Die Xipehuz vereinigen sich in Gruppen zu dritt, und diese Gruppen bilden nach und nach eine Einheit, ein seltsames Amalgam von sehr länglicher Ellipsenform. So verharren sie die ganze Nacht und den ganzen Morgen hindurch, bis die Sonne ihren höchsten Stand erreicht hat. Wenn sie sich trennen, sieht man undeutliche, dampfartige, *riesige* Formen aufsteigen.

Diese Formen kondensieren langsam, verkleinern sich, und innerhalb von zehn Tagen verwandeln sie sich in bernsteinfarbene Kegel, die noch beträchtlich größer sind als die erwachsenen Xipehuz. Es dauert etwas über zwei Monate, bis die jungen Xipehuz ausgewachsen sind. Dann haben sie sich noch weiter zusammengezogen und sind wie die anderen Lebewesen ihres Reiches, wechseln wie sie Farbe und Form je nach Tageszeit, Wetter und Laune. Einige Tage nach ihrem Erwachsenwerden dehnen sich die Tätigkeitsgrenzen der Xipehuz aus. Natürlich gab ich meinem guten Pferd Kuath kurz vorher die Sporen, um mein Lager etwas weiter entfernt aufzuschlagen.

Es ist nicht möglich zu prüfen, ob die Xipehuz Sinnesorgane

haben. Sie sind sicherlich mit Vorrichtungen versehen, welche diese Funktionen wahrnehmen.

Die Leichtigkeit, mit welcher sie auf große Entfernungen die Gegenwart von Tieren, besonders auch die von Menschen wahrnehmen, zeigt eindeutig, daß ihre Wahrnehmungsorgane unseren Augen zumindest ebenbürtig sind. Ich habe nie erlebt, daß sie eine Pflanze mit einem Tier verwechselten, selbst unter solchen Umständen nicht, unter denen mir ein entsprechender Irrtum unterlaufen wäre, etwa aufgrund der Lichtverhältnisse unter Ästen, aufgrund der Farbe oder der Position eines Gegenstandes. Die Tatsache, daß sie ein großes Tier zu zwanzig vertilgen, das Ausglühen eines Vogels aber einer allein unternimmt, deutet auf eine richtige Abschätzung der Proportionen. Diese Abschätzung erscheint noch vollkommener, wenn man beobachtet, daß sie sich zu zehn, zu zwölf oder zu vierzehn zusammentun, je nach der Größe des Kadavers. Ein noch besseres Argument, sei es für die Existenz sinnesähnlicher Organe, sei es für ihre Intelligenz, ist die Art und Weise, in welcher sie unsere Stämme angreifen: Frauen und Kinder bleiben weitgehend verschont, während sie die Krieger unerbittlich verfolgen.

Nun zur wichtigsten Frage: Haben sie eine Sprache? Darauf kann ich, ohne zu zögern, antworten: Ja, sie haben eine Sprache. Sie setzt sich aus Zeichen zusammen, von denen ich sogar einige zu entschlüsseln vermochte.

Nehmen wir an, ein Xipehuz wolle mit einem anderen sprechen. Dazu genügt es, daß er die Strahlen seines Sterns auf den Gefährten richtet, was dieser auch immer sogleich bemerken wird. Der Gerufene bleibt stehen, wenn er gerade in Bewegung ist, und wartet. Der Sprecher läßt dann eine Reihe kurzer Lichtzeichen über die Oberfläche seines Gesprächspartners streichen, wobei es unerheblich ist, ob von rechts nach links oder umgekehrt. Die Strahlen werden immer von dem unteren Teil ausgesandt. Die Zeichen, die sie bilden, bleiben einen Augenblick fixiert, dann verschwinden sie wieder.

Der Gesprächspartner antwortet nach einer kurzen Pause.

Vor einer Kampfhandlung oder einem Hinterhalt bedienen die Xipehuz sich immer des folgenden Zeichens:

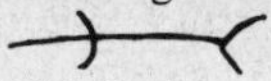

Immer, wenn von mir die Rede war – und das war oft der Fall, denn sie unternahmen alles Mögliche, um mich und meinen tapferen Kuath umzubringen –, tauchte u. a. das Zeichen

auf, sowie das Wort oder der Satz

.

Um einen anderen anzurufen, wird gewöhnlich das folgende Zeichen verwandt:

.

Auf dieses Zeichen hin eilt der angesprochene Xipehuz herbei. Wenn sie zu einer Versammlung einberufen, taucht unweigerlich dieses Signal auf:

welches die dreifache Erscheinungsform dieser Wesen (Kegel, Zylinder und Quader) darstellt.

Die Xipehuz haben allerdings noch kompliziertere Zeichen, die sich nicht mehr auf Handlungen beziehen, die den unseren gleichen, sondern auf etwas völlig Außergewöhnliches, das zu entschlüsseln mir nicht gelang. Es kann kein Zweifel darüber bestehen, daß sie die Fähigkeit haben, abstrakte Ideen zu entwickeln und sich darüber zu unterhalten. Vielleicht ähneln diese doch denen des Menschen, denn sie können lange Zeit hindurch unbeweglich verharren und nichts anderes tun, als miteinander zu reden, was von regelrechten Gedankenansammlungen zeugt.

Durch meinen langen Aufenthalt in ihrer Nähe lernte ich schließlich trotz ihrer Verwandlungen (deren Gesetzmäßigkeit für jeden Xipehuz individuell verschieden, aber für einen ausdauernden Beobachter wiedererkennbar ist) mehrere Xipehuz ziemlich genau kennen, so daß ich Einzelheiten der individuellen Unterschiede – oder soll ich sagen: Charaktere? – herausfand. Ich habe schweigsame Xipehuz kennengelernt, die kaum je ein Wort skizzierten, mitteilsame, die ganze Reden schrieben; aufmerksame und auch schwatzhafte, die gleichzeitig sprachen und sich gegenseitig ins Wort fielen. Es gab solche, die sich zurückzogen, die die Einsamkeit liebten, andere, die offensichtlich Geselligkeit suchten; ungestüme, die ständig wilde Tiere und Vögel jagten, barmherzige, die die Tiere verschonten und in Ruhe leben ließen. Eröffnet das alles der Vorstellungskraft nicht ungeahnte Wege? Verführt das nicht dazu, sich eine Vielzahl von Fähigkeiten, Intelligenzformen, Kräften auszumalen, die denen der menschlichen Rasse analog sind?

Der Nachwuchs wurde auch erzogen und unterrichtet. Wie oft habe ich einen alten Xipehuz beobachtet, der, umgeben von vielen jungen, diesen die Zeichen vormachte, die sie ihm nacheinander wiederholen mußten. Machten sie das unvollkommen, ließ er sie von vorn beginnen!

Diese Schulstunden waren in meinen Augen wunderbar, und von allem, was die Xipehuz anging, hat mich nichts so fasziniert, hat mich in meinen schlaflosen Nächten nichts so sehr beschäftigt.

Ich dachte mir, wenn überhaupt, dann könnte sich gerade hier, wo sich diese Rasse sozusagen nochmal an ihrem Ursprung befand, der Schleier des Geheimnisses ein wenig lüften, könnte gerade hier eine einfache, primitive Vorstellung über die Xipehuz aufblitzen, die mir einen Winkel des tiefen Dunkels erhellen würde. Nichts konnte mich entmutigen. Ich habe über Jahre hinweg diese Erziehung beobachtet, habe unzählige Deutungsversuche unternommen. Wie oft glaubte ich, so etwas wie ein flüchtiges Licht zu erhaschen, welches das Wesen der Xipehuz beleuchtete, aber ach, leider sind meine armen Fähigkeiten, im Fleisch erstickt, nie zu einem Ergebnis gelangt.

Ich habe schon erwähnt, daß ich lange glaubte, die Xipehuz seien unsterblich. Nachdem dieser Glaube durch den Anblick von dem gewaltsamen Tod zerstört worden war, der Zusammenstöße zwischen ihnen verursachen konnte, versuchte ich natürlich, ihren wunden Punkt herauszufinden, und so widmete ich mich jeden Tag der Suche nach einem Mittel, sie zu bekämpfen. Die Xipehuz wuchsen nämlich zahlenmäßig derartig an, daß sie den Wald von Kzur im Süden, Norden und Westen schon hinter sich ließen und von Osten her in die Ebenen vordrangen. Nach wenigen Zyklen der Vermehrung hätten sie den Menschen aus seiner irdischen Heimat vertrieben.

Ich bewaffnete mich also mit einer Schleuder und, sobald ein Xipehuz den Wald verließ und in meine Reichweite kam, zielte ich und schoß meinen Stein auf ihn. Ich hatte keinerlei Erfolg, obwohl ich bei den anvisierten Individuen alle Punkte ihrer Oberfläche, sogar den Lichtpunkt, traf. Sie schienen gegen meine Angriffe völlig unempfindlich, und keiner hat sich je auch nur umgedreht, um einem meiner Geschosse auszuweichen. Nach einem Monat mußte ich mir eingestehen, daß die Schleuder nichts gegen sie auszurichten vermochte.

Ich versuchte es dann mit dem Bogen. Schon nach den ersten Pfeilen bemerkte ich, daß sie den Xipehuz große Angst einjagten, denn sie wandten sich ab, hielten sich außer Reichweite und vermieden mich, so gut sie konnten. Acht Tage lang versuchte ich vergeblich, einen Xipehuz mit dem Pfeil zu treffen. Endlich, am 8. Tag, kam eine Gruppe von Xipehuz bei der Verfolgung einer schönen Gazelle ganz in meiner Nähe vorbei, vermutlich, weil sie so vom Jagdfieber gepackt waren. Schnell schoß ich einige Pfeile ab, *ohne sichtbaren Erfolg*. Die Gruppe zerstreute sich, ich verfolgte sie und verbrauchte dabei meine ganze Munition. Gerade hatte ich den letzten Pfeil abgeschossen, da kamen sie alle mit großer Geschwindigkeit von verschiedenen Seiten auf mich zu und umzingelten mich nahezu ganz. Wäre der tapfere Kuath nicht so wunderbar schnell gewesen, hätte ich mein Leben eingebüßt.

Dieses Abenteuer hinterließ sowohl Unsicherheit als auch Hoffnung in mir; die ganze Woche verbrachte ich untätig, verlor mich in vagen Gedanken, vertieft in ein außergewöhnliches Problem, das mir schlaflose Nächte bereitete und mich gleichzeitig mit Freude und Schmerz erfüllte. Warum fürchteten die Xipehuz meine Pfeile, obwohl die vielen Geschosse, die ich auf die jagenden Xipehuz abgegeben hatte, doch keinerlei Wirkung gezeitigt hatten?

Aufgrund meiner Kenntnis von der Intelligenz dieser Wesen konnte ich die Vermutung ausschließen, daß ihre Angst keinen spezifischen Grund hätte. Im Gegenteil, alles deutete darauf hin, daß die Pfeile unter bestimmten Gegebenheiten eine furchtbare Waffe gegen sie sein mußten. Aber welches waren diese Gegebenheiten? Welches war der verwundbare Punkt der Xipehuz? Plötzlich kam mir der Gedanke, daß es gelte, ihren Stern zu treffen. Eine Minute lang war ich völlig sicher, von einer leidenschaftlichen, blinden Gewißheit erfüllt. Dann packte mich erneut der Zweifel.

Hatte ich diesen Punkt nicht mehrmals in der Schleuder anvisiert und getroffen? Warum sollte der Pfeil erfolgreicher sein als der Stein?

Es war Nacht, der unermeßliche Abgrund hatte seine herrlichen Lampen über der Erde aufgehängt, und ich, ich träumte, den Kopf in die Hände gestützt; mein Herz war düsterer als die Nacht.

Ein Löwe brüllte, Schakale durchstreiften die Ebene, und erneut glimmte in mir das kleine Licht der Hoffnung. Ich dachte daran, daß der Kiesel der Schleuder relativ groß, der Stern der Xipehuz aber winzig klein war. Vielleicht bedurfte es, um Erfolg zu haben, einer scharfen Spitze, die tief eindrang – so würde sich auch ihre Furcht vor dem Pfeil erklären!

Unterdessen wanderte das Sternbild Wega, die Morgenröte war nahe, und die Erschöpfung schläferte für einige Stunden in meinem Gehirn die Welt der Gedanken ein.

Die ganzen nächsten Tage hindurch verfolgte ich beständig die Xipehuz, mit dem Bogen bewaffnet, und wagte mich so weit in ihr Revier, wie es die Vorsicht erlaubte. Aber alle wichen meinem Angriff aus und hielten sich außerhalb meiner Reichweite. Sie in einen Hinterhalt zu locken, daran war nicht zu denken, da ihre Wahrnehmung so fein war, daß sie meine Gegenwart auch durch Hindernisse hindurch erspürten.

Gegen Ende des 5. Tages ereignete sich ein Vorfall, der bewies, daß die Xipehuz zwar fehlbare, aber auch entwicklungsfähige Wesen waren, dem Menschen darin vergleichbar. An jenem Abend, als es schon dämmerte, näherte sich mir ein Xipehuz, in voller Absicht und mit jener beständig sich beschleunigenden Geschwindigkeit, die jeden Angriff einleitete. Überrascht, mit klopfendem Herzen, spannte ich den Bogen. Im Abendlicht sah er aus wie eine türkisfarbene Statue, als er sich mir immer mehr näherte und fast in Reichweite kam. Als ich mich auf den Abschuß vorbereitete, sah ich voller Erstaunen, wie er sich abwandte und, seinen Stern verbergend, weiter auf mich zuraste. Ich hatte gerade noch Zeit, Kuath anzutreiben, um mich dem Angriff dieses fürchterlichen Gegners zu entziehen.

Dieses einfache Manöver, an das anscheinend kein anderer Xipehuz vorher gedacht hatte, zeigt wieder einmal die persönliche Erfindungsgabe und die Individualität der Gegner. Darüber hinaus legte es zwei Gedanken nahe: 1. ich hatte mit meinen Vermutungen über die Verwundbarkeit des Sterns der Xipehuz glücklicherweise ins Schwarze getroffen; 2. wenn alle Xipehuz diese Taktik aufgriffen, würde meine Aufgabe außerordentlich erschwert, wenn nicht gar unmöglich gemacht – eine wenig ermutigende Vorstellung.

Dennoch, nachdem ich so viel unternommen hatte, um diese Tatsachen in Erfahrung zu bringen, fühlte ich meine Zuversicht wachsen, und ich war sogar kühn genug, mir den für die Überwindung der Hindernisse erforderlichen Scharfsinn zuzutrauen.[1]

## VI

### *Zweiter Teil des Buches von Bakhun*

Ich kehrte in meine Einsiedelei zurück. Anakhre, der dritte Sohn meiner Frau Tepai, war ein fähiger Waffenbauer. Ich be-

1 In den folgenden Kapiteln, in denen im allgemeinen ein Erzählton herrscht, lehne ich mich an die wörtliche Übersetzung von Herrn Dussault an; die ermüdenden Abschweifungen in Versen sowie die unnötigen Wiederholungen lasse ich allerdings weg.

fahl ihm, einen Bogen von außergewöhnlicher Reichweite zu bauen. Er nahm einen eisenharten Ast des Waham-Baumes, und der Bogen, den er daraus herstellte, war viermal mächtiger als derjenige des Hirten Zankann, des besten Bogenschützen der tausend Stämme. Normalerweise hätte er von einem Menschen allein nicht gespannt werden können, aber mittels eines Tricks, den ich mir ausgedacht und den Anakhre ins Werk gesetzt hatte, konnte der ungeheure Bogen sogar von einer Frau gespannt werden.

Immer schon war ich besonders geschickt in der Handhabung von Wurfspieß sowie von Pfeil und Bogen gewesen, und in wenigen Tagen lernte ich mich denn auch der von meinem Sohn hergestellten Waffe so vollendet zu bedienen, daß ich kein Ziel verfehlte, war es auch so klein wie eine Fliege oder so schnell wie ein Falke.

Dann kehrte ich auf dem flammenäugigen Kuath nach Kzur zurück und begann erneut, um die Feinde des Menschen herumzustreifen.

Jedesmal, wenn eine Gruppe von Xipehuz sich der Grenzlinie näherte, schoß ich auf meinem alten Bogen eine Menge Pfeile ab, die in weiter Entfernung von ihnen zu Boden fielen. Auf diese Weise versuchte ich, ihnen Vertrauen einzuflößen, denn so lernten sie, die Reichweite meiner Waffe genau einzuschätzen, und glaubten sich in einer bestimmten Entfernung völlig außer Gefahr.

Dennoch blieben sie mißtrauisch, unruhig und launenhaft, sobald sie sich nicht mehr im Schutz des Waldes befanden, der ihre Sterne meiner Sicht entzog.

Geduldig wartete ich ab, daß sich ihre Nervosität legte. Am 6. Morgen zeigte sich endlich eine Gruppe von ihnen unter einem großen Kastanienbaum, drei gewöhnliche Bogenschußweiten entfernt.

Sogleich schoß ich einen Schwarm sinnloser Pfeile auf sie ab. Ihre Wachsamkeit ließ daraufhin auch mehr und mehr nach, und ihr Benehmen wurde so frei wie in den ersten Tagen meiner Anwesenheit.

Dies war die entscheidende Stunde. In meiner Brust dröhnte es, und ich fühlte mich kraftlos. Ich wartete daher noch etwas, denn von diesem einzigen Pfeil hing eine glückliche Zukunft ab.

Wenn dieser sein Ziel verfehlte, hätte ich vielleicht niemals wieder die Möglichkeit, mein Experiment durchzuführen, und wie hätte ich dann in Erfahrung bringen sollen, ob der Mensch die Xipehuz bekämpfen könnte?

Nach und nach siegte mein Wille; er hieß die Brust schweigen, machte die Glieder geschmeidig und stark und den Puls ruhig. Langsam hob ich Anakhres Bogen. Dort unten in der Ecke verharrte ein großer, smaragdfarbener Kegel unbeweglich im Schatten des Baumes, seinen glänzenden Stern mir zugewandt. Der ungeheure Bogen spannte sich; zischend flog der Pfeil durch den Raum, und der Xipehuz, getroffen, *fiel, zog sich zusammen, wurde zu Stein*.

Ein dumpfer Triumphschrei entrang sich meiner Brust. Ich breitete die Arme aus und dankte voller Begeisterung dem Alleinzigen.

Sie waren also verwundbar, diese schrecklichen Xipehuz! Es bestand also Hoffnung, sie mit menschlichen Waffen zu vernichten!

Jetzt ließ ich es ruhig in meiner Brust dröhnen, ich schlug den Takt einer Freudenmusik, ich, der ich so lange an dem Fortbestand meiner Rasse gezweifelt hatte, ich, der ich mir unter dem kristallblauen, abgrundtiefen Sternenhimmel so oft ausgerechnet hatte, daß in zweihundert Jahren der Ansturm der Xipehuz die Grenzen der weiten Erde hätte sprengen müssen.

Doch, als sie wieder hereinfiel, die geliebte Nacht, die gedankenvolle Nacht, legte sich ein Schatten auf mein Glück: der Gedanke, daß der Mensch und die Xipehuz nicht koexistieren konnten, daß die grausame Bedingung des Lebens der einen die Vernichtung der anderen war, bekümmerte mich.

## 2. Buch

### VII

*Dritter Teil des Buches von Bakhun*

1.

Die Priester, die Ältesten und die Häuptlinge lauschten verwundert meinem Bericht; Boten trugen die freudige Nachricht bis in die letzten Einsiedeleien. Der große Rat befahl den Kriegern, sich im 6. Mond des Jahres 22 649 in der Ebene von Mehur-Asar zu versammeln. Die Seher verkündeten den heiligen Krieg. Über hunderttausend Zahelal-Krieger wurden aufgeboten; eine große Anzahl von Kämpfern anderer Stämme, der Dzumer, der Sahrs, der Khaldes, kamen ebenfalls, um sich der großen Nation anzuschließen.

Ein zehnfacher Ring von Bogenschützen umzingelte Kzur. Aufgrund der Taktik der Xipehuz erreichten die Pfeile aber ihre Ziele nicht, und viele Krieger kamen durch Leichtsinn ums Leben.

Daraufhin verbreitete sich großer Schrecken unter den Männern, welcher über mehrere Wochen anhielt...

Am dritten Tag des 8. Monds bewaffnete ich mich mit einem spitzen Messer und verkündete den Völkerscharen, daß ich die Xipehuz allein bekämpfen würde. Ich hoffte, auf diese Weise das Mißtrauen zu zerstreuen, daß sich bezüglich der Wahrheit meines Berichts auszubreiten begann.

Meine Söhne Loum, Demja und Anakhre widersetzten sich meinem Plan heftig, sie wollten an meiner Statt gehen. Loum sagte: »Du darfst das nicht riskieren, denn wenn du stirbst, halten alle Krieger die Xipehuz für unverwundbar, und die menschliche Rasse ist dem Untergang geweiht.«

Demja, Anakhre und viele der Häuptlinge äußerten sich in ähnlicher Weise. Ihre Argumente leuchteten mir ein, und so zog ich mich zurück.

Loum bemächtigte sie meines horngriffigen Messers und überschritt die tödliche Grenzlinie. Die Xipehuz strömten sofort herbei. Einer von ihnen, schneller als die anderen, ging schon zum Angriff über, aber Loum, gewandter als ein Leopard, wich aus, wehrte ihn ab, sprang dann auf ihn zu und bohrte die scharfe Spitze in seinen Stern.

Die Völkerscharen sahen regungslos zu, wie der Gegner *zusammenbrach, sich zusammenzog, zu Stein wurde.* Als Loum zurückkehrte und die Grenzlinie überschritt, erschallten hunderttausend Stimmen im morgenblauen Himmel. Der Ruhm seines Namens machte in den Heeren die Runde.

## 2. Die erste Schlacht

Im Jahre der Welt, 22 649, am 7. Tag des 8. Mondes.

Im Morgengrauen erklangen die Hörner, die schweren Hämmer schlugen gegen die erzenen Glocken, sie riefen zum großen Kampf. Eintausend schwarze Büffel sowie zweihundert Hengste wurden von den Priestern geopfert. Meine 30 Söhne riefen mit mir den Alleinzigen an. Der Planet der Sonne hüllte sich in die rote Morgendämmerung. Die Häuptlinge galoppierten den Heeren voran, der ungestüme Lauf von hunderttausend Kämpfern ließ die Erde dröhnen, der Kriegslärm war ohrenbetäubend.

Der Stamm der Nazzum gelangte als erster ins Feindgebiet und lieferte eine ausgezeichnete Schlacht. Zunächst erfolglos und von den geheimnisvollen Schlägen niedergeschmettert, erlernten die Krieger schnell die Kunst, wie man die Xipehuz besiegt, vernichtet. Daraufhin überschwemmten auch die anderen Stämme, die Zahelal, Dzumer, Sahrs, Khalder, Xisoastrer, Pjarvannen, stürmisch wie Meereswogen die Ebene und den Wald, umzingelten die schweigsamen Gegner allenthalben.

Lange Zeit hindurch war die Schlacht chaotisch, die Boten meldeten den Priestern beständig, daß Hunderte zugrunde gingen, ihr Tod aber gerächt werde.

Als es kritisch wurde, kam mein Sohn Surdar, der Schnellfüßige, von Loum geschickt, zu mir und berichtete, daß für jeden toten Xipehuz ein Dutzend von unseren Männern ihr Leben lassen müßten. Mein Herz verfinsterte sich, und meine Lippen murmelten kraftlos: »Es geschehe, wie es der Einzige Vater will.«

Die Zahl unserer Krieger belief sich auf 140000, dagegen standen etwa 4000 Xipehuz. Ich rechnete mir also aus, daß zwar mehr als 1/3 des großen Heeres den Tod finden würde, dann jedoch die Erde dem Menschen zurückerobert wäre. Vielleicht aber reichte die Armee doch nicht aus – »Was für ein Sieg«, murmelte ich traurig.

Während ich solches dachte, ertönte auf einmal noch größerer Schlachtenlärm vom Wald her. Zu großen Haufen tauchten die Krieger auf und flüchteten mit Entsetzensschreien auf die heilbringende Grenzlinie zu.

Dann sah ich die Xipehuz aus dem Wald hervorbrechen, nicht mehr vereinzelt, sondern in Gruppen zu zwanzig, ringförmig angeordnet, ihre Sterne ins Innere der Gruppe gewandt. In solcher Formation unverwundbar, griffen sie unsere wehrlosen Krieger an und metzelten sie fürchterlich nieder.

Es war eine Katastrophe.

Selbst die mutigsten Krieger dachten nur noch an Flucht. Trotz der Trauer, die mein Herz erfüllte, beobachtete ich geduldig die tödliche Wende, in der Hoffnung, im Unglück selbst ein Mittel zur Gegenwehr zu finden, denn oft liegen Gift und Gegengift nahe beieinander.

Mein Vertrauen in die Reflexion wurde vom Schicksal belohnt, ich entdeckte zwei wichtige Dinge. Als erstes beobachtete ich, daß an den Stellen, an denen sich viele unserer Männer, aber nur wenige Xipehuz befanden, das Gemetzel, welches zunächst unberechenbar blieb, *zurückging,* daß die Stöße des Feindes *weniger und weniger* Wirkung zeigten. Viele der Getroffenen erhoben sich nach einiger Zeit wieder, die Kräftigsten widerstanden den Schlägen zuletzt ganz und flohen sogar nach wiederholten Angriffen. Dieses Phänomen zeigte sich an verschiedenen Stellen des Schlachtfeldes. Daraus schloß ich, daß auch die Xipehuz müde wurden, daß ihre Zerstörungskraft ein bestimmtes Maß nicht überstieg.

Eine zweite Beobachtung, die die erste gut ergänzte, konnte ich an einer Gruppe von Khaldern machen. Diese armen Männer, auf allen Seiten vom Feind eingeschlossen, verloren das Vertrauen auf ihre kurzen Messer. Daher griffen sie sich Sträucher und benutzten sie als Keulen. Auf diese Weise versuchten sie, sich einen Durchbruch zu erkämpfen. Zu meiner großen Überraschung gelang ihnen das. Dutzende von Xipehuz sah ich unter den Schlägen ihr Gleichgewicht verlieren, und ungefähr die Hälfte der Khalder konnte durch die so geschlagene Gasse fliehen. Diejenigen hingegen, die – wie einige Häuptlinge – weiter ihre erzenen Waffen einsetzten, töteten sich selber, wenn sie den Feind schlugen. Es sei noch erwähnt, daß die Keulen den Xipehuz keinen Schaden zufügten, denn diejenigen, die zu Boden gefallen waren, erhoben sich sofort wieder und setzten die Verfolgung fort. Dennoch erachtete ich meine beiden Entdekkungen als sehr wichtig für den weiteren Kampf.

Unterdessen nahm die Niederlage ihren Lauf. Die Erde bebte unter dem Getrampel der Flüchtenden. Noch vor dem Abend befanden sich im Gebiet der Xipehuz nur noch unsere Toten und einige hundert Kämpfer, die auf Bäume geklettert waren. Ihr Schicksal war schrecklich. Die Xipehuz verbrannten sie bei lebendigem Leibe, indem sie die Zweige, auf denen sie Schutz gesucht hatten, in Brand setzten. Ihre Schreie gellten noch stundenlang gen Himmel.

## 3. Die Erwählung Bakhuns

Am nächsten Morgen wurden die Überlebenden gezählt. Es stellte sich heraus, daß die Schlacht ungefähr 9000 Menschenleben gefordert hatte; eine vorsichtige Schätzung bezifferte die Verluste des Gegners auf 600. Auf jeden toten Xipehuz kamen also 15 tote Menschen.

Verzweiflung machte sich breit. Viele lehnten sich gegen die Häuptlinge auf und plädierten dafür, das furchtbare Unternehmen aufzugeben. Dieses Gemurre veranlaßte mich, den Kriegern mit lauter Stimme vorzuwerfen, sie seien Hasenfüße.

Ich fragte sie, ob denn die ganze Menschheit ausgerottet werden oder nicht besser nur ein Teil geopfert werden sollte; ich hielt ihnen vor Augen, daß in zehn Jahren das Land der Zahelal von den FORMEN erobert sein würde, und in zwanzig Jahren auch das Land der Khalder, der Sahrs, der Pjarvanner und der Xisoastrer; nachdem ich ihnen so ins Gewissen geredet hatte, machte ich sie darauf aufmerksam, daß bereits $^1/_6$ des Territoriums vom Menschen zurückerobert worden war, daß der Feind von drei Seiten im Wald eingeschlossen sei. Schließlich teilte ich ihnen meine Beobachtungen mit. Ich erklärte ihnen, daß die Xipehuz nicht unermüdbar seien, daß sie mittels Keulen umgeworfen und gezwungen werden könnten, ihren verwundbaren Punkt bloßzulegen.

Großes Schweigen herrschte auf der Ebene, die Hoffnung kehrte in die Herzen der zahllosen Krieger zurück, die mir zuhörten. Um ihr Vertrauen weiter zu stärken, beschrieb ich ihnen eine Holzkonstruktion, die ich mir ausgedacht hatte und mit der man gleichzeitig angreifen und sich verteidigen könnte. Das begeisterte sie, die Völkerscharen klatschten meinen Worten Beifall, und die Häuptlinge übertrugen mir ihre Befehlsgewalt.

### 4. Verbesserung der Bewaffnung

In den nächsten Tagen ließ ich eine große Zahl Bäume fällen und entwarf eine Konstruktion aus leichten, tragbaren Stämmen, die folgendermaßen aussieht: ein 6 Ellen langer, 2 Ellen breiter Rahmen wird durch Stangen an einem inneren Gestell befestigt, welches 1 Elle breit und 5 Ellen lang ist. Sechs Männer (davon zwei Träger, zwei Krieger, die mit großen abgestumpften Holzlanzen bewaffnet sind, zwei weitere Krieger, die auch mit Holzlanzen ausgerüstet sind, die allerdings sehr scharfe Metallspitzen haben und überdies mit Pfeil und Bogen versehen sind) passen gut hinein. Sie konnten sich im Wald fortbewegen und waren gegen den unmittelbaren Angriff der Xipehuz geschützt. In Reichweite des Feindes sollten die mit abgestumpften Lanzen versehenen Krieger zuschlagen, den Feind umstürzen, ihn zwingen, sich eine Blöße zu geben, während die mit Bogen und den scharfen Lanzen versehenen Schützen die Sterne beschießen sollten. Da die Xipehuz durchschnittlich 1 1/2 Ellen groß waren, konstruierte ich die äußeren Rahmen so, daß sie während des Marsches eine Höhe von 1 1/4 Ellen, vom Boden gemessen, nicht überschritten. Dazu genügte es, die Stützen, die sie mit dem inneren Gestell verbanden und die von Menschenhand getragen wurden, etwas abzuwinkeln. Da die Xipehuz nicht in der Lage waren, plötzliche Hindernisse zu überwinden, noch sich in anderer als in aufrechter Stellung fortzubewegen, genügte die so entworfene Konstruktion als Schutz vor ihren unmittelbaren Angriffen. Sicherlich würden sie sich bemühen, die neuen Waffen in Brand zu setzen, und mehr als einmal würde es ihnen gelingen, aber da ihre Feuer nur innerhalb der Reichweite eines Pfeils Wirkung zeigten, müßten sie ihren Stern nach außen kehren, um diesen Feuerangriff überhaupt zu starten. Außerdem konnte man diesem weitgehend durch raschen Ortswechsel ausweichen, da er nicht sofort volle Stärke erreichte.

## 5. Die zweite Schlacht

Im Jahre der Welt 22 649, am 11. Tag des 8. Mondes.

An diesem Tag fand die zweite Schlacht gegen die Xipehuz statt. Die Häuptlinge hatten mir den Oberbefehl übertragen. Ich teilte die Völkerscharen in drei Heere auf. Kurz vor der Morgendämmerung schickte ich 40 000 Krieger, die mit dem Schildsystem bewaffnet waren, gen Kzur. Dieser Angriff wurde mit mehr Besonnenheit durchgeführt als der des 7. Tages. Die Krieger drangen langsamer in den Wald ein, in kleinen, gut gestaffelten Trupps, und die Schlacht begann. Von der ersten Stunde an waren die Menschen im Vorteil, die neue Taktik brachte die Xipehuz vollständig außer Fassung. Über hundert FORMEN gingen zugrunde, kaum gerächt durch den Tod von nur einem Dutzend Krieger. Als die Überraschung sich gelegt hatte, schickten die Xipehuz sich an, die wandelnden Schilde zu verbrennen. In einigen Fällen gelang es ihnen. Ungefähr in der 4. Stunde des Kampfes wandten sie eine neue Gegenwehr an, die gefährlicher war: ihre Schnelligkeit ausnutzend, rasten Gruppen von dicht aneinander gedrängten Xipehuz gegen die getragenen Holzkonstruktionen und warfen sie um. Auf diese Weise kam eine große Anzahl von Menschen ums Leben, der Feind gewann wieder die Oberhand. Einige begannen zu verzweifeln.

In der 5. Stunde traten die Zahelal aus Khemar, die Djoher sowie ein Teil der Xisoastrer und der Sahrs den Rückzug an. Da ich eine Katastrophe verhindern wollte, schickte ich Boten los, von starken Schilden geschützt, um Verstärkung anzukündigen. Gleichzeitig bereitete ich das zweite Heer auf den Angriff vor.

Ich gab neue Anweisungen: die wandelnden Schilde sollten sich in Gruppen zusammenschließen, soweit die Fortbewegung im Wald das zuließ, und sich, sobald ein größerer Trupp von Xipehuz nahte, zu einem festen Block formieren, ohne aber deshalb ihre Angriffe zu reduzieren.

Nachdem ich meine Befehle erteilt hatte, gab ich das Signal. Schon kurze Zeit später stellte ich voller Freude fest, daß sich das Glück wieder auf unsere Seite neigte. Eine Schätzung so um die Mittagszeit herum bezifferte die Verluste unseres Heeres auf 2000, die der Xipehuz auf 300. Der Erfolg, den wir erzielt hatten, wurde damit deutlich und erfüllte alle Herzen wieder mit Zuversicht.

Zu diesem Zeitpunkt warf ich auch das dritte Heer in den Kampf; die Schlacht wurde immer heftiger, die Kampfeslust der Krieger stieg von Minute zu Minute, bis im Westen die Sonne unterging.

Da griffen die Xipehuz wieder im Norden von Kzur her an. Der Rückzug der Dzumer und Pjarvanner ließ mich spüren, daß eine gewisse Unruhe aufkam. Ich ließ also zum Rückzug blasen, nicht zuletzt, weil ich auch davon überzeugt war, daß die Nacht dem Feind eher zugute kommen würde als uns. Der Rückzug der Truppe ging überlegt, voller Siegesgewißheit vonstatten.

Fast die ganze Nacht hindurch feierten wir unseren Erfolg, der wirklich beträchtlich war: 800 Xipehuz hatten ihr Leben gelassen, und ihr Bewegungsraum war auf 2/3 des Waldes von Kzur zurückgedrängt worden. Zwar hatten wir 7000 von unseren Männern opfern müssen, aber diese Verluste waren im Verhältnis zu denen in der ersten Schlacht und deren Erfolg wesentlich geringer. Voller Hoffnung wagte ich deshalb, einen Plan für den entscheidenden Angriff gegen die noch verbliebenen 2600 Xipehuz zu entwerfen.

## 6. Die Vernichtung

Im Jahre der Welt 22 649, am 15. Tag des 8. Mondes.

Als der rote Stern sich auf die westlichen Hügel senkte, hatten sich die Völkerscharen in Schlachtordnung vor Kzur aufgestellt.

Von freudiger Erwartung beseelt, gab ich den Häuptlingen die letzten Anweisungen. Die Hörner ertönten, die schweren Hämmer fielen auf die erzenen Glocken nieder, und das erste Heer marschierte auf den Wald zu.

Die Schutzschilder waren verstärkt und vergrößert worden, sie umschlossen jetzt zwölf Männer anstatt sechs; nur ein Drittel war noch nach dem alten Entwurf gefertigt.

Dadurch war es sowohl schwerer, sie umzuwerfen, als auch sie anzuzünden.

Zunächst verlief die Schlacht günstig; nach drei Stunden hatten wir schon 400 Xipehuz getötet und nur 2000 der Unseren verloren. Von diesen guten Nachrichten beflügelt, schickte ich das zweite Heer in den Kampf, wodurch er an Heftigkeit zunahm. Unsere Krieger gewöhnten sich schon ans Siegen, die Gegner aber entwickelten die Halsstarrigkeit von edlen Angehörigen eines großen REICHES. Zwischen der 4. und der 8. Stunde opferten wir nicht weniger als 10000 Leben, aber die Xipehuz bezahlten mit 1000 der Ihren, so daß in den Tiefen des Waldes von Kzur nur noch 1000 übrig waren.

In diesem Augenblick begriff ich, daß der Mensch die Erde zurückerobern würde, und meine letzten Zweifel zerstreuten sich.

Dennoch warf die 9. Stunde wieder einen großen Schatten über unseren Sieg. Von da an zeigten sich die Xipehuz nur noch zu großen Gruppen vereint in den Lichtungen, hielten ihre Sterne verborgen und konnten kaum noch umgeworfen werden. Vom Schlachtgetümmel berauscht, stürzten sich viele der Unseren auf diese Haufen. Plötzlich lösten sie sich aber auf, die Xipehuz überrannten die Waghalsigen und töteten sie.

Tausend Männer starben auf diese Weise, ohne daß der Feind spürbare Einbußen erlitt. Angesichts dessen schrien die Pjarvanner, alles sei zu Ende. Eine Panik brach aus, die mehr als zehntausend Menschen zur Flucht veranlaßte, wobei viele unvorsichtig genug waren, ihren Schutz preiszugeben, nur, um schneller voranzukommen. Das kam sie teuer zu stehen. Die an die hundert Xipehuz, die sie verfolgten, töteten mehr als 2000 Pjarvenner und Zahelal. An allen unseren Fronten verbreiteten sich Angst und Schrecken. Als die Kundschafter mir diese schlechte Nachricht überbrachten, erkannte ich, daß der Tag verloren wäre, wenn es mir nicht gelänge, durch ein schnelles Manöver die verlorenen Stellungen wiederzugewinnen. Also gab ich sofort den Führern des dritten Heeres den Befehl zum Angriff und verkündete, daß ich selber das Kommando übernehmen würde. Ich führte die Reservetruppen eilig in die Richtung, aus der die Flüchtenden kamen, und bald sahen wir uns den verfolgenden Xipehuz gegenüber. Diese waren so in ihrem Mordrausch befangen, daß sie sich nicht schnell genug neu formieren konnten. In einem Augenblick hatten wir sie umzingelt. Nur sehr wenige entkamen. Der ungeheure Widerhall unseres Sieges gab den anderen wieder Auftrieb.

Nun hatte ich kaum Mühe, den Angriff neu aufzubauen; unser Manöver bestand lediglich darin, kleine Gruppen aus den feindlichen Trupps herauszulösen, sie einzuschließen und zu vernichten.

Da sie merkten, wie nachteilig diese Taktik für sie war, begannen die Xipehuz bald, in entsprechend kleineren Trupps gegen uns zu kämpfen, und die gegenseitige Vernichtung zweier REICHE, von denen das eine nur auf Kosten des anderen existieren konnte, nahm noch einmal schreckliche Ausmaße an. Dennoch kam kein Zweifel an einem günstigen Ausgang mehr auf, nicht einmal bei den Kleinmütigsten. In der 14. Stunde standen nur noch knapp 500 Xipehuz mehr als 100 000 Menschen gegenüber. Die kleine Zahl der Gegner war überdies in Grenzen eingeschlossen, die sich immer mehr verengten und nur noch ungefähr den 6. Teil des Waldes von Kzur umfaßten. Dadurch wurden unsere Manöver sehr erleichtert.

Inzwischen floß das rote Licht der Abenddämmerung schon durch die Bäume, und da ich nächtliche Hinterhalte fürchtete, ließ ich den Kampf unterbrechen.

Das ungeheure Ausmaß des Sieges weitete die Seelen aller. Die Häuptlinge sprachen davon, mir die Oberherrschaft über alle Völker anzutragen. Ich riet ihnen, niemals das Schicksal so vieler Menschen in die Hände einer armen, fehlbaren Kreatur zu legen. Sie sollten den ALLEINZIGEN anbeten und als irdisches Oberhaupt die WEISHEIT anerkennen.

## 8. Letzter Teil des Buches von Bakhun

Die ERDE gehört den MENSCHEN. Zwei Tage Kampf haben die Xipehuz vernichtet. Die ganze Fläche, die von den letzten 200 Xipehuz eingenommen worden war, ist gesäubert worden; jeder Baum, jede Pflanze, jeder Grashalm ist umgelegt worden. Und ich habe mit der Hilfe meiner Söhne Loum, Azah und Simho ihre Geschichte auf Granittafeln niedergeschrieben, um sie späteren Völkern zu übermitteln.

Nun stehe ich, in bleicher Nacht, am Rande des Waldes von Kzur. Der kupferne Halbmond ist im Begriff, unterzugehen.

Löwen brüllen die Sterne an. Der Fluß zwischen den Weiden folgt träge seinem Lauf. Seine ewige Stimme erzählt vom Vergehen der Zeit, von der Schwermut der vergänglichen Dinge. Ich habe meine Stirn in die Hände gestützt, aus meinem Herzen steigt eine leise Klage empor. Nun, da die Xipehuz untergegangen sind, bedauert meine Seele sie, und ich frage den ALLEINZIGEN, welches SCHICKSAL es gewollt hat, daß der Glanz des LEBENS von der FINSTERNIS des MORDES befleckt wird!

# Jörg Krichbaum und Rein A. Zondergeld
# Die Sehnsucht der Sirene nach dem Wasser:

*Die Welt des Maurice Renard*

Ein rundes Feld kaufen heißt nicht, einen Kreis Land erwerben, sondern einen unbegrenzten Kegel von Feuer, Felsen, Atmosphäre und Vakuum, dessen Spitze im Mittelpunkt der Erde ruht (wo sich alle Besitzungen demnach berühren und zu Nichts werden) und dessen Basis im unendlichen Raum verschwindet.
Maurice Renard

## I

Ein Jahr nach der französischen Erstausgabe von *Le Docteur Lerne, sous dieu* (1908) erscheint die deutsche Übersetzung von Heinrich Lautensack. Obwohl sie auf den heutigen Leser manchmal wie eine subtile Parodie frühexpressionistischer Prosa wirkt, ist es schwer, sich dem hypnotischen Zauber des Romans zu entziehen, der auf eine perfide Art verstecktesten erotischen Träumen ihre Verwirklichung entgegenhält. Diese monströsen Paarungen, die sich um keine von der Natur gesetzten Grenzen kümmern, wirken wie die Halluzinationen eines Stabsarztes aus dem KZ – und wer hätte den Mut zu behaupten, daß solche Vorstellungen nicht jeden heimsuchen und verführen können? Weniger den verspielten Metamorphosen eines Apuleius verwandt als den kalten Ekstasen de Sades, bewegt sich *Der Doktor Lerne* auf dem schmalen Grad zwischen der Lächerlichkeit des sprachlich Unzulänglichen in der Beschreibung des Ungeheuerlichen und der mathematischen Brillanz verwirklichter, obszöner Alpträume. Die Transplantationen, welche der gottgleiche Dr. Lerne unternimmt, sind keine Vergewaltigungen, oder zumindest nicht nur Vergewaltigungen: die neuen Kombinationen entsprechen uralten, in der Psyche des Menschen vorgebildeten, so wie wir sie alltäglich in Phrasen wie »Das Tier im Menschen« andeuten. Diese Phrase in die Wirklichkeit umzusetzen, ein sprachliches Bild beim Wort zu nehmen, das sind Aufgaben, die Dr. Lerne mit Hilfe seiner wissenschaftlichen Fähigkeiten zu lösen vermag. Indem Chirurgie, d.h. moderne Technik, Stier und Mann zu einem Wesen vereint, wird einem Urverlangen nach der öffentlichen Praktizierung des Bestialischen entsprochen, aber dahinter steht das mythische Bild vom Minotaurus: Mythos, älteste Bildwerdung menschlichen Wünschens, und Technik, neueste Möglichkeit des verwirklichten Wunschbilds, reichen sich hier, wie überall im Werk Maurice Renards, dieses bestürzenden Träumers, die Hand. So werden zwölf Jahre später dem sensiblen Ästheten Orlac, dem berühmten Pianisten, nach einem schweren Unfall, bei dem er seine Hände verlor, die Hände eines Mörders zuteil (zumindest sieht es bis zur letzten Seite des Romans so aus, und darauf kommt es an, nicht auf die ungeschickte, von den Wünschen des Leserpublikums diktierte »glückliche« Lösung). Und auch hier, im Kampf zweier Grundprinzipien, trägt das Tierische den Sieg davon. Renard hat das alte Doppelgängermotiv um einen (nach Freud) nur logischen Schritt erweitert. Orlac und seine Hände: das sind William Wilson und sein Spiegelbild, Dr. Jekyll und Mr. Hyde, Dorian Gray und sein Bildnis! Und so hat der adelige Held des Romans *Lui*? (1927), Jean Mareuil, in der Pariser Unterwelt einen Doppelgänger, den Dieb Freddy, mit dem er sich anfreundet und den er geschickt zur Erreichung seiner Ziele einzusetzen weiß. Die traditionelle Trennung in zwei Gestalten, welche die zwei Seiten eines Menschen verkörpern, zu der Renard hier zurückkehrt, bedingt aber auch den konformistischen Charakter dieses Kriminalromans, hinter dessen sensationellen Enthüllungen aus der High Society (hierin zeigt sich Renard mit Dekobra verwandt) nur noch mit Mühe der ursprüngliche Gedanke zu erkennen ist. Renards Entwicklung von *Le Docteur Lerne* über *Les mains d'Orlac* bis zu *Lui*? Überblickend muß dann auch festgestellt werden, daß in immer verwässerterer Form, mit immer weniger Mut dreimal dasselbe Thema dargestellt wird: aus den genialisch-obszönen

Anfängen entwickelt sich die glatte, geleckte Routine des erfolgreichen Schriftstellers.

## II

Kalkül und barocke Übersteigerung, Technik und Mythos, Borniertheit und Phantasie, alles Gegensatzpaare, welche die Welt Renards bestimmen und sich, wie Jean Mareuil und sein Doppelgänger Freddy, gegenseitig bedingen. Ein Grundmotiv des Erzählens ist also keineswegs nur seiner reißerischen Wirkung wegen gewählt worden, sondern weil es die Gedankenstruktur des Autors am deutlichsten verbildlicht. So wie der Doppelgänger einen Teil unseres Wesens, entweder zum Negativen (Hyde) oder zum Positiven (William Wilsons Spiegelbild) hin in extremem Maße verkörpert, so steht auch hinter jedem Wesen und jedem Ding seine ideale Form, seine Idee, zu der es hinstrebt. Diese platonische Formulierung mag bei einem Erfolgsschriftsteller fehl am Platz erscheinen, aber gerade die populäre Literatur, die man heute so gern als »trivial« bezeichnet, setzt der bildenden Phantasie weniger Hemmnisse entgegen und läßt Urmuster unvermittelter zutage treten; nicht umsonst haben Breton und die Surrealisten sich für die großen »romanciers populaires« des 19. Jahrhunderts und ihre Nachfolger für Féval, für Sue, für de Kock und für Leblanc und Leroux eingesetzt. Der oneirische Charakter ihrer Werke macht auch die Bücher Renards zu einer so befreienden Lektüre. Dann überrascht es ja auch nicht mehr, wenn hinter der verkrüppelten Sängerin aus »La cantatrice« und ihrem brutal-schönen Begleiter sich eine Sirene und ein Triton, der sie geraubt hat und vermarktet, verbergen – und die Sehnsucht der Sirene nach dem Wasser, die sich in ihrem verzaubernden Gesang ausdrückt, ist das poetische Symbol für das Verlangen des Menschen nach seiner idealen Gestalt. Zwischen Sirene und Stier bewegen Renards Geschöpfe sich, und den Wonnen des Obszönen stehen jene der Reinheit gegenüber.

Diese »accopiamenti di circonstanze piu lontane«, Grundidee aller manieristischen Kunst und von den Surrealisten nur neu formuliert, bestimmen also auf jeder Ebene das Schaffen Renards, den oberflächliche Betrachter als einen weiteren Vorläufer der SF eingestuft haben. Als konkretes Erzählelement sind es die entsetzlichen Paarungen aus *Dr. Lerne,* als Strukturmotiv gibt diese Verbindung des Entfernten dem Band *Le voyage immobile* [deutsch *Die Fahrt ohne Fahrt*] seine Form, denn dort steht die Technik am Anfang und das Märchen am Ende, als Symbol wird sie zum Doppelgänger-Motiv, das sich zum Bild zweier einander entgegengesetzten, aber sich spiegelnden Welten (*Le péril bleu, Un homme chez les microbes*) weiten kann, und als philosophischer Hintergrund äußert sie sich in einer platonischen Ideenlehre. In der Erzählung »Le brouillard du 26 octobre« aus *L'invitation à la peur* (1926) wird bei einem Spaziergang zweier Freunde durch die gezähmte Landschaft Nordfrankreichs ein plötzlich auftretender und sich immer stärker verdichtender Nebel zum transformierenden Element: nicht mehr das zwanzigste Jahrhundert, sondern das Miozän beherbergt die verirrten Spaziergänger, an deren Ohren das Brausen des Urmeers schlägt und die plötzlich mit fliegenden Wesen konfrontiert werden, in denen sie erst nach und nach sich trauen, den Urmenschen zu erkennen, dem es noch gegeben war, sich in die Lüfte zu erheben. Die Flugträume des Menschen gehen also durchaus auf Konkretes zurück: in ihnen sehnt er sich nach einer ihm seit Jahrtausenden verloren gegangenen Fähigkeit zurück. Auch hier werden wieder Urbilder hinter ihrer heutigen Gestalt sichtbar gemacht, und das Rauschen des Meeres, immer wieder bei Renard auftretendes Symbol ursprünglicher Geborgenheit, klingt den beiden in ihr eigenes Jahrhundert zurückgekehrten Männern noch immer verführerisch wie ein ferner Lockruf herüber.

## III

Als Maurice Renard 1875 in Chalons-sur-Marne als Sohn einer vornehmen Familie, deren männliche Mitglieder Richter oder hohe Verwaltungsbeamte zu werden pflegten, geboren wurde, schien ihn alles zu einer der Familientradition folgenden Laufbahn zu prädestinieren. Jurastudium und Anwaltstätigkeit in Paris sollten aber die Grundlage der Exaktheit bilden, von der aus er seine phantastischen Visionen entwickeln würde, während zugleich ein psychologisches Interesse am Kriminellen in seinem Werk eine Konstante bildete, wobei Renard, wie wir in der thematischen Analyse versuchten anzugeben, dazu neigte, das Verbrecherische im Menschen als den unvermeidlichen Gegenpol zum Reinen oder sogar Göttlichen anzusehen. Jules Verne und J. H. Rosny hatten in der französischen Literatur ihrer Zeit als erste die wirkungsvollen Möglichkeiten einer wissenschaftlichen Phantastik erkannt, und Renard hat sich mit ihren Büchern auseinandergesetzt, bevor er 1908 mit dem Roman *Le Docteur Lerne, sous dieu* debütierte. Das dort zentral stehende Motiv der Transplantation, auf dessen manieristischen Grundcharakter hingewiesen wurde (manche Stellen des Romans wirken wie detaillierte Beschreibungen der Bilder Arcimboldos), hat Renard nicht für die Literatur entdeckt (schon 1871 benutzte es Le Fanu, wenn auch in anderem Zusammenhang, in »Checkmate«), aber die Verbindung von deliranter Phantasie und (schein)wissenschaftlicher Akribie war neu und aufregend. Renards Sprache scheut vor abenteuerlichen Verrenkungen und auf die Spitze getriebenen Metaphern nicht zurück, und der fiebernde Ton des Buches kann zutiefst beunruhigen, aber auch zum Lächeln anregen. Obwohl *Le Docteur Lerne* von sich reden machte, scheint der Erfolg dennoch nicht allzu groß gewesen zu sein, denn erst zehn Jahre später erschien eine neue Ausgabe dieses Erstlings. Als wesentlich erfolgreicher erwies sich die deutsche Fassung: ein Erfolg, der Renard auch bei den nachfolgenden Übersetzungen treu blieb, die von so angesehenen Übersetzern wie Norbert Jacques und Hans

Blum angefertigt wurden, die dazu neigten, im Gegensatz zu dem *Lerne*-Übersetzer Lautensack, den barocken Charakter der Renardschen Sprache zu mildern und zu glätten. Die Suche nach dem ausgefallenen Wort und der Neuschöpfung, die so typisch für Renard ist und auf sprachlicher Ebene der Grundidee der »seltsamen Paarung« entspricht, regte nur Lautensack zu Versuchen mit der deutschen Sprache an, so daß eigentlich nur seine Übersetzung ein authentisches Renard-Bild vermittelt. Von der deutschen Kritik wurde Renard neben Maurice Dekobra und Claude Farrère als dritter Vertreter des populären französischen Zeitromans gefeiert, und es ist offensichtlich, daß die Tatsache, daß die Bücher dieser Autoren alle beim Münchener Drei Masken Verlag erschienen, daran nicht ohne Schuld ist.

Nach dem eher schwachen, wenn auch von der Struktur her interessanten Band mit Erzählungen *Le voyage immobile* (1909), der als gelungenste Geschichte das an Poe erinnernde »Le Rendez-vous« (deutsch »Das Stelldichein«) enthält (in dem eine Frau durch Hypnose gezwungen wird, auch nach ihrem Tod, als schon verwesender Leichnam, ihren Geliebten zu besuchen), erscheint 1911 *Le péril bleu* [Die blaue Gefahr], vielleicht das Hauptwerk des Franzosen.

## IV

Zweifelsohne legte Maurice Renard mit diesem Roman sein kühlstes und zugleich unberechenbarstes Werk vor, das sich der schnellen Zuordnung zur Phantastik oder Science-fiction völlig entzieht. Und wieder einmal erhebt sich die Frage nach der Praktikabilität von Literaturkategorien, nach der Ernsthaftigkeit von Wissenschaft, die schon im Vorfeld der Betrachtungen Maßstäbe der Sondierung anlegt, die zuweilen unüberprüft, bis auf den heutigen Tag, ihre Wirksamkeit beweisen. Denn anders ist es wohl kaum zu erklären, daß so grundsätzlich verschiedene Autoren wie J. G. Ballard oder Ray Bradbury von den einen ins

Lager der Phantastik und von den anderen ins Lager der Science-fiction gepreßt werden und daß ein von der Wissenschaft für lange Jahre Vergessener, wie Renard, im ersten Ansturm gleich von den Letztgenannten okkupiert wird. Gewiß, unter aller Routine des Schreibens und allem schier zutagetretenden enzyklopädischen Wissen, stellt Renard selbst dem geübten Leser Hemmnisse entgegen, die durch die sporadischen Angebote »philosophischer Weltenschau« nicht nur vergrößert, sondern unüberwindbar werden. Man ist geneigt, die Technik des Labyrinths seiner Fabeln seinem konstruktiven Geschick zuzuschlagen, und man entwickelt zeitweise sogar die Hoffnung, er zerstöre bewußt, oder aus Mitleid, seine immer ins Schaurige wachsenden Ideen. Und tatsächlich: unter seinem Zugriff verwandeln sich harmlose Dinge in die gewaltigsten Geräte und Maschinen, die ihrerseits, je ungeheuerlicher sie beschrieben werden, die unermeßliche kriegerische Potenz der überirdischen Mächte belegen. Nicht umsonst erscheint Tiburce, der Freund des Herzogs, und empfiehlt sich als unersetzliche Hilfe im Kampf gegen die blaue Gefahr, nicht umsonst sieht er überall dort Bedrohung und Wirrnis, wo keine sind; und nicht umsonst bietet er als Beweis seiner Gründlichkeit wissenschaftliche Apparate an, die allerdings so »überlegt« ausgewählt sind, daß sie sich leicht in einem kleinen Koffer verstauen lassen. Tiburce, der sich selbst als »Sherlockist« bezeichnet, will das Übernatürliche mit natürlichen Mitteln erklären. Nun, die Positionen sind klar, der Leser mag sich selber erkennen oder nicht: der Schluß wird ihn schon überraschen.

## V

Am 16. Juni 1913 erscheint im Arbeitszimmer Renards ein Mann namens Jean Le Tellier. Dieser Le Tellier, den ganz Paris als großen Astronomen und Direktor des Observatoriums kennt und der mit den damaligen Ereignissen, der »Blauen Gefahr«, in einem Atemzug genannt wird, legt nun Renard eine umfangreiche Akte, quasi eine Dokumentation des Falles, auf den Schreibtisch mit der Bitte, unverzüglich deren literarische Bearbeitung vorzunehmen. Le Tellier kennt Renard als sorgfältigen Literaten: denn immerhin gingen durch dessen Hände das Testament des unglücklichen X, der mit eigenen Augen sah, wie ihm der Leichnam der Geliebten leibhaftig in die Arme lief. Und es war ja auch Renard, der die Existenz des Doktor Lerne aufdeckte, der darüber hinaus zugegen war, als der Musiker Nerval, begnadet auf seine Weise, am Gesang der Sirenen starb und der über die Memoiren Fléchambeaus verfügte, des Beklagenswerten, der bei den Mikroben wohnte. Doch an all jenen, auch schon zurückliegenden Fällen gemessen ist »Die Blaue Gefahr« das geradezu unglaublichste Ereignis; ihm angemessen zu begegnen gewährleistet nur die »chronologische Methode«, denn keine andere, so der gebildete Franzose, ziemt den Geschichtsschreiber, »der den Effekt verschmäht, wie er soll«.

Und so trägt es sich zu: Der geheimnisvolle Zusammenstoß zweier Schiffe, deutscher und französischer Nationalität, erregt die Neugier der Nachrichtenmagazine, zumal bekannt wird, daß beide Schiffe zur Zeit des Zusammenstoßes mehrere Seemeilen von einander entfernt waren. Wochen später werden von unsichtbaren Dieben, die von unersättlicher Raffgier geplagt sind, die seltsamsten und bisweilen unsinnigsten Dinge entwendet. Eines Morgens fehlen Hahn und Wetterfahne auf der Kirchturmspitze, in der Nachbarschaft wird ein Zicklein gestohlen und jungen Bäumen am Wegesrand werden mit einer gewaltigen Schere, wie man behauptet, die Kronen gestutzt. Verdächtigt werden zwei Italiener. Allein es soll sich als unmöglich herausstellen, ihre Schuld zu beweisen oder ihrer habhaft zu werden. Die Ereignisse spitzen sich zu. Die unsichtbaren Diebe, denn das ist zunächst das Geheimnisvollste, stehlen immer sinnlosere Sachen in immer größerem Umfang. Plötzlich verschwinden sogar die zwei Italiener, von einer dunklen Kraft in den Himmel geschleudert, vor den Augen herbeigeeilter Verfolger.

Auf Schloß Mirastel, der Residenz des Sternguckers Le Tellier, steckt der Schreck allen in den Gliedern. Nachdem die »Oniweig« (diesen Namen erfand man, als es unzweifelhaft war, daß man für die Missetaten nicht länger irdische Verbrecher verantwortlich machen konnte) Zug um Zug sämtliche Ortschaften in weitem Umkreis von Artemare bis Mirastel heimgesucht haben, entführen sie eines Tages die bildhübsche Martie-Thérèse, die Tochter Le Telliers und die beiden Kinder seines Schwagers Dr. Galixtus Monbardeau, die einen Ausflug auf den nahegelegenen Berg Colombiert unternommen hatten. Doch das Unglück fordert seinen nächsten Preis: Telliers Sohn Maxime und sein Sekretär Robert Collin werden ebenfalls entführt. Das Ungeheuerliche scheint das Werk von Wahnsinnigen zu sein. Keine Ortschaft wird verschont, aus allen Teilen der Region kommen neue Schauermeldungen; ein Entsetzen macht sich breit, das fast zu einer staatsgefährdenden Seuche wird, so daß sich die Regierung gezwungen sieht, Regimenter ausrücken zu lassen.

Robert Collin, der eigentliche Held des Romans, dessen Leben ohnedies sinnlos geworden ist, da seine Liebe zur Tochter Le Telliers nicht erwidert und ein Heiratsantrag rundweg abgelehnt wird, hat beschlossen, sich entführen zu lassen. Ausgerüstet mit diversen Ferngläsern, Lexika und Notizheften streicht er durch die Landschaft, um die Oniweig auf sich aufmerksam zu machen. Und er wird entführt. Robert Collin setzt sich der Gefahr aus, wohl wissend, daß ihm der Tod droht. Tiburce, der abenteuerliche Sherlockist, befindet sich indessen auf einer Verfolgungsfahrt um die ganze Welt, da er, aus wissenschaftlichen Erwägungen heraus, an diese überirdische Macht nicht glauben kann, gleichwohl jedoch die falschen »Entführten« verfolgt. Was für Collin die Tragik im Tod ist, den sein wissensdurstiger Intellekt zu riskieren gewillt ist, ist für Tiburce die Tragik im Leben, dem er durch Methode Sinn einhauchen möchte. Vor diesem Hintergrund kann es schwerlich einen Dialog der beiden geben – gleichwohl beläßt es Renard bei diesem Antagonismus, und er belohnt, vermutlich aus Versehen, Tiburce, den Überlebenden, mit der Liebe der Schwester des

Herzogs von Agnes, des Freiers der Marie-Thérèse, die ihrerseits von Collin geliebt wurde.

Das wäre das Ende der blauen Gefahr, wenn nicht unverhofft die Klärung des Geheimnisses herbeigeführt worden wäre. Die Oniweig werden als überirdische, unsichtbare Wesen beschrieben, deren geistige Fähigkeiten gleichnishaft durch ihre Handlungen sichtbar werden. Menschen, Tiere und Geräte werden von unsichtbaren Transportmitteln in ein ebenso unsichtbares Raumschiff-Labor in 50 Kilometer Höhe geschleppt und untersucht; so steht es in Collins Tagebuch, das er, selbst Opfer dieser grausamen Vivisektionen, in der Zeit, die ihm noch dort oben blieb, sorgsam anfertigte. Gleich Menschen also, die die Geschöpfe der Tiefsee erforschen, werden nun die Menschen selbst Forschungsobjekt einer noch höher stehenden Spezies. Doch anders als die Menschen brechen die Oniweig ihre Forschungen ab, als sie erkennen müssen, daß ihre Handlungsweise Unglück und Leid stiftet. Die himmlischen Labore werden ausgekehrt und verlassen. Nichts Lebendes hat die Untersuchungen überstanden. Als Leiber- und Knochenregen prasseln die Überreste auf die Erde hinab. Das wäre das Ende. Apokalypse im Umkehrverfahren; für wie viele Arten und Rassen der Tierwelt war der Mensch Vorbote und Vollstrecker des Unheils.

Es geht weiter. Ein unsichtbares Flugobjekt der Oniweig stürzt ab, mitten in Paris, direkt auf die Kreuzung vor der Terrasse des Pavillon de Hanovre: »eine Katastrophe, die ihresgleichen nicht hat in der Geschichte der Jahrhunderte: ein phantastisches Tohuwabohu von ineinandergefahrenen Wagen, von stürzenden Pferden, von totenbleichen Kutschern, tollgewordenen Chauffeuren, von blutüberströmten Menschen, die um sich schlugen, nach allen Seiten zerstoben...« Sachverständige, unter ihnen Jean Le Tellier, finden sich ein, um für Ordnung zu sorgen und plausible Erklärungen zu verlesen. Schließlich dringt man in diesen zwar nicht sichtbaren, jedoch greifbaren Körper ein. Es werden eine Fülle von Gipsabdrükken gemacht, um quasi am Abdruck jedes Gegenstandes seine sichtbare Dimension zu erkennen und Aufschluß über den

Stand der Technik jener Unglücksboten zu bekommen. Bestürzt entdeckt man in einem hinteren Raum des Flugobjekts eine Gestalt, die rein äußerlich Ähnlichkeiten mit einem Menschen hat. Erst bei näheren Untersuchungen stellt man fest, daß es sich um »ein Agglomerat von Tieren handelte, die sich in Menschenform zusammengeschlossen hatten, und die Tiere waren Spinnen...« Diesem Phänomen von Mimikry konnte man nur menschliche Logik entgegenbringen, also sah man darin »ein Verteidigungsmittel! Eine Kriegslist! Als sie sich in unserer Gewalt sahen, dachten diese Spinnen, daß wir unseresgleichen schonen würden...« (sie hatten also nur eine schwache Vorstellung von der menschlichen Wirklichkeit). Deutlicher konnte Renard die Parabel nicht herausstreichen. Endgültiges Ende.

Nein, noch nicht, denn ein schwedischer Chemiker hat inzwischen die Farbe, die Unsichtbares sichtbar macht, das »Arnoldin«, erfunden. Ohne eine Minute zu verlieren, kommt der Chemiker nach Paris, fabriziert eine große Menge Arnoldin, den Liter für dreitausend Franken, und: »am festgesetzten Tag, der auf den 5. Oktober fiel, zog der Skandinavier vor einer Galerie von internationalen Berühmtheiten die weiße Bluse über und setzte den Pinsel zum ersten Striche an«. Und nun erst erkennt man die wirkliche Beschaffenheit des außerirdischen Fluggeräts. Der Zauber, der in nicht erklärbarer Utopie liegt, wird durch ein sichtbares Detail zerstört. Denn was man sieht und erkennt, läßt sich immer, und wenn auch die Wege geheimnisvoll sind, in eine ohnedies nur in Namen und Bezeichnungen existierende Welt integrieren. Vermutlich sträubte sich menschlicher Verstand von Anbeginn gegen die Existenz von nicht Erklärbarem und nicht Sichtbarem. Selbst von den Dingen, die es nicht gibt, bewahren wir die Bilder im Herzen und leiden daran. Da schafft man sich eine Logik und scheitert mit ihr, und da erforscht man Räume und Seelen und erschrickt über die Ergebnisse. Als einziger Beleg für sphärisches Leben steht nun hier dieses »Unterluftboot«, strahlt in seinem neuen Glanz mitten in einem Pariser Museum. Doch in der Finsternis und in der Stille geschieht es. Man weiß nicht, wie es geschieht, »es vollzog sich unerbittlich ein dunkles Zerstörungswerk – unbegreifliches Werk unbekannter, nicht meßbarer Kräfte – Werk und Kampf vielleicht von Molekülen und Atomen...« Das Unterluftboot zerfällt unter der Einwirkung dieser neuartigen Farbe, an seiner Stelle findet man nur noch einen Teppich von kanariengelbem Staub in länglicher, schiffsähnlicher Form. Nun gibt es keinen sichtbaren Beweis mehr, weder für das Jetzt noch für die Zukunft. Der Ruhm des Chemikers zerfällt in Trümmer und in Lächerlichkeit. Ist das das Ende?

Es könnte das Ende sein; zumindest ist es das des Buches. »Die Blaue Gefahr« ist gebannt worden, weder durch die Technik noch durch die ethische Kraft des Menschen. In beiden Punkten zeigten die »Spinnen« ihre Überlegenheit und ihre daraus resultierenden Konsequenzen. Jedoch bleibt es die Frage, ob andere, zukünftige Gefahren sich auf die gleiche Weise eliminieren werden, ganz gleich, ob man dabei extraterrestrische Lebewesen oder den eigenen Gedankenhintergrund im Sinne hat. Die Unberechenbarkeiten befinden sich natürlich in hohem Maße in den uns verschlossenen Regionen der Zeit und des Alls, aber gefährlicher sind die Bezirke unseres Seins, die wir für erschlossen halten – ein Blitz aus heiterem Himmel richtet allemal mehr Schaden an als einer mitten im Gewitter. Renard hätte diesen Roman, der ohnedies kolportagehafte Züge trägt, weiterführen können, ohne daß sich dadurch die Spannung gemildert hätte. Denkbar wäre also ein beliebiger Schluß, weil das Buch eine offene Konstruktion ist, bei der an jeder Stelle noch angebaut werden kann; wenn man so will, könnte man auch von einer offenen Parabel sprechen, einem Lehrstück mit Variationen oder von philosophischen Etüden unter besonderer Berücksichtigung der Science-fiction.

## VI

*Les mains d'Orlac* (1920, deutsch *Orlacs Hände*) sollte Renards Ruhm als einen der erfolgreichsten phantastischen Erzähler seiner Epoche bestätigen. Daß die bizarre Grundidee eine weitere symbolische Darstellung der Verbindung des Gegensätzlichen bedeutet, wurde schon erwähnt. Dieses Denken und Sehen in unlösbar miteinander verbundenen Gegensatzpaaren belegt auch noch einmal, auf erzähltheoretischer Ebene, die Einleitung des angeblichen Berichterstatters Gaston Breteuil; dort heißt es: »Ich habe das Glück, dies Abenteuer von Stufe zu Stufe zu kennen. Überrascht von seinem Bild, das zugleich außergewöhnlich und doch wirklich ist, und verführt von dieser doppelten Natur – wobei ich verlegen bin, ob ich dem Unwahrscheinlichen oder dem Wirklichen, dem Phantastischen oder der Aufklärung den Vorzug geben soll – habe ich der Versuchung nachgegeben, es mit allen Einzelheiten zu erzählen, obgleich das Handwerk des Schriftstellers nicht das meinige ist.« Renard stellt sich hier also noch einmal dem Problem so vieler phantastischer Erzähler: sollen die bizarren, scheinbar übernatürlichen Ereignisse einer erzählten Handlung schließlich eine mit unserem Realitätsprinzip vereinbare Erklärung finden, oder soll eine solche Affirmation dem beunruhigten Leser nicht in die Hand gegeben werden? Die Entscheidung Renards ist von Fall zu Fall verschieden. Wenn er in *Les mains d'Orlac*, anders als in *Le péril bleu* der *erklärten* Phantastik zuneigt, so kann diese Lösung, wie gesagt, ein Zugeständnis an den Publikumsgeschmack, den halluzinierenden Charakter eines voranjagenden Alptraums, als der sich der Roman darbietet, nicht mehr auslöschen. Kein Wunder, daß zwei der großen Namen des deutschen phantastischen Films, Robert Wiene, Regisseur des *Caligari*, und Karl Freund, Kameramann und später Regisseur, sich diesem Stoff mit Erfolg zuwandten. (Wiene 1924 mit Conrad Veidt und Werner Krauss, Freund 1934 in Hollywood mit Colin Clive und Peter Lorre. Eine dritte Verfilmung kam 1961 unter Edmond Greville in England zustande, mit Mel Ferrer und Donald Wolfit.) Die Beschreibung John Baxters (in *Hollywood in the Thirties*, London 1968) einer Kernszene aus Freunds Verfilmung, die den Titel *Mad Love* trägt, beschwört auf gelungene Weise den grotesken Horror der Renardschen

Welt: »Am makabersten ist jedoch jene Szenenfolge, in der Orlac einen verlassenen Keller aufsucht, wo er den Mann treffen soll, dessen Hände er nun hat. Der im Dunkeln verborgene Bewohner zeigt im Lampenlicht, als er aufgefordert wird, seine Identität nachzuweisen, zwei mit Gelenken und Lederstreifen versehene Stahlhandschuhe her. »Aber ihr Kopf«, sagt Orlac ungläubig. »Sie haben ihn abgeschnitten...« Der andere beugt sich vor und zeigt einen Metallring, der seine Kehle und die untere Gesichtshälfte umschließt. »Ja«, sagt die Stimme ruhig, »aber Gogol hat ihn wieder angenäht.« Der auf Transplantationen spezialisierte Chirurg Gogol ist eine ins Teuflische verzerrte Neufassung des Dr. Lerne, was wieder einmal die erstaunliche Einheit hinter der scheinbaren Vielfalt dieses Oeuvres deutlich macht.

1926 erscheint der wichtigste Band mit Erzählungen, *L'invitation à la peur,* der neben der farbigen, blutrünstigen Renaissance-Erzählung »La gloire du Comacchio«, in der sich aufs Neue Mythos (Pygmalion) mit Technik verbindet, als Höhepunkte die schon erwähnten Geschichten »Le brouillard du 26 octobre« und »La cantatrice« enthält.

Nach dem recht farblosen Kriminalroman *Lui?* folgt dann 1929 *Un homme chez les microbes* (deutsch *Ein Mensch unter den Mikroben*), eine Art Gegenstück zu *Le péril bleu*. Von der Struktur, dem Witz und dem Ideenreichtum her könnte man vielleicht diesen wenig erfolgreichen Roman für Renards gelungensten halten. In dem »Kinematographischen Vorwort« wird die Erzählung von dem Biologen Fléchambeau, der ein Elixier erfindet, das den Menschen x-beliebig vergrößert oder verkleinert, und der auf diese Weise wider Willen in die Welt der Mikroben, Mikromégas, gerät und dort einen hochorganisierten Staat kennenlernt, der in vieler Hinsicht den menschlichen Staatsformen weit voraus ist, als das aus dem Nichts entstehende Produkt einer Schreibmaschine gekennzeichnet: auf dieser Schreibmaschine tippt der Wissenschaftler Dr. Prologus (der Prologsprecher antiker Komödien) seine epochemachende Abhandlung von der Physiologie der Sinne mit einem

Durchschlag ab. Aber auf dem Blatt unterm Karbonpapier erscheint ein ganz anderer Text, eben jener Bericht vom Leben eines Menschen in der Welt des unvorstellbar Kleinen. Und die ganze Geschichte, die Einleitung des Dr. Prologus wie die Erzählung Fléchambeaus, läßt Renard auf einer Kinoleinwand entstehen und zum Schluß wieder verschwinden. Es ist das virtuos gehandhabte chinesische Schachtelprinzip: aus der Schreibmaschine Renards, des Autors, entsteht die Geschichte einer von einem zweiten Autor, dem Prologus, betätigten Schreibmaschine, aus der eine dritte Geschichte entsteht, welche auf der Leinwand gezeigt wird, ein immaterielles Schattenspiel, das aber nicht unwirklicher ist als die Erfindung des Lebens durch einen Literaten oder aber die Erschaffung des Menschen und seines Universums durch einen anderen Autor, den man Gott nennen könnte. All diese Welten spiegeln sich ineinander, und die Spiegelung bedingt die Entstehung einer neuen Welt... und so ad infinitum. Mit einer zwingenden Logik baut Renard hier ein fiktives Universum auf und läßt es wieder verschwinden, denn so wie die Welt des Mikromégas durch eine kleine Unachtsamkeit zu Grunde geht, so lösen sich die Schatten auf der Leinwand, d.h. die Figuren auf dem Papier, im Nichts auf, und so wird sich auch eines Tages unsere Welt, Macromégas, im Nichts auflösen, aber vielleicht ohne zu verschwinden? Es ist alles eine Frage der »Physiologie der Sinne«, denn: »Von den hunderttausend Spiegelflächen des Alls sehen wir nur jene fünf, die wir mit unseren Sinnen wahrnehmen können. Wer die hunderttausend sehen würde, würde Gott schauen. Wir haben von Gott nur einen höchst unklaren Begriff, so etwa wie vom Unendlichen und Ewigen, das wir mit unseren Sinnen weder erfassen noch begreifen können, ebensowenig wie mit unserem Geiste.« (Fléchambeau in der Nachschrift zu seinem Freund Pons.)

Gegensätze, Spiegelungen (manchmal direkt als Welt hinter dem Spiegel, in »La singulère destinée de Bouvancourt« [deutsch »Das seltsame Schicksal Bouvancourts«] Verdoppelungen: die Welt Renards ist immer wieder, bis zu seinem posthum erschienenen Roman *Le maître de la lumière* (1948), ein beunruhigendes Spiegelkabinett, ein Labyrinth, dessen verschlungene Pfade zu einem tieferen Verständnis der *Realität* führen als der gerade Weg, den wir normalerweise zu gehen pflegen. Die Rückkehr ins Wasser der Sirene und die Verschmelzung des Menschen mit seinem Doppelgänger sind die verheißenden Utopien, welche Renards Prosa zu erkennen uns manchmal erlaubt.

*Bibliographie*

1908 *Le Docteur Lerne, sous-dieu*. Mercure de France. 1919 Editions Franc. Ill.
1909 *Le voyage immobile*. Mercure de France. 1910. 1919 Ed. Franc. Ill. 1922 Crès.
1911 *Derrière la porte* (Drama), Ondet.
1911 *Le péril bleu.* Michaud. 1920 Ed. Franc. Ill.
1913 *M. d'Outremont et autres histoires singulières*, Michaud. 1921 Crès.
1919 *Contes à Marraine*, Ed. Franc. Ill. 1922 ebendort.
1920 *Les mains d'Orlac*, Nilsson. 1932 Plon.
1921 *L'homme truque*, Crès.
1925 *Le singe,* Crès. (Zusammen mit Albert-Jean)
1926 *L'invitation à la peur*, Crès.
1927 *Lui*? Crès. 1931, 1936 Plon.
1927 *Notre-Dame royale*. Tableau du sacre de Louis XVI à Reims, Crès.
1928 *Celui qui n'a pas tué*, L'Illustration.
1928 *Le carneval du mystère*, Crès.
1929 *Un homme chez les microbes*, Crès.
1930 *La jeune fille du yacht*, L'Illustration und Crès.
1932 *Le professeur Krantz*, L'Illustration.
1935 *Le mystère du masque*, Libr. des Champs-Elysées.
1937 *Les mousquetaires des Halle*, Tallandier.
1940 *Le vipère de Luverey, historie d'un mystère*. Abridged with notes by M. Krauss, Boston, New York, Heath.
1948 *Le maître de la lumière*, Tallandier.
Französische Neuausgaben von *Le docteur Lerne, Les mains d'Orlac* und *L'invitation à la peur* erschienen 1969-70 in der Sammlung »Domaine fantastique« der Editions Pierre Belfond, Paris. Der Band *L'invitation à la peur* enthält eine vorzügliche Einleitung von Patrick Rambaud, »Conditionnel immédiat«.

*Deutsche Ausgaben*

1909 *Der Doktor Lerne*. Ein Schauerroman. Deutsch von Heinrich Lautensack. 1. und 2. Auflage, München: Hyperion Verlag, 344 S. 1918 München: Kurt Wolff Verlag 298 S. 1968 Darmstadt: Joseph Melzer Verlag, 282 S.

1922 *Die blaue Gefahr*. Deutsch von Marta Karlweis. Mit Zeichnungen von Fritz Heubner. München: Drei Masken Verlag 392 S. (Sindbad-Bücher).

1922 *Orlac's Hände*. Deutsch von Norbert Jacques. Mit Zeichnungen von Paul Neresheimer. München: Drei Masken Verlag 299 S. (Sindbad-Bücher).

1923 *Die Fahrt ohne Fahrt* und andere seltsame Geschichten. Deutsche Übersetzung von Lucy von Jacobi. Mit 14 Federzeichnungen von S. Carvallo-Schülein. München: Drei Masken Verlag 205 S. [Vorwort; Die Fahrt ohne Fahrt; Das seltsame Schicksal Bouvancourts; Das Stelldichein; Der Tod und die Muschel; Parthenope oder der Nothafen; Das Standbild in der Sonne; Eine christliche Legende von Aktäon]

1928 »*Er*?« Deutsch von Hans Blum. Berlin: Neue Berliner Verlags-GmbH. 259 S.

1928 *Ein Mensch unter den Mikroben*. Deutsch von Hans Blum. Berlin: Neue Berliner Verlags-Ges.m.b.H. 248 S.

## Gérard Klein
## Der Reiter auf dem Hundertfüßler

Die Zeiten haben sich geändert: durch die Geschichte hindurch haben Tausende von Mündern diese Worte ausgesprochen, und jedesmal bedeutete es, daß der Mensch, der sie äußerte, sich dem Gang seiner Epoche nicht mehr anpassen konnte und es bedauerte, daß sie sich nicht ihm anpaßte. Wir können annehmen, daß die römischen Legionäre, die in den Wäldern Galliens marschierten, brummten, daß die Zeiten sich geändert hätten; Jahrhunderte später wurden dieselben Worte, wenn auch in anderen Sprachen, von Seeleuten gebrummelt, die, statt sich nach den Sternen auszurichten, nunmehr eine kurze Nadel auf ihrer beweglichen Achse beobachten mußten. Und ein gutes Jahrtausend später, als die Herrschaft des Menschen sich fast auf das ganze Sonnensystem ausgedehnt hatte, bedauerten die weißhaarigen Piloten genauso das Vergehen der Zeit und die Veränderung der Gebräuche. Was zu ihrer Zeit gefährlich und schwierig gewesen war, ging nun einfach und schnell; wo einst die Todesverachtung regiert hatte, thronte nun die Verwaltungsroutine. Und sie fühlten sich irgendwie geprellt, als hätte man ihnen das weggenommen, was dem Leben einen Wert gibt, als hätte man ihrem Mut seinen Sinn genommen. Sie bedachten die Tatsache einfach nicht, daß es ihre Taten gewesen waren, die die von ihnen bedauerten Veränderungen ermöglicht, wenn nicht gar nach sich gezogen hatten.

Weder die Zeiten ändern sich noch die Menschen. Die Fronten, an denen sie kämpfen, ändern sich, das Klima, die Farbe der Himmel sowie die Zahl der Monde; aber die Zeit entführt uns immer noch in derselben gleichförmigen Geschwindigkeit, und die Menschen sind immer noch fähig, in einige Augenblicke den Mut eines ganzen Lebens zu pressen. Wenn die Reiter der Nacht nicht mehr die Helden unseres Zeitalters sind, dann nur deshalb, weil die Pferde als Gattung nicht mehr existieren, denn so mancher Mensch reitet mit ebenso viel Geschick wie früher

Pferde heute fantastische Ungeheuer aus Metall in der Nacht der fernen Planeten.

Nein, die Zeiten ändern sich nicht.

Nehmen wir das Beispiel von Uranus, zu Beginn der Besiedlung dieses Planeten, und das von Jerg Hazel, dessen Name in die Geschichtsbücher der Elementarschulen eingegangen ist. Im Alter beklagte Hazel oft die Veränderungen, die seit seiner Jugend vonstatten gegangen waren. Er bejammerte die Verweichlichung der jungen Generation, er erzählte, daß man zu seiner Zeit jahrelang ganz allein auf einem Planeten bleiben konnte, ohne die Metallkugel, aus der die Station bestand, zu verlassen, daß man die heftigen Windstöße fühlte, die die Wände schüttelten, und daß man den ganzen Tag lang die Stimmen hörte, die mit Lichtgeschwindigkeit durch den Weltraum kamen und von der Behelfsantenne aufgefangen wurden. Alles, was Hazel sagt, ist wahr, auch wenn die Leute, die heute seine Erinnerungen lesen und die Uranus und Neptun besucht haben, ihn gerne verdächtigen, dick aufgetragen zu haben. Ihr Verdacht ist ungerechtfertigt. Hazel hat wirklich auf diesen feindlichen Welten gelebt – sie sind trotz der unzähligen Fortschritte immer noch feindlich –, er war jahrelang allein und hat der Wissenschaft Tatsachen entdeckt, den Raumschiffen als Peilstelle gedient und auf den Wind gelauscht, der endlos um den Planeten brauste.

Ein guter Teil der Veränderung, die er später beklagte, war sein eigenes Werk.

Im Jahre 2498 war Jerg Hazel schon ein alter Mann, in dem Sinne, wie die interplanetarischen Forschungsstellen zu der Zeit das Wort verstanden. Er hatte die Fünfzig überschritten, und der schwarze Bart, den er trug, begann, sich silbern zu färben. Er hatte eine gute wissenschaftliche Allgemeinbildung erhalten und war alles andere als dumm. Aber er hatte niemals etwas ins Leben gerufen, niemals etwas entdeckt. Er hatte niemals die Initiative ergreifen müssen; er hatte niemals ein Raumschiff aus der Not gerettet. Er hatte nur ein ziemlich ruhiges Leben an Bord der Regierungsraumschiffe verbracht. Er war alt geworden und hatte mit angesehen, wie seine Reflexe langsamer wurden und die Aktualität seiner Kenntnisse abnahm. Piloten müssen jung und Spezialisten müssen mit den letzten Entdeckungen auf ihrem Gebiet vertraut sein. Doch Jerg Hazel war kein Spezialist mehr, und er war nie wirklich einer gewesen. Als er zuviel Luft im Raumschiff atmete und zuviel Platz benötigte, fand er sich eines schönen Tages auf einem festen Boden wieder, mit ausreichender Schwerkraft, um seine Füße auf dem Grund zu halten.

Man hatte ihn nicht auf die Erde zurückgeschickt, weil man wußte, daß er wohl daran gestorben wäre. Er hatte den größten Teil seines Lebens im Weltraum verbracht oder auf anderen Planeten als der Erde, und es ging über seine Vorstellungskraft, daß er eines Tages auf seinen Geburtsplaneten zurückkehren müßte.

Deshalb hatte man ihm einen Posten auf Uranus gegeben. Es war ein schwieriger Posten, auch wenn es auf den ersten Blick so schien, als fiele wenig Arbeit an. Vor allem mußte man überleben auf einer Welt, auf der das Wasser nur als ein äußerst hartes Gestein bekannt ist und die Ammoniakmeere von den Böen der Methanwinde aufgewühlt werden. Man löste das Problem, indem man die Wohnkapsel einer Rakete auf dem Felsplateau absetzte und sorgfältig befestigte. In ihnen konnte das Leben geführt werden, das man gewöhnlich im Weltraum führt, mit dem einzigen Unterschied, daß die Schwerkraft von Uranus auf seiner Oberfläche sehr beständig ist und der der Erde ziemlich nahe kommt. Hazel mußte sieben Monate in dieser Wohnkapsel aus Stahl und Glas verbringen, ein Höchstmaß an Information sammeln, die interplanetarische Raumfahrt dirigieren und in Funkverbindung bleiben sowohl mit den zwei oder drei wissenschaftlichen Forschungsgruppen, die auf dem Planeten umherzogen, als auch mit der einzigen Stadt, die 217 Seelen zählte und dennoch die wichtigste Siedlung im Umkreis von einigen Millionen Kilometern war. Zusätzlich war Hazel der Vertreter der Regierung auf Uranus, und gemäß den Bestimmungen der Verfassung mußte er über die Ordnung, die Freiheit und den

Frieden wachen. Diese Aufgabe erschien ihm übrigens, auf den ersten Blick, als die am wenigsten belastende.

Natürlich konnte er seine Raketenkapsel verlassen. Er verfügte über alle notwendigen Schutzanzüge und Maschinen. Er hatte genügend Luft, Lebensmittel und Medikamente, um zwei- oder dreimal so lange zu leben, wie ein Neugeborenes es erhoffen kann. Aber er konnte sich nur auf sich selber verlassen. Da man ihm vor vielen Jahren, noch bevor er die Erde zum ersten Mal verlassen hatte, den Blinddarm und einige andere »Ausstattungsteile« herausgenommen hatte, die krankheitsanfällig waren, beunruhigte ihn seine Einsamkeit, was seine körperliche Verfassung anging, nicht über die Maßen. Was die moralische Verfassung anging, so war er die Einsamkeit gewohnt.

Wir können uns ziemlich leicht vorstellen, was für ein Leben Jerg Hazel führte. Er mußte den Flugplan der Regierungsraumschiffe gewissenhaft beachten. Zweifellos herrschte eine tadellose Ordnung in den vier Wohnräumen und den beiden Lagerschuppen, über die er verfügte. Fast den ganzen Tag brummelte er vor sich hin, was er hätte tun sollen und was nicht, doch seine Beobachtungen übermittelte er sorgsam dem Bordfilm. Er trachtete danach, nicht die gebräuchliche Formel zu verwenden, wenn er über Funk die eine oder andere Expeditionsgruppe oder gar die Stadt rief, und niemals vergaß er eine seiner Meldungen oder verspätete sich mit ihr.

Hazel war wahrscheinlich glücklich, auch wenn er es sich nicht eingestand. Er hatte sich endgültig mit seiner ruhmvollen Mittelmäßigkeit abgefunden, wobei er sich ohne Zweifel zuweilen sagte, daß jeder der Männer im All, selbst der unbekannteste, auf der Erde als eine Art Held angesehen wurde. Irgend etwas aber war in ihm während der Jahre des Weltraumflugs und der Monate des Wartens gereift, das plötzlich hervorbrechen mußte, sobald man ihm eine Gelegenheit bot. Er war sich dessen selber nicht bewußt. Er ahnte nicht, daß die Hundertfüßler, die manchmal die Station und den sie tragenden Felsen erschütterten, indem sie direkt daran vorbeigaloppierten, in naher Zukunft etwas mit ihm zu tun haben würden und daß er sich mit ihrer Hilfe sich selber sowie dem staunenden Universum offenbaren würde. Um die Wahrheit zu sagen, noch fehlte ihm die Gelegenheit, sich zu entpuppen. Er begnügte sich einstweilen damit, die Hundertfüßler zu beobachten.

Die Hundertfüßler waren die einzigen Lebewesen, die zu jener Zeit auf Uranus bekannt waren; es wäre auch ziemlich schwierig gewesen, sie nicht zu bemerken. Die ersten Forscher, die sich in ihrer Nähe befunden hatten, hatten zunächst an ein Erdbeben oder einen unsichtbaren Vulkanausbruch gedacht, der einen sehr hart gefrorenen Boden erschütterte. Dann hatten sie Berge vor sich tanzen sehen. Es waren keine richtigen Berge gewesen, sondern eben Hundertfüßler; aber die fast abergläubische Furcht, die sie empfunden hatten, widerstand allen wissenschaftlichen Untersuchungen. Wenn sie sich auch auf diese neuen Planeten wagten, so waren sie doch gesetzte Männer und keine jugendlichen Irren auf der Suche nach Abenteuern. Ich bin bereit zu wetten, daß eine tödliche Angst sie beseelte, als der erste Hundertfüßler ihr Lager beinahe streifte, und daß sie nicht einen Augenblick daran dachten, man könnte ein so ungeheures Wesen töten; vielmehr fragten sie sich gewiß, welchem Gebet es Gehör schenken würde.

Die erste Expedition dachte also nicht an Lebewesen und die zweite genauso wenig, denn sie beschäftigte sich nur damit zu bewahrheiten, was die erste vermutet oder beobachtet hatte. Die dritte Expedition stellte dann den ersten Versuch des Menschen dar, sich auf Dauer auf Uranus einzurichten, und sie war gezwungen, alle Faktoren in Rechnung zu stellen, die Hundertfüßler eingeschlossen. Sie fotografierte Hundertfüßler, Einzelheiten von Hundertfüßlern, die Beine der Hundertfüßler, die Augen der Hundertfüßler oder wenigstens das, was bei ihnen als solche diente. Sie überflog Herden von Hundertfüßlern, die fröhlich in den violetten Prärien von Uranus umhersprangen, furchtlos die Ammoniakmeere durchschwammen und ihre Freude in einen Wind brüllten, der sie mit einer Geschwindigkeit von mehreren Hundert Stundenkilometern liebkoste wie ein Frühlingslüftchen die Haut eines jungen Mädchens. Sie tötete sogar einen Hundertfüßler und zerstückelte ihn. Ich nehme an, daß sie ihn einfach mit einer Kanne Sauerstoff bombardierte und daß die chemische Reaktion, die erfolgte, ihn in die ewigen Jagdgründe schickte. Soviel ist sicher, diese dritte Expedition war es, die die Überraschungstat vollbrachte, die Hundertfüßler von Göttern in Wildbret zu verwandeln. Soweit ich weiß, wurde diese Tat nie wiederholt. Die Männer hatten ohne Zweifel Glück gehabt, denn sie verloren damals nur drei Leute; doch das war auch noch zuviel: ein Mann, den man Millionen Kilometer reisen läßt, ist nämlich mehr wert als sein Gewicht, auch wenn es mit dem kostbarsten Metall des Weltalls aufgewogen würde.

Man entdeckte also, daß die Hundertfüßler wirklich Tiere waren, daß sie wohl so intelligent waren wie ein Erdwurm oder besser, wie ein Maikäfer, daß sie von ihrer Geburt bis zu ihrem Tod immer weiterwuchsen. Ihre durchschnittliche Dichte war relativ gering und wurde sinnvoll von der beträchtlichen Dichte der Uranusatmosphäre ausgeglichen; dadurch erklärte sich ihre ungeheure Größe. Kurzum, sie verhielten sich wie riesige Ballons. Sie mußten sich mit unzähligen Gliedmaßen am Boden festklammern, um nicht vom Wind weggetragen zu werden. Ihre regelmäßigen, komplizierten Fahrten über die Planetenoberfläche hingen wahrscheinlich mit den Bewegungen der Satelliten zusammen. Sie verfügten in Wirklichkeit über eine weitaus größere Zahl von Gliedmaßen, aber der Name »Hundertfüßler« wurde ihnen von einem Berichterstatter gegeben, der übrigens keinen einzigen gesehen hatte, und er blieb an ihnen haften. Zahllose Witze liefen über sie um, doch ich kenne genug Männer des Alls, die, nachdem sie sie gesehen haben, nicht mehr den Anblick einer Berglandschaft ertragen können, so sehr fürchten sie, daß sich die Spitzen plötzlich bewegen. Dabei sind es mutige Männer, deren Haut durch die Jahre der Raumfahrt fern der Sonne bleich geworden ist.

Aber sogar das ändert sich: in ein oder zwei Generationen werden die Hundertfüßler nicht einmal mehr den kleinen Kindern Angst einjagen. Und das ist zum großen Teil das Ergebnis einer Tat von Jerg Hazel.

Wir haben guten Grund anzunehmen, daß Hazel seine Aufgaben als Vertreter der Regierung, als Botschafter der Erde auf Uranus zuerst nicht kümmerte. Die hohe Verantwortung, die auf ihm ruhte und deren er sich durch die Lektüre der Verfassung der neu entdeckten Welten vergewissern konnte, hatte, was ihn anbetraf, einen rein literarischen Charakter. Alle Arten von Mord, Diebstahl oder Gaunereien konnten in der einzigen Stadt von Uranus oder in jeder der beiden Gelehrtenkolonien begangen werden, ohne daß er es erführe oder einschreiten könnte. Berge gefrorenen Gases, Meere von Ammoniak und Schluchten trennten ihn von denen, die ihm nur dem Papier nach untergeordnet waren. Es existierte zu der Zeit kein Transportmittel, das es erlaubte, zwei Punkte auf dem Planeten zu verbinden, denn die Raupenfahrzeuge verfügten nicht über ausreichende Selbständigkeit und die Flugzeuge wären vom Wind fortgetragen worden, falls ihre Flügel der Korrosion überhaupt widerstanden hätten. Die Wände der Station hielten diese nur aus, weil sie mit einer dicken Keramikschicht überzogen waren. Die einzige Art, einen beliebigen Punkt auf Uranus zu erreichen, war es also, mit einem Raumschiff aus dem Weltraum zu kommen, und noch dann mußte man schnellstens wieder abfahren.

Immerhin dachte er von Zeit zu Zeit an diese seine Funktion, dann immer häufiger, und schließlich betrachtete er sie als den wichtigsten Grund seiner Anwesenheit auf Uranus. Wir wissen, daß der Gedanke daran ihn regelrecht plagte. Er riß die Seite mit dem Text der Verfassung aus dem Handbuch heraus und nagelte sie an die Wand über dem Tisch, auf dem er allerlei Berechnungen und Experimente machte. Wir wissen, daß er von Zeit zu Zeit den Kopf hob, um sie anzuschauen und ein oder zwei Zeilen von ihr zu lesen. Vielleicht merkt man es dem Stil seiner Berichte aus jener Zeit an. Der Text der Verfassung war zwar nur aus Worten gemacht, aber er war aus großen Ideen gewoben; die Verfassung war von Menschen geschrieben, die an die Zeit dachten, da der Mensch der unangefochtene Herrscher des Sonnensystems sein würde. Wir wissen, daß diese Ideen langsam in die Seele von Hazel eindrangen. Er mußte sich sagen, daß er ein Glied einer Kette war, so stand es in der Verfassung; er stellte sich die Städte vor, die gegründet, die Nationen, die entstehen würden, und dieses Recht, das noch in den Kinderschuhen steckte. Das hätte ihm den Kopf verdrehen können, wie es Doktor Herold geschah, der zehn Jahre später, nur mit Reagenzgläsern, dem Text der Verfassung und hohen Titeln ausgestattet, allein auf Titan stationiert war. Der erklärte plötzlich, er sei der einzige Herr des Planeten – was ja stimmte – und zerstörte wahrhaftig das erste Raumschiff, das mit Siedlern kam. Daraufhin umzingelte man die Station und forderte ihn auf, sich zu ergeben. Dies tat er aber nicht, sondern zog es vor, stattdessen seine Belagerer in einen traumlosen Fall mitzureißen, indem er seine Brennstoffreserven explodieren ließ.

Doch das sind andere Geschichten, und es gibt keinen Winkel des Weltraums, der nicht seine eigene hätte oder bestimmt sei, eines Tages eine zu haben. Von seinen Beobachtungen und Berechnungen eingenommen, fühlte Hazel eine Flamme von Bürgermut in sich wachsen. Er sprach zwar niemals, aber er schrieb manchmal darüber, in dem seltsam überladenen Stil, der diese Epoche der Größe und Illusionen kennzeichnet. Er war nicht ungebildet. Er beherrschte mindestens drei Sprachen und kannte seinen Joyce und seinen Faulkner auswendig. Es ist nicht einmal schlecht, nebenbei zu versuchen, die Legende zu zerstören, die aus alten Erforschern halbgeschliffene Rohlinge macht und aus den ersten Piloten Techniker, die nur ihre Arbeit kannten.

»Ich bin«, schrieb er, »der geistige Vater einer kommenden Nation voller Hoffnungen und Zerstörungen, nur kann ich weder sagen, wie sie sein wird, noch sie so erschaffen, wie ich sie mir wünsche. Seltsame Pläne verwirklichen sich im Weltraum, schon seit einiger Zeit, und weder ihr noch ich werden jemals den Grund erfahren.«

Er konnte nichts unternehmen und wagte nicht, darüber zu sprechen, als er sich langsam bewußt wurde, daß er an einer Aufgabe schmiedete, welches dieser neuen Welt ein stilles Beispiel geben sollte. Sein Vorhaben wäre vielleicht jahrelang in der Dunkelheit der Vorsätze geblieben, doch Jerg Hazel bekam Wind von etwas, wodurch dieses Vorhaben schlagartig konkrete Züge annahm. Er erfuhr dieses Etwas ganz zufällig, und das, was er über die »seltsamen Pläne, die sich im Weltraum verwirklichen« geschrieben hatte, läßt sich gut auf ihn selbst und seine eigene Geschichte anwenden. Denn nur eine verblüffende Reihe von Zufällen brachte ihn dazu, das zu tun, was er verwirklichte.

Das, was er erfuhr, hätte er in einer Bar erfahren können, wenn er auf einem anderen Planeten als Uranus gelebt hätte, einfach durch zufälliges Mitanhören eines Gesprächs oder im Laufe der vertraulichen Mitteilungen eines Betrunkenen. Er hätte es dann wieder vergessen, noch bevor er sein Glas geleert hätte. Aber er war auf Uranus, und im Umkreis von mindestens 12000 km von seiner Station gab es keine Bar. Die nächste Lokalität, die man so hätte nennen können, befand sich in der Hauptstadt der 217 Seelen.

Er hörte es über Funk. Die im All verstreuten Männer auf den Stationen haben nur allzu viel Muße, deshalb verbringen sie die meiste Zeit damit, den fernen Stimmen zu lauschen, die in den Empfängern vibrieren wie die vermeintliche Brandung in Muscheln. Sie verfügen über ausgezeichnete Empfänger und Sender und können fast aus dem gesamten bewohnten Universum Botschaften empfangen und ihnen antworten. So bilden sich seltsame Freundschaften im All, jenseits der Planetenbahnen, zwischen Menschen, die sich ohne Zweifel niemals sehen werden, aber die geringste Modulation der befreundeten Stimmen kennen.

Ein weit entfernt stationierter Freund von Hazel vertraute ihm etwas an, das er wiederum von einem anderen Sender gehört hatte. Es konnte sein, daß die Kette noch weiter führte, aber das

Wesentliche war, daß sie vorher niemals unterbrochen worden war, denn so erfuhr Jerg Hazel davon und entschloß sich zu handeln.

Er erfuhr, daß ein Verbrechen gegen Uranus geplant wurde. Er erfuhr, daß ein Raumschiff voller Sklaven zwei Monate zuvor die warmen Wälder von Venus verlassen hatte, um zu den Minen von Neptun zu gelangen. Es sollte auf Uranus zwischenlanden, um die günstigste Konstellation der beiden Sterne abzuwarten. Anstatt unablässig im Weltraum Brennstoff zu verbrauchen, würde es auf Uranus aufsetzen und in voller Sicherheit mit dem Planeten reisen, um ihn zu gegebener Zeit zu verlassen. Zwei Monate lang würde Uranus ein Piratenraumschiff mit seiner Mannschaft von Schurken und seiner Ladung Sklaven beherbergen.

Wir wissen weder genau, in welchen Worten Jerg Hazel von dem Ereignis erfuhr, noch welche Einzelheiten ihm geliefert wurden. Wir kennen nur seine Reaktionen, weil er diese beschrieb. »Ich blieb sehr ruhig, aber es war, als hätte mich eine plötzliche Kälte überfallen. Ich sah jäh die unabwendbaren Folgen dieser gräßlichen Tat. Es schien mir, als würde mein Planet endgültig beschmutzt. Ich wußte im Augenblick nicht, was ich entscheiden sollte, und blieb mehrere Tage in einem Zustand der fast völligen Erschöpfung. Ich antwortete mechanisch am Radio, gab automatisch die gewünschten Auskünfte und konnte mir die Vision eines zur Herberge von Räubern gewordenen Uranus nicht aus dem Sinn schlagen.«

Die Tatsache als solche war nicht neu. Diese Art billiger interplanetarischer Reisen war verbreitet, vor allem bei unrechtmäßigen Expeditionen, die darin eine zusätzliche Sicherheit sahen. Zudem waren Sklaventransporte in jener Epoche zahlreich. Aber es handelte sich nicht um menschliche Sklaven und noch weniger um Frauentransporte, wie gewisse Autoren glauben, es in unzähligen, vorgeblich geschichtlichen Werken schreiben zu müssen. Es handelte sich lediglich um höhere Tiere aus den Dschungeln von Venus, deren Lernfähigkeit und Widerstandskraft überraschend waren, die aber keine wirklich menschliche

Eigenschaft besaßen. Die Sklaverei war damals die logische Antwort auf die ökonomischen Bedingungen. Unschätzbare Reichtümer ruhten in den Tiefen der Planeten, seltene Metalle, glitzernde Steine und Pflanzen mit unbekannten Eigenschaften. Um diese auszubeuten, gab es zu wenig Menschen im Sonnensystem. Es kostete auch zuviel, Menschen im Weltraum am Leben zu erhalten, und überdies waren sie unter den Bedingungen, die sie umgaben, selten zu harter Arbeit fähig. Die Venussklaven hingegen waren billig zu haben und kosteten in der Ernährung fast nichts. Sie lebten eingepfercht in den Laderäumen der Raumschiffe, widerstanden der Hitze und der Kälte und waren es gewohnt, Sauerstoff für lange Stunden, wenn nicht für ganze Tage zu speichern. Sie konnten auf fast jedem Planeten mit einem Minimum an Ausrüstung schuften.

Der Transport und die Verschleppung von Sklaven wurden im März 2447 durch ein Gesetz verboten, das »Gesetz der beiden Welten« heißt. Aber das Gesetz stand lange Zeit nur auf dem Papier. Der Weltraum ist zu riesig, als daß an jeder Kreuzung von Planetenbahnen ein Polizist stehen könnte. Mehr als ein Jahrhundert später durchstreiften immer noch Raumschiffe mit unglücklichen Venuswesen beladen das Nichts.

Jerg Hazel war sich bewußt, daß mitten im Jahr 2498 der Verkauf und Transport von Sklaven eine traurige Wahrheit war und keineswegs eine neblige Geschichtslegende, wie wir heute allzu leicht glauben möchten. Er hatte auch keinen Zweifel, daß es unnütz war, die Regierung der Erde zu alarmieren. Sie hätte nichts unternommen: sie wollte es nicht und konnte es nicht. Hazel wußte also, daß er der Herr über Uranus und der Vertreter der Regierung war. Er konnte sich nur an sich selbst wenden.

Um die Sklaven sorgte er sich im Grunde ziemlich wenig. Wie alle Menschen der alten Zeit verachtete er die nichtmenschlichen Geschöpfe. Es kümmerte ihn wahrscheinlich auch ziemlich wenig, ob die Piraten bestraft würden oder nicht.

Sicherlich war es auch nicht die Vorstellung einer Mission, die er erfüllen mußte, die ihn zum Handeln veranlaßte, noch der

Vorwurf, den man ihm machen konnte, wenn er nicht dafür sorgte, daß das Gesetz respektiert wurde; denn niemand verlangte von ihm, mehrere tausend Kilometer Sumpf zu überwinden, Wüsten und Ozeane, einige Dutzend Stürme und Unwetter auf sich zu nehmen, mindestens drei Bergketten zu erklettern und eine gleiche Anzahl von Schluchten zu durchqueren. Nein, niemand verlangte das von ihm, da damals niemand an die Möglichkeit glaubte, so etwas zu vollbringen. Ich neige zu der Annahme, daß er nur deshalb gehandelt hat, weil er sich den Text der Verfassung so einverleibt hatte, daß er ihn als das Recht und die Gerechtigkeit betrachtete und seine Verletzung für eine Niederlage sowie einen persönlichen Angriff erachtete. Er sah lieber der eigenen Zerstörung ins Auge als dem Zusammenbruch der Ideen, die einige Jahrhunderte zuvor von vergessenen Neuerern gesät worden waren. Ein Jahrtausend früher hätte dieses Gefühl bestimmt den Namen Edelmut des Herzens getragen, aber wahrscheinlich kannte Hazel dieses Wort überhaupt nicht.

Viele seiner Biographen schreiben, Jerg Hazel habe aus Menschlichkeit gegenüber den Sklaven oder auch als Verteidiger der Ordnung und des Gesetzes gehandelt. Ich meine, diese Begriffe sind nicht nur stark übertrieben, sondern darüber hinaus ungenau. Ich würde sagen, daß Jerg Hazel nur aus Egoismus handelte, einer höheren Art von Egoismus, aber sicherlich aus Egoismus; er wußte, daß Zweifel an seinen Ideen unweigerlich sein Gleichgewicht zerstören würden. Er hoffte nicht darauf zu siegen, sondern wollte es nur versuchen, um mit sich selbst in Übereinstimmung zu bleiben.

Er dachte lange nach, seine Berichte wurden trocken und lakonisch, blieben aber genau und präzise. Er rasierte sich weniger sorgfältig, neue graue Haare erschienen zwischen den schwarzen. Sein persönlicher Film bringt nur wenig Aufschluß über diese Zeit. Er drückt seine Verwirrung aus, seine Angst, in stoßartigen Ausdrücken, die seltsam mit der heiteren Kürze seiner gewöhnlichen Beobachtungen kontrastieren.

Wir wissen, daß er in dieser Zeit alle Berichte über Uranus erneut aufmerksam durchlas, daß er hundertmal die Karten und Fotografien des Planeten studierte und daß er sich überhaupt nicht mehr vom Text der Verfassung trennte, obwohl er ihn mittlerweile auswendig wußte. Übrigens kann man den Rest dieses Papierstücks im interplanetarischen Museum von Dark sehen. Es sieht abgegriffen aus und ist mit der Zeit vergilbt, es zeigt zahlreiche Knicke, ist an den Rändern eingerissen und hier und dort mit öligen Fingerabdrücken verziert. Es ist eines der bewegensten Dokumente, die jene Zeit uns hinterlassen hat. Während seine Augen über den Symbolen, den Ziffern und den fotografischen Umrissen ermüdeten, entstand in ihm sein Plan. Er entwickelte sich langsam und eines schönen Tages war dieser Plan ausgereift.

Es war noch ungefähr eine Woche Zeit, bis das mit Sklaven vollgestopfte Raumschiff landen würde. Er wußte also, daß er noch etwas über zwei Monate vor sich hatte, um seine Arbeit gut durchzuführen und die Landungsbrücke des Piratenraumschiffs zu erreichen. Aber diese Arbeit war langwierig und schwierig, und er war nicht sicher, daß sie ihm gelingen würde; er sprach mit niemandem davon, und das ist leicht zu verstehen, denn niemand hätte ihn ernst genommen.

Eines schönen Morgens schaltete er das automatische Antwortsystem für die Raumschiffe ein, die nach Koordinaten fragen könnten, und verständigte die Stadt und die beiden wissenschaftlichen Stationen, daß er für einige Stunden abwesend sein würde. Er sagte ihnen nicht, was er vorhatte. Er gestand nur, daß er sich auf eine »kleine Erkundungsfahrt« begeben wolle. Das waren genau die Worte, die er gebrauchte.

Er füllte das Raupenauto mit Instrumenten, zog einen Schutzanzug an und verließ die Station. Das Raupenauto war ideal, um sich auf der Oberfläche felsiger Plateaus trotz des Windes und der Stürme fortzubewegen, trotz der Lianen am Boden, die in Wirklichkeit fremdartige Mineralauswüchse sind, trotz der Schluchten und trotz des atmosphärischen Drucks.

Der Himmel muß an dem Tag recht klar gewesen sein, gewiß

zogen purpurne Streifen durch die Atmosphäre, zwischen Wolken von erstaunlichem Gelb. Ein Orkan, der sich ankündigte, muß den Horizont in einem fantastischen, marmornen Violett gefärbt haben. Wo die Nebel aufrissen, erkannte Hazel blinkende Sterne, die Satelliten, die sich vom Planeten entfernten und vielleicht die Sonne.

Er lenkte zunächst sein Auto nach Norden und fuhr dann eine tiefe Schlucht entlang. Er überprüfte die Ergebnisse einiger Berechnungen, die er an den vorigen Tagen angestellt hatte, und begab sich ohne Zögern zu einem bestimmten Punkt des felsigen Plateaus. Er fand, was er suchte. Wir können ihn uns ziemlich leicht vorstellen: er springt behende aus dem Raupenauto, muß aber gleich ein oder zwei Minuten stehenbleiben, um nach Luft zu schnappen, denn sein Alter lastet schon etwas auf ihm. Dann hängt er eine Hacke sowie eine Stange an seinen Gürtel und füllt einen Sack mit Präzisionsgeräten und mehreren Rollen Kupferdraht. Er betrachtet die Himmelsveränderungen durch die durchsichtige Kugel, die seinen Kopf schützt.

Er setzte sich in der ruhigen Luft in Bewegung und erreichte den Hundertfüßler, denn dieser war das Ziel seiner Reise. Es war ein noch junger Hundertfüßler, der den Umfang eines Hügels der Erde kaum überschritt. Er blieb unbeweglich, seine Pfoten unter sich gefaltet; vielleicht schlief er oder, wenn er nicht schlief, gab er sich einer ruhigen Beschäftigung hin, die durch seinen Stoffwechsel notwendig wurde. Jerg Hazel begann also, den Hundertfüßler so zu erklimmen, wie er es bei einer Felsmauer gemacht hätte, indem er nämlich mit seiner Hacke Stufe auf Stufe in den kristallenen Panzer des Tieres schlug. Er machte langsame Fortschritte, denn er arbeitete an einer extrem harten Masse und hatte nicht mehr die Muskeln eines Jugendlichen, aber er ließ die Hacke regelmäßig auf die großen glanzlosen Schuppen niedersausen. Dabei murmelte er die Worte der Verfassung, die auf dem schmutzigen Stück Papier standen, das unter seinem Schutzanzug in einer seiner Taschen steckte. Jetzt konnte er es nicht mehr herausholen und auseinanderfalten. Außerdem hätte es sich in der Atmosphäre von Uranus sofort aufgelöst, obwohl es kalt war und kein Wind ging. Vielleicht schrieb er diesen Worten eine fast magische Wirkung zu; jedenfalls sah er in dem Augenblick, da er den Gipfel des Hundertfüßlers erreichte, die Möglichkeit, daß sein Unternehmen gelingen könnte: »Ich jubelte vor Freude«, schrieb er später, »aber nicht bei dem Gedanken, was ich bereits geleistet und was noch kein Mensch vor mir auch nur versucht hatte, sondern bei der Vorstellung dessen, was mich erwartete und was sich noch ungestaltet in die Zukunft erstreckte.«

Ohne Zögern schritt er auf das zu, was man den Kopf des Hundertfüßlers nennen könnte, die Stelle des Panzers, die drei Platten aus Hornhaut trägt. Sie ermöglichen es dem Tier, sich zu orientieren und die Hindernisse mittels einer elektrischen Ausstrahlung zu umgehen. Sie ersetzen ihm Augen, Ohren, Tast-, Geschmacks- und Geruchssinn zugleich.

Er hatte die Anatomie der Hundertfüßler bis ins kleinste auf den Aufnahmen studiert, die man von dem einzigen zerstückelten Exemplar angefertigt hatte, und als er sich daran begab, ein Loch zu bohren, irrte er sich nicht in der Stelle. Übrigens hatte er ein vollständiges Medizinstudium absolviert und besaß somit eine ausgezeichnete Vorbildung, um eine solche Arbeit durchzuführen, auch wenn eine Lehre als Bergarbeiter geeigneter gewesen wäre als die eines Chirurgen, wenn es darum geht, einen Berg zu operieren. Mehrmals versuchte er es mit schwachen Sprengstoffladungen, die das Tier aber nicht aufweckten. Einen Augenblick lang fürchtete er, es könnte tot sein, so unbeweglich war es, doch seine Temperatur lag mehrere Dutzend Grad über der der Umgebung, und diese Furcht war unbegründet. Schließlich hatte er einen Brunnen ausgehoben, der ungefähr zwei Meter tief und einen Meter breit war, und je tiefer er vordrang, desto leichter wurde seine Arbeit, denn er gelangte in die lebenden Gewebe des Tieres, die eine faserartige Struktur besaßen und eine weiche Beschaffenheit. In Wirklichkeit handelte es sich nur um Schichten, die dazu dienten, den Organismus des Hundertfüßlers gegen die äußeren Bedingungen zu isolieren, allein die Tatsache, daß er sie erreicht hatte, gab ihm neue Kraft.

Dann begann er mit chirurgischer Genauigkeit zu operieren. Er wollte einen Fremdkörper in das Nervensystem des Hundertfüßlers einführen, derart, daß er seinen Schlaf und seine Bewegungen kontrollieren konnte. Die Geschicklichkeit, die er dabei an den Tag legte, war märchenhaft. Er wußte, daß das Nervensystem der Hundertfüßler nichts mit dem unseren gemein hat, daß chemische Prozesse mitspielen, die unserem Körper unbekannt sind, aber es gelang ihm, gewisse Hauptverbindungen zu bestimmen und sie zu zerstören, so daß der Hundertfüßler seiner Gnade ausgeliefert war. Dabei kamen ihm die schwache Komplexität des Nervensystems des Hundertfüßlers sowie seine große Ausdehnung zustatten, die eine fast geographische Ortung seiner Hauptnervenstränge ermöglichten. Er verglich sich selber »jenen Insekten, denen es gelingt, eine mehrfach so große Larve unschädlich zu machen, um sie ihrer Nachkommenschaft als Weide zu hinterlassen«.

Doch er war kein Insekt, und ihn leiteten nicht Jahrmillionen alte Instinkte. Er mußte selber erfinden, er konnte sich zwar der Erfahrung anderer Menschen bedienen, aber nur ihrer Worte und Zeichnungen, nicht ihres Gedächtnisses oder ihrer Gebärden. Das Spiel, das er spielte, war ungeheuer gefährlich, und er wußte es. Als er seine Stahlklinge in die Bewegungszentren des Hundertfüßlers stieß, um ihn zur Unbeweglichkeit zu verdammen, »erzitterte das Tier, und es war, als würde ein Erdstoß den Hügel erschüttern, auf dem ich mich befand. Ich stieg so schnell wie möglich aus dem Brunnen, in dem ich Gefahr lief, eingeklemmt und erdrückt zu werden. Ich klammerte mich an die Schuppen und an einige Pflöcke, die einzuschlagen ich vorsichtig genug gewesen war. Ich flog mehrmals in die Luft, bevor die Ruhe wiederkehrte, und die Widerstandsfähigkeit meines Schutzanzuges verblüffte mich wirklich.«

Er hatte den Hundertfüßler besiegt. Er hatte ihn noch nicht dazu gebracht, sich dem menschlichen Willen zu fügen, aber er hatte *sein Ding* daraus gemacht, er konnte es dort verfaulen lassen, wenn er wollte, denn es gehörte ihm. Und ich vermute, daß er einige Bruchstücke der Verfassung laut deklamierte, ein wenig wie der erste Sieger über das Mammut oder über die großen Höhlenbären seine Götter angerufen haben muß.

Daraufhin verließ er den Hundertfüßler, stieg wieder in sein Raupenauto und kehrte zur Station zurück. Vorher war er so vorsichtig gewesen, die Wunde, die er im Rücken des Tieres aufgerissen hatte, mit einer schaumigen, leichten Substanz zuzudecken, die normalerweise dazu benutzt wurde, das Entweichen von Luft aus den Raumschiffen oder den Stationen zu verhindern. Die einzigen Spuren seines Eingriffs waren zwei Kupferdrähte, die auf der Seite des Tieres heraushingen und durch die er Strom schicken konnte, um die Nerven des Ungeheuers zu reizen und ihm die Bewegungsfähigkeit zurückzugeben.

Bis in die Einzelheiten beschrieb er auf seinem persönlichen Film, was er geleistet hatte, doch auf die Fragen aus der Stadt und von den beiden wissenschaftlichen Expeditionen antwortete er nur, daß er »eine kleine Entdeckung gemacht habe, es aber im Augenblick vorziehe, nichts zu enthüllen, da er noch nicht wisse, ob es sich um etwas Wichtiges handele oder nicht«.

Der Sturm brach gegen Ende des Abends los, wie man so sagt, denn ein ganzer Tag auf Uranus dauert nur zehn Erdenstunden. Die Menschen, die auf diesen riesigen Welten leben, behalten irrationalerweise bei, die Zeit zu messen, so wie es auf der Erde seit vielen Jahrtausenden üblich ist. Der Sturm war kurz und heftig. Jerg Hazel mußte dreimal vierundzwanzig Stunden warten, bis sich die niedrigen Schichten der Atmosphäre soweit beruhigt hatten, daß er hinausgehen konnte.

Der Himmel war fast ganz klar. Es war Nacht. Das Firmament färbte sich malvenrot, und die Satelliten kreisten gut sichtbar zwischen den unbewegten Sternen. Einige Millionen Kilometer entfernt folgte eine Rakete, noch unerkennbar, ihrem Kurs. Im Bauch ihrer Laderäume stöhnten oder schrien die Venussklaven, unentwegt, anhaltend und eintönig, aber der Kapitän des

Raumschiffes kümmerte sich nicht darum, die Verschläge waren schalldicht.

Hazel fand seinen Hundertfüßler ohne Schwierigkeiten wieder. Er nahm die Arbeit, die er mittlerweile gewohnt war, an mehreren Punkten des Panzers wieder auf. Er wollte nicht alle Gliedmaßen des Tieres unter Kontrolle bekommen, nur eine ausschlaggebende Anzahl, denn er hatte vor, auf dem Hundertfüßler zu reiten und auf seinem Rücken die tödlichen Ebenen des Planeten zu überqueren. Es ging ihm nicht darum, den Hundertfüßler zu zähmen oder auch nur, ihn wissen zu lassen, daß er, Jerg Hazel, existierte und sein Herr war, mit Macht über Leben und Tod. Er beabsichtigte lediglich, das kümmerliche Nervensystem des Hundertfüßlers durch ein nicht weniger primitives, genauso wirksames Netz von Kupferdrähten zu verdoppeln, mittels dessen er, wie er hoffte, die Bewegungen der riesigen Masse nach seinem Willen dirigieren konnte. Es war der Traum eines Verrückten, doch Jerg Hazel hatte den Eigensinn eines Irren.

Er hatte an mehreren Stellen keinen Erfolg, erreichte aber genügend Nervenknoten, um auf das Gelingen zu hoffen. Er nutzte die Ruhe aus, die jedem Sturm in jenem Teil von Uranus folgt, und arbeitete mehrere Tage ohne Unterbrechung. Er aß, ohne den Schutzanzug abzulegen, stopfte sich mit Drogen gegen Erschöpfung voll und sagte sich den Text der Verfassung vorwärts und rückwärts auf.

Eine große Anzahl von Malern hat ihn dargestellt, wie er gerade arbeitet. Die Mehrzahl der Bilder, die sie verfertigten, ist sehr ungenau, oder, wenn die Einzelheiten ausgefeilt sind, wenigstens unwahrscheinlich. Sie zeigen Jerg Hazel als eine Art epischer und olympischer Held, der er niemals war. Er war kleiner, als sie glauben, und seine faltigen Gesichtszüge hatten nicht die majestätische Heiterkeit, die sie ihm zubilligen. Sein Bart war einfach schmutzig und überhaupt nicht gestrählt. Was den Hundertfüßler betrifft, so war der viel größer, als sie ihn gemeinhin darstellen. Eine der besten Illustrationen dieser Szene, die ich kenne, verdanken wir dem naiven Pinselstrich eines Piloten, der Jerg Hazel wirklich gekannt hat; dieses Gemälde ist ohne künstlerischen Wert, aber es ist sprechender als viele andere und ohne Zweifel verdankt es dieser Tatsache einen guten Platz in der großen Halle des interplanetarischen Museums in Dark.

Sein Erfolg stieg Jerg Hazel nicht in den Kopf. Er hatte den Hundertfüßler in eine Art mechanisch-biologischen Komplex verwandelt, allerdings zweifelte er, ob er ihn in kohärenter Weise beseelen könnte. Er hatte die Enden seiner Leitungskabel mit einer Art Schaltbrett verbunden, das er fest auf dem Rücken des Hundertfüßlers angebracht hatte. Er wagte es nicht, von dort oben die ersten Bewegungen des Tieres zu kontrollieren und so steuerte er sie von dem Raupenwagen aus.

Er schickte einen extrem schwachen Stromstoß durch die Kabel.

»Der Hundertfüßler erzitterte, und die Erde begann zu beben. Ich setzte den Motor des Raupenwagens in Gang, um mich schnell vom Ort meines Experiments entfernen zu können, für den Fall, daß es sich zum Schlechten wendete. Ich fürchtete, daß der Hundertfüßler sich gegen den Zwang, den ich ihm auferlegte, empören und irgendein verzweifeltes Manöver versuchen würde. Aber es wurde bald deutlich, daß ich als Mensch gedacht hatte und nicht als Hundertfüßler. Das ungeheure Tier schien sich nicht darüber klar zu sein, was mit ihm passierte. Ich befahl ihm, sich auf einer seiner Gliedmaßen aufzurichten, doch so befand er sich in einer unstabilen Lage, und bald fiel er um. Dann versuchte ich, gleichzeitig alle Nervenenden zu reizen, an denen ich gearbeitet hatte, und es schien mir, als wäre der Hundertfüßler verrückt geworden. Er erhob sich und versuchte, nach allen Richtungen zugleich zu fliehen. Dabei lief er Gefahr, sich die Glieder zu brechen, denn seine Kraft war unglaublich. Meine Unfähigkeit, ihn zu lenken, war schuld an diesen unkoordinierten Bewegungen und nicht etwa irgendeine Fantasterei seinerseits. Es gelang mir bald, ihn in Gang zu setzen, wenn auch langsam und zögernd, unterbrochen von Stockungen und Stürzen. Ich war nahe daran, vor Verzweiflung zu weinen.«

Wir können uns leicht vorstellen, wie der alte Mann an diesem Punkt seines Versuchs sich auf die Lippen beißt, Grimassen schneidet, wie seine Augen aufgrund der tagelangen Arbeit tief in den Höhlen liegen, wie seine Wangen nervös zucken aufgrund der Drogen, die er eingenommen hat, und wie sein Geist von Wut, von großen Worten, von Schrecken und dem tödlichen Gefühl der Ohnmacht entflammt ist.

Plötzlich muß er sich des Wahnsinns seiner Unternehmung innegeworden sein; die Klarheit, die oft zugleich mit der Erschöpfung kommt, muß ihm das Herz noch tiefer zerschnitten haben; sein Mut war langsam geschwunden, während seine Müdigkeit größer wurde. Er wurde sich nun bewußt, daß er, wie geschickt er auch werden mochte, sich niemals an die Stelle der Antriebszentren des Hundertfüßlers setzen konnte, daß es ihm niemals gelingen würde, dem ungeheuren Tier sein Gleichgewicht wiederzugeben. Nichts als abgehackte und unkoordinierte Bewegungen würde er erreichen, wie jene eines Froschbeines, dessen Nerven man unter elektrischen Strom setzt. Er hatte nur dieselbe Erfahrung in großem Maßstab wiederholt.

Schließlich versank er in seinem Sitz im Raupenauto und schlief mehrere Stunden einen unruhigen und unbequemen Schlaf. Da kam ihm, ohne daß er es ahnte, das Glück zu Hilfe. Um den Hundertfüßler zu lenken, hatte er verschiedene Fernsteuerungsposten eingerichtet. Der eine übernahm die Impulse, die für die Nervenenden der Gliedmaßen des Hundertfüßlers bestimmt waren, der andere diente dazu, das Gehirn außer Betrieb zu setzen, das er bei seiner ersten Operation oder besser: Ausgrabung erreicht hatte. Hazel hatte die Gliedmaßen des Hundertfüßlers direkt befehligen wollen, ohne das Gehirn des Tieres als Zwischenstation zu benutzen, deshalb hatte er ein besonderes Relais vorgesehen, das die Bewegungszentren des Tieres von seinen Gliedmaßen trennte. Dieses Relais ging kaputt; Hazel hatte die Akkumulatoren, die es versorgten, in dem Schaum ertränkt, mit dem er den klaffenden Schacht auf dem Rücken des Hundertfüßlers gefüllt hatte. Als er hart wurde, zerbrach der Schaum schlicht und einfach die Akkumulatoren, so daß sie nicht mehr zu reparieren waren. Das Relais hörte auf zu funktionieren. Das Gehirn des Hundertfüßlers fand die Kontrolle über seinen Körper wieder, und das Tier schlief weiter, denn dies hatte es aus irgendwelchen dunklen physiologischen Gründen beschlossen.

Wir wissen sicher, daß Hazel, als er erwachte, die Veränderung nicht bemerkte, die sich in seinem Apparat vollzogen hatte. Er war wütend auf sich, auf den Hundertfüßler, auf die Sklavenhändler, auf die ganze Welt mit Ausnahme der Verfassung, und seine Wut grenzte bald an Wahnsinn.

Allerdings war die einzig verrückte Handlung, die er beging, seine Experimente mit dem Hundertfüßler in der tiefen Überzeugung wiederaufzunehmen, daß sie ihm gelingen würden.

Vielleicht hatte er einen prophetischen Traum gehabt, vielleicht hatte ein Engel ihn im Traum besucht? Vielleicht glaubte er einfach, daß er nicht scheitern konnte, weil er sich auf der Seite der Ordnung und des Rechts befand? Das war keine wissenschaftliche Haltung, aber die Mehrzahl der großen Wissenschaftler, die die Menschlichkeit verehrt haben, waren nur in einem sehr kleinen Bereich ihrer Existenz wirklich wissenschaftlich, der Rest war dem gemeinsamen Gesetz der Intuition, des Vorurteils und der irrationalen Überzeugung unterworfen.

Es klappte ausgezeichnet. Der Hundertfüßler erhob sich ohne Schwierigkeiten, als Jerg Hazel es seinen Gliedmaßen befahl. Er ging nach vorne, wenn Hazel seine Hinter-, dann seine Vorderfüße in immer schnellerem Rhythmus reizte. Er drehte sich sogar um, wenn Hazel nur eine der beiden Seiten mit elektrischen Impulsen beschickte.

Erleuchtet durch ein Jahrhundert von Studien mag es uns so vorkommen, als sei der Erfolg von Jerg Hazel weniger erstaunlich, als es ihm schien. Der Hundertfüßler war sich wahrscheinlich nie bewußt, daß er gelenkt wurde. Immer waren seine Schritte und seine Handlungen von einer Menge äußerer Reize bestimmt gewesen. Sein Gehirn begnügte sich damit, ihn im Gleichgewicht und am Leben zu erhalten; es befehligte den

Hundertfüßler nicht, sondern löste nur die von außen kommenden Probleme, die sich ihm stellen konnten; es verhinderte, daß er in eine Schlucht stürzte, aber es entschied nicht über den Ort, an den er seine ungeheure Masse schleppte; diese Entscheidung fällten die fernen Satelliten von Uranus, die schweifenden Wolken am Himmel und die Ausstrahlungen einer fernen Nahrungsquelle. Die Elektronenstrahlen von Jerg Hazel waren nur ein zusätzlicher Zwang.

Jerg Hazel hielt sich nicht damit auf, die Gründe für seinen Erfolg zu suchen, denn wissenschaftliche Neugier stachelte ihn nicht an. Er hatte nur ein bestimmtes Ziel im Blick, und die Mittel als solche, die er einzusetzen gezwungen war, interessierten ihn nicht. Er sagte uns nur, daß er vor Freude weinte, kurz nachdem er vor Verzweiflung geweint hatte, und daß dies sicherlich die beiden einzigen Male in seinem Leben waren, daß er Tränen vergoß. Da wir den Charakter des alternden Jerg kennen, sind wir geneigt, ihm zu glauben. Er mußte den Hundertfüßler zur Station bringen, eine mühsame, aber triumphale Reise. Er fuhr in gehörigem Abstand vor dem Hundertfüßler her, damit der Raupenwagen nicht bei jeder Erschütterung durch einen Schritt des Tieres in die Luft geschleudert wurde. Es muß ein seltsames Schauspiel gewesen sein, doch kein menschliches Auge beobachtete es außer Hazel, keine Kamera filmte es, und Hazel hat eigenartigerweise darüber immer geschwiegen. Wahrscheinlich hatte er keine besondere Erinnerung mehr daran; er war damals stumpfsinnig vor Müdigkeit und Freude und mußte den Wagen sowie das ungeheure Tier mechanisch bis in die Nähe der Station bringen.

Wir wissen, daß er den Hundertfüßler einige hundert Meter von der Station entfernt ließ, daß er noch die Kraft hatte, den Raupenwagen zurückzubringen, und daß er bei dem Versuch, die benutzten Werkzeuge wieder in einen Schuppen einzulagern, zusammenbrach. Er schlief an die dreißig Stunden in seinem Schutzanzug. Zum Glück hatte er den Helm abgenommen, deshalb entging er dem Erstickungstod. Als er erwachte, badete er, aß ausgiebig, gab sich eine krampflösende Spritze und nahm seinen Platz an den Instrumenten ein, als wäre nichts geschehen. Auf Uranus war das Leben während seines märchenhaften Streiches weitergegangen, und die automatischen Einrichtungen der Station hatten an seiner Stelle geantwortet, so daß sich niemand über seine Abwesenheit beunruhigt hatte.

Jerg Hazel überwachte besonders den Himmel, denn er wußte, daß das Raumschiff nahe war und daß es auf dieser Seite des Planeten landen würde, so daß er die Ortung nicht verfehlen konnte. Aber er kannte nicht den genauen Ort, den der verräterische Kapitän zur Landung auswählen würde. Er verließ seine Bildschirme nicht einen Augenblick, es sei denn, um zu schlafen, da er eine Weckvorrichtung hatte, die ihn weckte, wenn irgendein Raumschiff am Himmel auftauchte; er begnügte sich ansonsten damit, sich in seinem Sessel auszuruhen, ohne sich die Mühe zu machen, sich auszustrecken, forschte den Himmel ab oder schlief. Durch die Luken der Station überprüfte er die verlassene Ebene, die weiter hinten durch die kolossale Masse des Hundertfüßlers entstellt wurde.

Während seiner wachen Stunden las er oder hörte Musik, aber er rief niemanden über Funk an. Die Neuigkeiten des menschlichen Universums kamen nur noch als trockene und lakonische Verlautbarungen zu ihm. Er wünschte sich keinerlei Gesellschaft. Es war, als hätte das, was er allein geleistet hatte, ihn von dem Rest der Menschen entfernt, oder anders, als ließe er sich nicht mehr ablenken, da er noch an der Kraft seines Entschlusses zweifelte und die geheime Stimme seines Herzens deutlicher hören wollte. Es sei erwähnt, daß er die »Gesänge der Toten Kinder« des alten Komponisten Gustav Mahler hörte. Die Anklänge der tiefen Traurigkeit dieser Melodien mußten ein düsteres Echo in seinem Geist finden, der sich freiwillig von der Welt der Menschen ausgeschlossen hatte. Übrigens erfreuten sich die »Gesänge« immer großer Beliebtheit unter den Männern des Weltalls, die tote Kinder für die Erde waren oder ewige Waisen eines Planeten.

Aber das härteste lag noch vor ihm. Als Hazel die Flugbahn eines Objekts bestimmt hatte, das den Himmel von Nordwesten nach Südosten durchflog und an Höhe verlor, und als er den Berührungspunkt dieses Objekts mit dem Planeten ausgerechnet hatte – ein Punkt, der sich als eines der drei oder vier Felsenplateaus von Uranus herausstellte, auf denen ein Raumschiff landen konnte –, begab er sich wieder an die Arbeit.

In den vergangenen Tagen hatte er sich wenig um den Hundertfüßler gekümmert und sich weder darum gesorgt, ihn zu ernähren noch ihm wenigstens einen Teil seiner Freiheit zurückzugeben. Das war keine Nachlässigkeit seinerseits, sondern nur genauere Kenntnis der Ureinwohner von Uranus. Er besuchte ihn und ließ ihn einige Übungen machen, dann wagte er es, auf seinen Rücken zu klettern. Dabei benutzte er die riesige Treppe, die er am ersten Tag in die Kristallschuppen geschlagen hatte. Auf der Höhe des beweglichen Hügels waren einige Pfähle tief in den Panzer des Tieres eingelassen und mit Stahlkabeln vertäut. Von dort setzte er das Tier in Marsch und lenkte es.

Der Boden – es gelang ihm nicht, den Rücken des Hundertfüßlers als etwas anderes anzusehen als den Boden eines Hügels – begann fürchterlich zu schwanken. Hazel glaubte, er werde sterben und übergab sich in seinen Schutzanzug. Er hielt einige Minuten durch, biß auf die Zähne, zog Grimassen, überzeugt, daß er in zwei Stücke gerissen würde, sah angeekelt, daß der ganze Planet sowie die Sterne um ihn herum sich dauernd bewegten.

An den folgenden Tagen arbeitete er mit seinem Kopf und seinen Händen, mit der kleinen, kurzen, zischenden, blauen und grünen Flamme eines Schweißbrenners, mit einem schweren Hammer und mit einer Schneidesäge. Er schwitzte sehr, obwohl er Arzneimittel genommen hatte, um sein Fieber zu senken. Aber er machte sich deshalb keine Sorgen; er hatte sich niemals sehr um sich selbst gekümmert, sondern immer nur um die Frage, wie er die Außenwelt verändern mußte, um seine festgesetzten Ziele zu erreichen. Diesmal ging es um nichts weniger als darum, die Station selber zu verwandeln. Es war eine

Art Verbrechen, einen der Reserveschuppen zu zerstören, ohne daß ein außergewöhnlicher Grund dazu vorlag, und Hazel wußte das. Dennoch führte er es ohne die geringsten Gewissensbisse durch, denn er wußte auch, daß er auf Uranus die Wahrheit und die Gerechtigkeit verkörperte, und nichts von dem, was er machen konnte, um diese kostbaren Güter zu bewahren, konnte in seinen Augen ungesetzlich sein.

Er baute eine Art luft- und wasserdichten Kasten, eine Art Sarg mit Luke, die ihn und eine Luftblase, die man inmitten dieser Methanatmosphäre atmen konnte, umfaßte und einige Lebensmittel, Sauerstoffflaschen sowie Waffen beinhalten konnte. Innen befestigte er den Sitz eines Raumschiffs, der beweglich war und horizontal blieb, welches auch immer die Stellung der Rakete auf dem Boden sein mochte. Schließlich brachte er die Kiste oder den Sarg auf dem Rücken des Hundertfüßlers an, mit der Hilfe des Raupenwagens, der magischen Worte der Verfassung, einiger widerstandsfähiger Stahlkabel, einer behelfsmäßigen Zugwinde und seines unerschöpflichen Mutes.

Dann benachrichtigte er die Stadt und die beiden wissenschaftlichen Stationen. Er machte es nicht sofort, sondern nahm das, was er ihnen zu sagen hatte, auf ein Tonband auf: er erklärte, was er machen würde, warum er es machte und welche Mittel er einsetzte, wohin er ging und wie man ihm helfen konnte. Er stellte seine Apparate so ein, daß sie die Botschaft automatisch eine Viertelstunde nach seiner Abfahrt ausstrahlen und sie einmal am Tag wiederholen würden.

Dann fuhr er ab; das heißt, er zog seinen Schutzanzug wieder an, ging zu Fuß zu dem Hundertfüßler, kletterte auf dessen Rücken, betrat seine Kabine, schloß die luft- und wasserdichte Tür hinter sich, schnallte sich auf seinen Sessel und setzte die Pumpen in Bewegung, die dazu bestimmt waren, die tödliche Atmosphäre von Uranus durch die gute, belebende Luft der Erde zu ersetzen. Um jegliches Eindringen des Methangases von außen zu verhindern – denn der atmosphärische Druck auf Uranus ist höher als der auf der Erde –, beschränkte er sich darauf, unter einem Druck von zwei atü zu leben. Seine Ohren dröhnten, seine Schläfen schmerzten anfangs, aber er gewöhnte sich daran.

Als er alle diese Vorbereitungen getroffen hatte, als er den Horizont abgesucht und seine Augen auf den Kompaß gerichtet hatte, legten sich seine Finger auf die Schalttafel und spielten mit den Knöpfen. Der Hundertfüßler setzte sich in Gang und trug Jerg Hazel mit seinem schweren und dummen Schritt in den Kampf und zu dem unverhofften Ruhm.

Damals entsprach er dem Bild, das wir uns von ihm am liebsten machen, dem eines Reiters in der Nacht, der eine ungeheure Entfernung zurücklegt um einer verlorenen Sache willen, der sich keinen Erfolg erhofft und nur an das Reiten denkt, der die Sterne beobachtet und den Horizont absucht, voller Angst, irgendein unüberwindliches Hindernis auftauchen zu sehen, dessen Stirn trotz allem heiter ist, dessen Augen klar und sicher sind. Mit Präzision spielen seine Hände auf dem Klavier der Maschine, sein Geist ist ruhig und hell, und er wiederholt sich die unsterblichen Sätze der Verfassung oder auch alte irdische Balladen. Vielleicht hatte dieses Bild niemals eine Wirklichkeit, vielleicht war er nur ein alter Mann, der während der zweiwöchigen Reise vor sich hin brummelte und ohne Verständnis einige seltsame Sätze wiederkäute, die zwei Jahrhunderte vorher von sanften Träumern geschrieben worden waren. Wir können es nicht wissen, aber es ist auch nicht wichtig. Die Helden, die die Geschichte uns gibt, sind die, die wir schaffen, und wir schaffen uns diejenigen, die wir verdienen, und es ist vielleicht tröstlich, daß uns die Einbildungskraft bei Jerg Hazel unaufhaltsam über all das hinausträgt, was man über ihn und seinen langen Marsch hat schreiben können.

Denn diese Reise dauerte zwei Wochen, während derer er seinen Schutzanzug nie oder kaum jemals auszog. Er nutzte die vielen Vorzüge, die der Erfinder des Anzugs für die Menschen vorgesehen hatte, die ganze Tage darin bleiben mußten. Aber er fluchte, denn er konnte sich nicht kratzen, und der Schmutz fing an, ihn überall zu jucken. Außerdem begann sein Bart, einen guten Teil der durchsichtigen Blase auszufüllen, die ihm als

Helm diente, und er schien ihm schon in den Mund zu wachsen.

Er lernte es, mit dem Hundertfüßler sehr gut umzugehen. Er gab ihm nur wenig Anweisungen und ließ ihn zwischendurch allein gehen, wenn er ihn nur in die richtige Richtung führte. So durchquerte er das weite felsige Plateau, die vereisten Ebenen mit ihrem malvefarbenen Widerschein und zwei verschiedene Meere. Diese letzte Probe fürchtete er am meisten, da er nicht wußte, wie er den Hundertfüßler zum Schwimmen bringen sollte. Aber als sich das Tier vor der ruhigen Ammoniakoberfläche befand, ließ es sich ganz sanft in eine Brandung aus rauchenden Wellen gleiten und begann zu schwimmen; dann hatte Jerg Hazel große Sorge, daß das Tier untertauchen würde, das tat es aber nicht, es begnügte sich damit, den Mann und dessen Ausrüstung mehrere Dutzend Meter über der geflammten Oberfläche spazierenzuführen.

Hazel überquerte noch drei Bergketten und die großen Sümpfe. Die Bergketten waren vielleicht der schlimmste Teil der Reise. Das Auf und Ab und die Balanceakte, mit denen er sich schließlich abgefunden hatte – wenngleich er sich nicht an sie gewöhnt hatte –, wurden jetzt einfach unerträglich. Dann ging auch das vorbei, und es blieb nur noch der zielstrebige Wille von Hazel, dessen Ziel es war, einen noch unsichtbaren Punkt zu erreichen, ein kleines, noch unerkennbares Blinken einer Rakete, die auf dem vereisten Plateau stand, die Nase zum Himmel gerichtet. Er durchquerte die Sümpfe, diese Gegenden von Uranus, die zu den halluzinierendsten des Sonnensystems zählen, die weder Wasser sind noch Eis, noch eine Flüssigkeit, noch Gel. Sie sind nicht einmal Miasma, nicht einmal die Vegetation eines Alptraums, sondern nur Zähflüssigkeit und Verwesung ohne Keime, Krankhaftigkeit ohne Mikroben, zerfließende Farben. Ihr Boden flutet vor und zurück in einem dumpfen Flutwechsel, der durch innere Kräfte hervorgerufen wird. Riesige Gasblasen explodieren, sobald sie die aufgeworfene Oberfläche der Sümpfe ganz leicht berühren: Eintönigkeit eines mineralischen Planeten.

Aber Jerg Hazel ließ sie hinter sich, diese Sümpfe, vertraute sich dem Instinkt oder der Erfahrung des Hundertfüßlers an. Er ließ ihn wählen, welche Schluchten es zu durchqueren und welche es zu umgehen galt, hielt dabei aber unbeirrbar die Richtung Südwesten, hin zu den unhörbaren und unverständlichen Klagen der eingesperrten Venusbewohner. Nur zweimal hielt er während der zwei Wochen an, das erste Mal, um den Hundertfüßler ausruhen zu lassen, und das zweite Mal, um selber auszuruhen, um seinen Schutzanzug auszuziehen, sich zu kratzen und zu waschen, seinen Bart zu schneiden und normal zu essen und zu trinken, wobei er seine Finger benutzte. Abgesehen von diesen paar Stunden Ruhepause marschierte der Hundertfüßler ohne das geringste Anzeichen von Erschöpfung. Er gehorchte den Impulsen der Drähte, die seine Flanken durchbohrten, ohne daß er es zu merken schien. Hazel wachte und schlief im Rhythmus dieses unablässigen Marsches und wurde derart durchgeschüttelt, daß er den Sinn des Wortes ›stabil‹ vergaß. Er mußte an die großen Entdecker denken, die die Ebenen der Erde durchstreift hatten, in jenen heroischen Zeiten, als die beiden großen Straßen der Verständigung die Erde und das Wasser waren; vielleicht verglich er sich sogar mit ihnen. Er hatte wirklich die Quellen ihres Mutes wiedergefunden, die man schon versiegt glaubte.

Am vierzehnten Tag – nach Erdenzeit – morgens, nach einer ermüdenden Nacht, in der der Wind so stark geweht hatte, daß er den Hundertfüßler davongetragen und ihn gezwungen hatte, die Befehle von Jerg Hazel zu lavieren, erreichte dieser mit seiner ganzen Ausrüstung den Rand des felsigen Plateaus. Er beschleunigte sein Reittier und sah, bevor die Sonne hinter dem Horizont verschwand, die schlanke Silhouette eines Raumschiffs und die massiven Bauten einer behelfsmäßigen Landestation. Er näherte sich dieser Station, wobei der Boden unter den Schritten seines Hundertfüßlers wie eine Trommel widerhallte. Als er ganz nahe war und die Rakete tückisch zu schwanken begann, hörte er die Schreckensschreie der Venusbewohner, die in groben Schutzanzügen arbeiteten, um Lagerschuppen zu bauen. Er sah die erstaunten Gesichter der Menschen, kleine bleiche Flecken unter ihren durchsichtigen Blasen, sich gegen ihn kehren, als hätten sie in den Himmel geschaut, so hoch war er. Und er schrie ins Mikrophon Worte, die der Lautsprecher draußen in der dichten Atmosphäre zurückwarf: »Ergebt euch. Im Namen der Verfassung und des Gesetzes.«

Er erhob sich von seinem Sitz, nachdem er den Hundertfüßler angehalten hatte, und stieg aus seiner Metallkiste oder aus dieser Art Sarg heraus, die er mit den eigenen Händen konstruiert hatte. In der einen Hand hielt er das Mikrophon, in der anderen eine Waffe, einen mächtigen und soliden Karabiner.

Sie leisteten keinen Widerstand. War es der Anblick des Karabiners, der sie dazu brachte, ruhig zu bleiben? Oder war es die Masse des Hundertfüßlers? Ich für meinen Teil glaube, daß das Tier, obwohl trotz seiner Masse harmlos, sie mehr erschreckte als der Mann, dessen Wille sie zum Tod durch Hängen führen würde. Denn beim Anblick des Hundertfüßlers erwachten alte mythische Ängste in ihnen, deren Namen sie nicht einmal kannten, und sie konnten diese winzige Kreatur, die in der Hand einen Karabiner hielt und in ein Mikrophon brüllte, kaum für einen Menschen halten, hatte sie doch diesen Berg gezähmt.

Sie versuchten nicht einmal, die Venusbewohner verschwinden zu lassen. Sie begnügten sich damit, sich in ihre Unterkünfte zurückzuziehen, wie es Jerg Hazel von ihnen verlangte. Er stieg von dem Hundertfüßler herab, den Karabiner im Anschlag, und beobachtete ihren Rückzug. Dann ließ er den beweglichen Hügel an seinem Platz, stieg in die verlassene Rakete und richtete sich in der Pilotenkapsel ein. Er zog seinen Schutzanzug aus, machte es sich bequem, aß und schlief, da er genau wußte, daß sie sich nicht zu bewegen wagten und es auch nicht konnten.

Eine Woche später kam ein Polizeitrupp. Er bereitete der Besatzung des Piratenraumschiffes den ihr gebührenden Empfang, steckte die Venussklaven in dieselbe Rakete, mit der sie gekommen waren, und brachte sie unter kaum verbesserten Bedingungen zurück.

Schließlich waren sie ja keine Menschen. Das Gesetz, die Gerechtigkeit und die Verfassung waren gerettet.

Jerg Hazel wurde ein Held, und man räumte ihm einen Platz in den Büchern für die Elementarschule ein, aber nicht, weil er wie ein Irrer gehandelt hatte oder weil er die Ordnung und die Gerechtigkeit aufrechterhalten und die Verfassung geschützt hatte.

Nicht einmal, weil er die Sklaven vom Planeten Venus verteidigt hatte, denn andere Menschen haben ihren Namen auf dauerhaftere und wirksamere Weise an eine solche Tat geknüpft. Er wurde nicht als ein Vorbild eines Mannes hingestellt, der all dem im Menschen treu war, was er an Gutem hat.

Ein Held wurde er wegen des Hundertfüßlers. Er wurde ein Held, weil er die Meere, die Sümpfe und Berge von Uranus überquert hatte, eine Leistung, die kein Mensch vor ihm erbracht hatte und die kein vernünftiger Mensch vor ihm für möglich gehalten hätte. Er wurde ein Held, weil er dem Menschen das größte Spielzeug gab, die größte Maschine, von der man jemals geträumt hatte.

Die Hundertfüßler wurden als Sporen auf den anderen äußeren Planeten eingeführt, auf Jupiter, Saturn und Neptun. Und ihr wißt, daß sie dort geboren wurden, aufwuchsen und sich entwickelten und daß sie die Menschen mit ihrer Neugier, ihren Leidenschaften und ihren Reichtümern auf alle Stellen dieser neuen Planeten trugen. Die Biologen veränderten sie. Die Physiker erbauten Ausrüstungen, die aus ihnen die feinsten und treuesten Instrumente der Eroberung der Sterne machten. Eines Tages werden sie auch auf der Erde eingeführt werden, wenn es gelingt, sie an die Temperatur, den niedrigen Druck, den Sauerstoff und die Sonneneinstrahlung zu gewöhnen. Und es wird gelingen, denn die Widerstandskraft der Hundertfüßler scheint grenzenlos zu sein.

Jerg Hazel wurde ein Held, weil er dem Menschen andere Sklaven als die von der Venus gab, die ihm in der Form und dem

Verhalten nach weniger verwandt waren und offensichtlich ohne Empfindungen.

Er wurde sich dessen bewußt, und das erbitterte ihn so sehr, daß er es ablehnte, sich weiter mit Hundertfüßlern zu beschäftigen und die Forschungen zu leiten, die an ihnen durchgeführt wurden. Er lehnte es sogar ab, auf die Erde zurückzukehren und dort den begeisterten Empfang von fiebernden Massen kennenzulernen. Er verlangte, allein auf Uranus bleiben zu dürfen, in seiner Regierungsstation, den Weltraum zu beobachten und die Raumschiffe zu lotsen, die immer zahlreicher wurden und aus den sonnennahen in diese kälteren, dunkleren Gegenden kamen. Er lehnte es ab, weil er der Mann von Uranus war, der Verteidiger der Ordnung und der Gerechtigkeit und die Stütze der Verfassung, und weil er nicht glaubte, je etwas anderes sein zu können. Man baute eine Stadt um seine Station herum, wie er es vorhergesehen hatte, und ein Jahrhundert nach seinem Tod bekam sie seinen Namen. Aber lange bevor sich diese Ereignisse abspielten, wurde der Charakter von Jerg Hazel mit den Jahren immer schlechter: denn er sah, wie sein Name überall mit den Hundertfüßlern in Verbindung gebracht wurde, und das hatte er nicht gewollt. Er hatte sich doch im Grunde nie um die beweglichen Hügel gekümmert, aber niemand fragte jemals danach, was er wirklich gesucht und erreicht hatte. Deshalb quälte ihn das Gefühl, sich geirrt zu haben. Er war ein Mensch, den die Geschichte getäuscht hatte, das ist alles. Und wenn die Historiker die Geschicklichkeit Jerg Hazels loben, wenn sie ihm sogar Genie zugestehen, wenn sie aus ihm das Modell des modernen Menschen machen, dieses Raubtiers, das bereit ist, jede Gelegenheit zu ergreifen, um seine Macht auszuüben, dann bin ich nicht mit ihnen einverstanden.

Meiner Meinung nach war Jerg Hazel nämlich im Inneren ein Mensch der Vergangenheit, ein Mensch aus allen Zeiten, ein Mensch, für den die Mittel weniger zählten als der Zweck. Dieser Zweck war in ihm durch Jahrtausende geduldigen Schreibens und langsamer Zivilisation, durch Jahrtausende des Kampfes und der Unterdrückung, der Ehre und der Niederlage tief eingegraben. Die Übersetzungen all dieser Worte sind nicht immer gleich, sie altern, verschwinden, tauchen wieder auf und werden immer, gestern und morgen, vom Fluß der Jahre mitgeführt und vergehen, aber sie ändern sich kaum.

Ich glaube entgegen der Ansicht der Historiker, daß die heldenhafteste und befriedigendste Veranschaulichung der Heldentat des Jerg Hazel, die Schriftsteller niemals angemessen behandeln werden, jenes Gemälde des alten Mannes mit den zerfurchten Zügen ist: die Augen liegen vor Erschöpfung tief in den Höhlen, der schwarze Bart ist schon mit grauen Haaren durchsetzt, so reitet er ohne ersichtlichen Grund unter dem malvefarbenen Himmel von Uranus durch die schlammigen Sümpfe und über die Gipfel von vereistem Gas, durch Purpurstürme und Ammoniakmeere, seine eigene undenkbare Schimäre, betrachtet die Bewegung der Monde am Himmel und reitet, hin und her geschüttelt, durch die kurzen Nächte und die dunklen Tage: der Reiter auf dem Hundertfüßler.

## Jörg Weigand
## *Fiction* – Anmerkungen zu einem Magazin für Science-fiction und Phantastik

### I

Es gibt nicht wenige Stimmen, die in der französichen Science-fiction, wie sie nach Beendigung des Zweiten Weltkriegs entstanden ist – ganz ähnlich wie bei der deutschen SF –, nichts weiter sehen als ein Nachempfinden, ja Nachäffen der amerikanischen Vorbilder. Kein Zweifel, daß daran etwas ist, doch macht es sich derjenige, der sich mit solchem Pauschalurteil begnügt, allzu leicht. Denn anders als bei uns hat sich die französische SF – meiner Meinung nach – in einer Richtung entwickelt, die eine besondere Würdigung wert ist und um die wir unsere Nachbarn jenseits des Rheins nur beneiden können. Sicherlich: Vieles, was in Paris oder anderswo als französische SF gedruckt wird, verdient diesen Namen nicht oder ist gemacht à l'americaine. Doch es gibt auch Gutes, Originelles, Französisches. Allerdings: dies ist bei uns kaum bekannt, ist doch – von wenigen Ausnahmen abgesehen – bisher so gut wie nichts ins Deutsche übersetzt worden.

Die französischsprachige Science-fiction erfaßt auch belgische und schweizerische Autoren französischer Zunge. Sieht man sich nun innerhalb dieser geographischen Grenzen um, so stößt man auch bei einer nur sehr flüchtigen Übersicht über die Science-fiction seit 1945 unweigerlich auf den Namen *Fiction*. Denn dieses Magazin ist einer der wesentlichen Kristallisationspunkte, wenn nicht der wesentlichste überhaupt, der SF in Frankreich, von dem unzählige Einflüsse ausgingen. *Fiction* hat während zwei Jahrzehnten, bis zu Beginn der siebziger Jahre, die Entwicklung der französischen Science-fiction entscheidend geprägt.

## II

Im Oktober 1953 erschien in Paris die erste Ausgabe von *Fiction*. Das Impressum vermerkt als Verlag die Editions OPTA, ein Name, der zur damaligen Zeit nur wenigen bekannt war, die sich mit phantastischer Literatur befaßten, der aber gerade auf diesem Gebiet – vorzugsweise der Science-fiction – bald zu einem Markenzeichen wurde. Für Maurice Renault, dem Verleger und Herausgeber des neuen Magazins in einer Person, war der Start von *Fiction* sicherlich ein mutiges Unterfangen. Denn ein erster Versuch, eine Science-fiction-Zeitschrift für den französischsprachigen Raum zu lancieren, war schon Jahre zuvor kläglich gescheitert: Im Jahre 1945 mußte in Brüssel *Anticipations* nach wenigen Ausgaben wieder eingestellt werden.

Freilich startete *Fiction* unter wesentlich günstigeren Voraussetzungen: Die Bereitschaft der Menschen, sich mit SF auseinanderzusetzen, war größer, die Vertriebswege waren offener geworden – und: *Fiction* gab sich literarischer, seriöser. Maurice Renault legte von Anfang an großen Wert auf die Präsentation. Das neue Magazin erhielt Buchformat und einen steifen Rücken. Wo die amerikanischen Magazine mit grellbunten Umschlagbildern lockten und so Vorurteile derjenigen bestärkten, die SF als minderwertig ablehnten, gab sich *Fiction* dezent. Federzeichnungen, Collagen oder Trickfotos zierten die Covers; auf aufdringliche Werbung wurde verzichtet.

*Fiction* startete als französische Ausgabe des amerikanischen *The Magazine of Fantasy and Science Fiction*, doch mit einer wesentlichen Einschränkung (vergleicht man etwa mit anderen, fremdsprachigen Editionen dieses amerikanischen Magazins): Maurice Renault beharrte gegenüber dem Originalverleger auf dem Recht, neben Übersetzungen der amerikanischen Stories auch – nach freier Wahl – französische Autoren zu veröffentlichen; und: er setzte sich durch. Damit aber war der Grundstein gelegt, der entscheidende Anstoß gegeben für die Entwicklung einer, wie ich meine, spezifisch französischen Form der Science-fiction, die sich in ihrer Eigenständigkeit durchaus von der amerikanischen SF unterscheidet und sich in ihren Spitzenprodukten – was Qualität angeht – durchaus mit bester angelsächsischer Science-fiction messen kann.

Dabei war und ist Science-fiction nur *ein* Farbtupfer in der breiten Palette des literarischen Angebots von *Fiction*. Denn einmal veröffentlicht *The Magazine of Fantasy and Science Fiction* neben SF eine Menge anderer phantastischer Titel, die zu übernehmen sich *Fiction*, wenigstens zum Teil, verpflichtet hatte. Zum anderen galt Renaults Augenmerk von Anbeginn an dem Seltsamen, Bizarren und Skurrilen. Er gab solchen, der französischen Mentalität adäquaten Ausdrucksformen bereitwillig Raum in seinem Magazin; sicherlich auch ein Grund für den auf dem SF-Sektor ganz ungewöhnlich lange anhaltenden Erfolg von *Fiction*.

## III

Erste Bekanntschaft mit *Fiction* machte ich im Frühjahr 1960, als ich – frischgebackener Abiturient – die französische Hauptstadt zum ersten Mal besuchte. Am Kiosk erstand ich die Ausgabe no. 76. Vom deutschen SF-Markt die schreiend-bunten Titelbilder der Heftromanreihen, aber auch des gerade wieder vom Markt verschwundenen *Utopia*-Magazins gewöhnt, war *Fiction* für mich eine wichtige Erfahrung: Denn hier gab es, für mich erstmalig, den Beweis dafür, daß Science-fiction, phantastische Literatur überhaupt, auch unter seriösem Deckblatt zu verkaufen ist.

Die Ausgabe 76 (März 1960) von *Fiction*, die damals so großen Eindruck auf mich machte, liegt vor mir. Darin zu blättern hat etwas Nostalgisches; Erinnerungen werden wach. Jener März 1960 hatte noch recht kühle Tage, doch das Verlangen, das gerade erworbene Magazin sogleich zu lesen, war so stark, daß ein einsamer Stuhl draußen vor einem Straßencafé genügte. Ich las mich fest, las die amerikanischen Stories in der französischen Übersetzung, die französischen Originalbeiträge. Ich fraß mich regelrecht durch das Heft – unempfindlich gegenüber dem unfreundlichen Wetter.

Das Cover dieser Ausgabe ist von einem intensiven, leicht rotstichigen Gelb; die Titelzeichnung stammt von Jean-Claude Forest, der später mit seiner Comic-Heldin Barbarella einen weltweiten Erfolg erringen konnte. Die nur teilweise durch das Gelb eingefärbte Federzeichnung zeigt maskenhafte Fratzen, die aus dem Hintergrund vorstarren, hin zum Vordergrund, in dem zwei nackte Mädchen sich um ein Einhorn gruppieren, dessen schneckenhausförmig gedrehter Stirnauswuchs das Bild diagonal in zwei Hälften teilt.

Das Titelbild vermerkt neben dem Namen *Fiction* die beiden Begriffe »Fantastique« und »Science-fiction«. Der Untertitel lautet: »Revue littéraire de l'étrange« (etwa: Literarische Zeitschrift des Seltsamen). Diese Unterzeile charakterisiert gut Maurice Renaults Absicht, sein neues Magazin vom Ruch minderer Literatur, der Science-fiction von Anfang an eigen, zu befreien. Darin liegt auch der eigentliche Unterschied zwischen *The Magazine of Fantasy and Science Fiction* und seiner französischen Schwester *Fiction*. Zahlreiche Erzählungen und Kurzgeschichten, die im amerikanischen Magazin als akzeptabel in der Qualität gedruckt wurden, sind nie in *Fiction* erschienen, da sie weder von der Idee noch von der schriftstellerischen Ausführung her den Anforderungen Renaults genügen konnten.

Freilich war die *Fiction*-Redaktion doch vertraglich stark an das amerikanische Magazin gebunden. Zumindest in den ersten Jahren konnte Renault nur unter den dort erschienenen Stories wählen, hatte aber keine Gelegenheit, Geschichten anderer – inzwischen im Schnitt oft weit besserer – Zeitschriften zu übernehmen. Erst im Laufe der Jahre gelang es, sich aus diesem Vertrag soweit zu lösen, daß eine breitere Sichtung des amerikanischen Marktes und Auswertung für *Fiction* möglich war.

Wie schon der Untertitel von *Fiction* signalisiert, war für Renault SF nicht unbedingt die Hauptsache, um die Seiten seines Magazins zu füllen. Oft griff er, um seinen Hang zum rein Phantastischen zu befriedigen und dabei auch das literarische Anspruchsvollere zu Wort kommen zu lassen, zu lebenden oder verstorbenen Autoren der Weltliteratur. Bereits die erste Ausgabe von *Fiction* weist anspruchsvolle Autorennamen auf: André Maurois, Agatha Christie und Guy de Maupassant sind mit Erzählungen vertreten. In der Folgezeit tauchen weitere bekannte Namen der gehobenen Literatur auf: Jean Cocteau, Hans-Christian Andersen, Henry James, Jorge Luis Borges, Fitz James O'Brien, Guillaume Apollinaire, um nur einige zu nennen.

Im Gegensatz zu den beschränkten Auswahlmöglichkeiten hinsichtlich angelsächsischer Autoren hatte die *Fiction*-Redaktion freie, umfassende Wahl unter französischen Autoren. Hier zahlte sich aus, daß Renault sich von vorneherein nicht auf SF allein festgelegt hatte. Die breite Palette, die *Fiction* auszeichnete, war Anreiz genug gerade für junge Talente, sich auch auf diesem Gebiet zu versuchen. Und der Schritt von der Phantastik zur Science-fiction oder auch umgekehrt war dann nicht schwer zu tun. Obgleich Renault gerade am Anfang bei einheimischen Autoren so manches Auge zudrückte, seine literarischen Ansprüche oft zurückschraubte, gelang es ihm mit der Zeit, das Niveau der französischen Stories merklich zu heben. Eine Durchsicht der bisher erschienenen fast 300 Ausgaben von *Fiction* bestätigt dies eindrucksvoll.

## IV

Entscheidend für den langjährigen Erfolg von *Fiction* war sicherlich auch die glückliche Hand, die Maurice Renault bewies, als er sich einen jungen Mann als Chefredakteur für *Fiction* holte: Alain Dorémieux. Jahrgang 1933, war Dorémieux zuerst als Übersetzer und Dolmetscher für *Fiction* tätig, begann aber daneben bald, eigene Erzählungen zu verfassen, von denen einige bereits heute zu den Klassikern der modernen französischen Science-fiction zu zählen sind. Renault testete den hoffnungsvollen Nachwuchs zuerst in der Funktion eines Redaktionsassistenten, ehe er ihm den Posten des »rédacteur en chef« antrug.

Als Autor vertritt Dorémieux mehr die klassische Science-fiction, ohne dabei die Space Opera – die reine Abenteuergeschichte also – aus den Augen zu verlieren. Seine Geschichten sind meist konventionell geschrieben, geben sich schlicht und sprechen dabei den Leser an. 1959 erschien seine Erzählung »La Vana«, eine bemerkenswerte, mit viel Einfühlungsvermögen geschriebene Liebesgeschichte zwischen einem Menschen und einem extraterrestrischen weiblichen Wesen. Diese Erzählung, die vom Sexuellen berichtet, ohne dabei Sex zitieren zu müssen, hat vielen jungen Autoren Impulse gegeben. Seitdem ist eine zunehmend freiere Darstellung in der französischen SF zu beobachten – und dies gilt nicht nur für den Bereich zwischenmenschlicher Beziehungen, sondern ebenso für politisch wie soziologisch relevante Themen.

Neben seinen sporadisch erscheinenden Erzählungen galt Dorémieux' Hauptinteresse von Anbeginn an den zahlreichen Rubriken, die aus *Fiction* fast eine literarische bzw. literaturkritische Zeitschrift gemacht haben – zur Freude anspruchsvoller Leser.

## V

Vielleicht ist es keine schlechte Idee, wenn ich mir noch einmal die Ausgabe 76 von *Fiction* vornehme und sie systematisch durchgehe, um daran die Arbeit der *Fiction*-Redaktion etwas zu erläutern:

Die Innenseite des Covers verrät dem Leser, mit welchen Autoren er es in den kommenden Nummern zu tun haben wird: Neben vielen bekannten Amerikanern wie Isaac Asimov, Philip K. Dick, Chad Oliver oder Theodore Sturgeon finden sich französische Autoren, etwa: René Barjavel, Charles Henneberg, Jacques Sternberg, etc. Nach dem Inhaltsverzeichnis auf Seite drei folgt auf der folgenden Seite die Ankündigung einer neuen Rubrik »Le rayon des classiques«, in der fortan bekannte, oft auch fast vergessene Autoren mit Phantastika vorgestellt werden sollen.

Als erste Erzählung auf Seite fünf: H. Beam Piper, »The Keeper« (ich zitiere die Originaltitel, das macht eine Orientierung für den Interessierten leichter). Danach: Theodore Sturgeon, »The Silken-Swift«. Hier wie bereits bei Pipers Story ist eine Eigentümlichkeit, eine Serviceleistung zu vermerken, die *Fiction* viele Leser zu treuen Käufern gemacht hat: Jede Geschichte ist durch einen Vorspann eingeleitet – Notizen zur Vita des Autors, Eigentümlichkeiten und Bemerkenswertes seiner literarischen Produktion, Rückblick auf bereits vom selben Autor in *Fiction* erschienene Geschichten und Äußerungen der Kritik dazu. Perioden, in denen die Redaktion (oder der Verlag) glaubte, auf diese Serviceleistung verzichten zu können, sind dem Magazin nie bekommen: die Leser ließen es im Stich. Ein Blick ins Impressum der Ausgabe 76 ergibt, daß diesmal Alain Dorémieux und Jacques Bergier für die Präsentation der Geschichten verantwortlich zeichnen.

Als Einschub scheint mir eine kurze Anmerkung zu Jacques Bergier angebracht zu sein: Bergier, 1912 in Odessa geboren, ist ein Science-fiction-Fan der ersten Stunde und wahrscheinlich der beste Kenner dieser Literatur, den Frankreich besitzt. Seine besondere Liebe gilt der »wissenschaftlichen Phantastik«, wie sie in den osteuropäischen Ländern gepflegt wird. Er hat mehrere Anthologien dazu herausgegeben. Bergier war ein weiterer wichtiger Promoter französischer SF, ehe er sich von der Magazinarbeit löste. Neben seiner Tätigkeit als Kritiker kümmerte er sich vornehmlich um die populärwissenschaftlichen Spalten in *Fiction*, die regelmäßig Themen aus allen, also nicht nur naturwissenschaftlichen Bereichen aufgriffen. Zusammen mit Louis Pauwels schrieb Jacques Bergier u.a. Anfang der sechziger Jahre das mit pseudophilosophischen Gedanken und wissenschaftlichen Halbwahrheiten angefüllte Buch vom *Aufbruch ins dritte Jahrtausend*.

Zurück zur Ausgabe 76 von *Fiction*: Nach einer Novelle von Mark Clifton (»Remembrance and Reflection«) folgt die erste französische Story: »Sous le vieux Pont-Neuf« (Unter dem alten Ponz-Neuf) von R. et R. Borel-Rosny. Der Präsentationstext der Kurzgeschichte verrät uns, daß es sich bei dem Autorenpaar um Nachfahren des französischen SF-Klassikers belgischer Herkunft J. H. Rosny handelt. Die Kurzgeschichte hat als Dimensionsstory sehr wohl Science-fiction-Charakter, läßt sich aber ebenso leicht in die Rubrik »Seltsames und Bizarres« einordnen. Es handelt sich um die erste Veröffentlichung des Autorenehepaars in *Fiction*.

Es folgt eine kurze Geschichte von James Blish »The Masks«, die den Widerstand gegen Unterdrückung zum Thema hat. Mit einer ultrakurzen Vampirstory (eine Seite) stellt sich dann ein weiterer französischer Autor dem Vergleich mit seinen amerikanischen Kollegen: Charles Moreau »Chasse nocturne« (Nächtliche Jagd). Anschließend Lester del Rey mit »Lady of Space«, einer recht banalen Geschichte, bei der der Präsentationstext irritierenderweise die »psychologische Schönheit der Darstellung« hervorhebt, die ich aber leider nirgends entdekken konnte.

Der dritte französische Autor gehört schon zur Garde der Routiniers: Jean-Charles Pichon ist zum Zeitpunkt der Veröffentlichung seiner Erzählung »Dieu n'a pas de mémoire« 39 Jahre alt und Autor von zehn Romanen sowie von Theaterstücken und Filmtexten. Er steht typisch für den französischen Durchschnittsautor, dessen Produktion im allgemeinen so gar nichts mit phantastischer Literatur oder gar Science-fiction zu tun hat, der aber ab und an gerne einen Ausflug in solche Gefilde unternimmt und dann Beachtenswertes schafft.

*Fiction* verdankt solchen Ausflügen »artfremder« Autoren eine Menge guter bis sehr guter Erzählungen. Pichons vorliegende Story spielt in unserem Alltag und gehört in den Bereich der subtilen Phantastik, könnte aber von der Story her ebensogut auf einem anderen Planeten angesiedelt sein und wäre dann unter gute SF einzureihen.

## VI

Bei der Lektüre der Geschichten der drei in dieser Ausgabe von *Fiction* vertretenen französischen Autoren wird eine Schwierigkeit offenkundig, der sich jeder gegenüber sieht, der versucht, bei uns französische SF in Übersetzung einzuführen. Und diese Schwierigkeit gilt im allgemeinen nicht nur für literarisch anspruchsvollere Geschichten, wie sie etwa in *Fiction* oder in der Reihe »Présence du futur« gepflegt werden, sondern auch für gewöhnliche Gebrauchsliteratur wie etwa die Dutzendware der »Fleuve Noir«-Romane.

Denn für den französischen Autor gibt es die Scheidung SF einerseits – Phantastik andererseits noch viel weniger als etwa bei uns oder in den angelsächsischen Ländern, und auch da ist oft ein Ineinanderfließen beider Richtungen unvermeidlich! Das freie Fabulieren, das praktisch allen französischen SF-Autoren eigen ist, mag für denjenigen, der sich bereits eingelesen hat, nicht ohne Reiz sein, für denjenigen, der französische SF noch gar nicht kennt, stellt es eine Barriere dar.

Weiter in Ausgabe 76. Den Stories folgen die Rubriken. Zuerst ein populärwissenschaftlicher Artikel, der sich mit der Frage beschäftigt: Was ist eigentlich Gravitation? Daran anschließend folgen die Buchkritiken. Alain Dorémieux stellt das Buch des Monats vor, einen Roman der bei uns unbekannten französischen Autorin Christine Harth. Verschiedene Kurzkritiken beschäftigen sich mit den bereits erwähnten Romanen des Verlags »Fleuve Noir« (einige Titel dieser ausufernden Reihe sind vor Jahren auch bei uns erschienen, Romane von J.-G. Vandel, Jimmy Guieu, Peter Randa; neuerdings auch von Gilles d'Argyre, d.i. Gérard Klein).

Eine echte Orientierungshilfe für den Leser, der sich im Wust der Neuerscheinungen nur schwer zurechtfindet, bietet eine Tabelle, in der neun SF-Spezialisten ihre Meinung zu aktuellen Titeln mit Benotungen kund tun. Anschließend beschäftigen sich in zwei kurzen Notizen einmal Pierre Versins mit der wissenschaftlichen Phantastik in der Sowjetunion und zum anderen Jacques Bergier mit Arno Schmidt, dessen »extrem persönlichen Stil« er hervorhebt und dem er bescheinigt, daß er sich einsam aus der Masse der deutschen Schriftsteller der Nachkriegszeit hervorhebe.

Es folgt die Rubrik der Filmkritiken sowie eine Zusammenstellung bemerkenswerter oder auch nur absonderlicher Meldungen mehr oder weniger wissenschaftlichen Inhalts. Eine Kontroverse zwischen Françoise d'Eaubonne und Gérard Klein über den Roman *A Case of Conscience* von James Blish beschließt diese Ausgabe von *Fiction*.

## VII

Es gibt kaum eine Ausgabe von *Fiction*, in der keine französischen Autoren vertreten sind; sie hier durchzugehen, brächte nicht viel ein. Sinnvoller erscheint mir ein Hinweis auf ein Unternehmen, an das Alain Dorémieux sein Herz gehängt hat: Die Sondernummern von *Fiction*. Es handelt sich dabei um parallel zum Magazin in unregelmäßigen Abständen erscheinende Anthologien, bisher 26 an der Zahl, von denen acht ausschließlich französische Kurzgeschichten und Erzählungen vorstellen. Das sind Fundgruben für den SF-Fan, und wer sich über die Science-fiction unserer Nachbarn orientieren will, die Entwicklung nachvollziehen will, wie sie sich in fast dreißig Jahren abzeichnet, sollte diese acht von Dorémieux sorgfältig zusammengestellten Anthologien lesen.

Die erste derartige Sammlung erschien im Mai 1959. Von René Barjavel bis Charles Henneberg, von Gérard Klein bis Jacques Sternberg, von Francis Carsac bis Philippe Curval sind alle Autoren vertreten, die Ende der fünfziger/Anfang der sechziger Jahre eine Rolle in der französischen SF spielten. Zwei Geschichten daraus sind bereits auf Deutsch erschienen: die bereits erwähnte »Vana« von Dorémieux und »Mondfischer« von Henneberg. Einige andere hätten sicherlich eine Übersetzung verdient. In einem kurzen Vorspruch macht sich Dorémieux zum Verfechter einer originalen französischen

Science-fiction, die dabei sei, sich vom amerikanischen Vorbild zu lösen bzw. dies bereits zum Teil erreicht habe. Diese These ist auch in Frankreich nicht ohne vehementen Widerspruch geblieben, wurde zum Teil in der Folgezeit durch eine nachlassende Qualität französischer SF widerlegt, findet inzwischen aber volle Bestätigung in der SF-Produktion der letzten Jahre.

Junge Autoren wie Jean-Pierre Andrevon, Daniel Walther, Pierre Pelot oder Jean-Pierre Hubert stehen nun für eine französische SF, die sich weitgehend vom klassischen Vorbild gelöst hat und Originelles hervorbringt. In den Sondernummern 25 und 26, die unter dem Titel »Nouvelles Frontières 2 und 3« 1975 bzw. 1976 erschienen sind, hat Dorémieux zum Teil sehr gute Beispiele dafür vorgestellt.

## VIII

*Fiction* steckt zur Zeit in einer Krise. Da gibt es Zahlungsschwierigkeiten des Verlages, der sich durch die Herausgabe superber Prachtbände bedeutender SF-Werke in limitierter Auflage offensichtlich übernommen hat. Die Krise von *Fiction* ist aber auch ein redaktionelles Problem. Maurice Renault starb 1976, nachdem er sich bereits Jahre zuvor aus dem Verlagsgeschäft zurückgezogen hatte. Alain Dorémieux ist in die Provinz ausgewichen und fabriziert von dort aus eine Anthologie nach der anderen. Jahrelang war nicht klar ersichtlich, wer denn nun eigentlich die Redaktion von *Fiction* wahrnimmt. Die Folge: die Qualität der Beiträge sank, Autoren wichen auf andere Publikationsmöglichkeiten aus. Der Glanz, der *Fiction* lange Zeit umgab, ist verschwunden.

Seit wenigen Ausgaben steht nun ein neuer »rédacteur en chef« im Impressum: Daniel Riche, ein noch junger Autor; vielleicht gelingt es ihm, die Konzeptlosigkeit der letzten Jahre zu beheben. Nach letzten Informationen aus Paris scheint wenigstens das finanzielle Problem gelöst zu sein.

Vielleicht eine neue Chance für die französische SF, nachdem in letzter Zeit eine ganze Reihe professioneller und semiprofessioneller SF-Magazine in Frankreich ihr Erscheinen einstellen mußten.

(abgeschlossen am 4.12.1977)

## Jean-Pierre Andrevon
## Ein Christus aus Zufall

Er schaute aus dem Fenster.

Er schaute immer aus dem Fenster. Was wollte er sehen? Was überraschen? Was erwartete er? Er wußte es selber nicht, das war sicher. Es gab nichts zu sehen, nichts zu erwarten, niemals; es war keine Zeit der Überraschungen, weder der angenehmen noch der unangenehmen.

Unablässig, zu jeder Jahreszeit, wälzte der Fluß links von dem Haus seine grauen Wassermassen (genauer müßte es heißen: auf der linken Seite der westlichen Fassade des Hauses, auf die hin sich das Fenster öffnete, welches er kaum verließ während des tagtäglich sich wiederholenden, immer gleichen, zähflüssigen Tagesablaufes). Früher konnte er beobachten, wie der Fluß ausgeraubte Fahrzeuge mit sich führte, Teile von Militärlastwagen, schlecht erkennbare Trümmer aller Art und fahle, vom Wasser aufgetriebene Leichen. Aber seit langem war der Fluß nur noch ein leeres Leichentuch, schmutzig und knitterig; die Falten des Wassers trugen keine Spuren mehr der vergangenen blutigen Orgien, nur ein toter Zweig, ein leerer Benzinkanister oder eine farbenschillernde Ölblase boten dem Auge manchmal einen Punkt, an dem es sich für kurze Zeit festhalten konnte. Doch er liebte das Fließen des Wassers.

Vor dem Haus erhob das verwilderte Gärtchen seine Mauer aus Unkraut und dornigem Gesträuch; nur der Kirschbaum trug noch einige blasse, bittere Früchte außerhalb der eigentlichen Jahreszeit, die Pfirsich- und Pflaumenbäume waren ein für allemal unfruchtbar. Einige Kohlköpfe, zernagt von unsichtbaren Schmarotzern, stellten noch ihre breiten, gezahnten Blätter zur Schau, blau-violett inmitten der spitzen Egge der gelben Gräser; sie wurden jedoch nicht mehr gegessen. Das Haus lief über von Konservenbüchsen, von Päckchen voller Nudeln, Reis und Haferflocken, von Tütensuppen, von Thunfisch und Sardinen, die alle Zimmer bis unter die Decke füllten, alle bis auf die

Küche hinten und das Wohnzimmer auf der Westseite, das Wohnzimmer, durch dessen Fenster er auf die Zeichen der Welt wartete.

Hinter dem Garten begann das Feld, das in der Weite leicht hügelig wurde. Eine Straße von minderer Wichtigkeit, die jetzt schon manche Risse zeigte, wurde hinter einer Weidenhecke, zwanzig Meter vom Garten entfernt, sichtbar und führte an der Nordseite des Hauses vorbei. Manchmal benutzten sie Landstreicher, auch Flüchtlinge oder Vertriebene, meistens aber bewaffnete Streifen in unterschiedlichen Uniformen, von denen schwer gesagt werden konnte, ob sie den Bürgerwehren der Neuen Macht angehörten oder nicht. Die Straße war gleichbedeutend mit Gefahr, auch wenn niemals ein ernster Alarm von ihr gekommen war, und ihr Bestehen war ein völlig ausreichender Grund für die unablässige Wache, die er hinter seinem geschlossenen Fenster in seinem verriegelten Haus hielt. Es war bis unter das Dach gefüllt mit Nahrung, die er von überall her beschafft, gekauft und gestohlen hatte.

Auf allem schließlich lastete meist grau und regenschwer der Himmel: auf dem Fluß, dem Haus, dem Garten, der Straße und dem Feld. Der Himmel brachte keinerlei Botschaft, weder gute noch schlechte, er war ein flüssiges, nasses Nichts. Manchmal hörte man das schrille Geräusch eines Flugzeuges, das zu hoch oben in den Wolken verloren war, um von unten sichtbar zu sein.

So also verliefen die Tage: ruhig, trüb, farblos. Es schaute aus dem Fenster, das war seine Gewohnheit – mehr als eine Gewohnheit: ein Ritus. Zweifellos gab es ein Schicksal zu beschwören, ein unheilvolles Schicksal, das in die Falten der weiten Welt eingewebt war, in den Lauf des grauen Wassers, in den wasserfarbigen Spiegel des Himmels, in das verlassene Feld, in die enge Straße. Es genügte, ohne Unterlaß die sichtbare Welt anzustarren, damit sie ihr Unheil behielt: seit jenen Ereignissen, nach denen er sich in dieses Haus fern der Stadt geflüchtet und seine Wache hinter dem Fenster begonnen hatte, war der Fluß nie so angeschwollen, daß er das Haus bedroht hätte. Niemals hatte der Himmel anderes zur Erde geschickt als Regen, Hagel oder Schnee, niemals hatte die unbefahrene Straße eine feindselige Gruppe herangeführt, nur Reisende, die er durch eine oder zwei Konservenbüchsen, durch eine Übernachtung im Flur oder im Garten wieder los wurde.

Er schaute aus dem Fenster, manchmal sprach seine Mutter zu ihm, der er den Rücken zuwandte; sie sprach oft zu ihm, er hörte nicht zu und antwortete einsilbig, von Mal zu Mal seltener. Seine Mutter war nur ein Trümmerstück des Hauses, nichts anderes. Als sie auf das Thema der Wiederauferstehung Christi zu sprechen kam, stieß er nur ein vages Grunzen aus; seine blassen Augen irrten über die müden Linien des Horizonts, seine rechte Hand suchte die letzten Kekskrümel des Frühstücks aus den Haaren des Bartes, den er hatte wachsen lassen. »Du hörst mir nicht zu«, klagte seine Mutter. »Aber doch, Mutter, ich höre dir zu«, sagte er, ohne sich umzudrehen. Er wälzte einen Satz in seinem schläfrigen Gehirn, der sich ihm aus den letzten Worten seiner Mutter oberflächlich eingeprägt hatte und begann: »Christus ersteht von jedem seiner Tode wieder auf...«, zögerte, schwieg. Vor ihm, genau über den dunkelgrünen Hügeln, hatte sich weit im Westen ein verlängertes Rechteck im Himmel geöffnet und ließ zwischen der bleiernen Masse der schweren Wolken ein überraschendes Blau sehen. »Na siehst du, du hörst mir nicht zu«, fing seine Mutter in ihrem jämmerlichsten Ton erneut an. Er antwortete nicht, drehte sich aber – eine riesige Selbstüberwindung – zu den dunklen Tiefen des Zimmers, stützte sich mit dem Ellenbogen auf die Rückenlehne seines Stuhls und betrachtete seine Mutter. Die berechnete Helligkeit, die durch das Fenster kam, teilte das Wohnzimmer in zwei Hälften, eine helle, eine dunkle; der Sessel seiner Mutter, der genau auf der Grenze zwischen Schatten und Licht stand, war selber auch zweigeteilt; der Körper der alten Frau war dadurch in zwei gleiche Teile getrennt, der tote Teil war in ein blasses, kaltes Licht gehüllt, der lebendige in das samtige Halbdunkel des Zimmers zurückgeworfen.

»Seit dem ersten Tod und der ersten Auferstehung hört Christus nicht auf, wiedergeboren zu werden, zu sterben, für uns alle wiederaufzuerstehen. Verstehst du das nicht?«

Er zögerte, antwortete dann, so fest er konnte, mit nein.

»Aber es ist doch so einfach!« (Die Faust seiner Mutter war genau am Handgelenk durch die geneigte Schattenfläche abgeschnitten. Sie schlug wiederholt kurz und nervös auf das tote Holz der mageren Schenkel, auf das mit violetten und rosa Blumen bedruckte Kleid.) »Alle dreiunddreißig Jahre stirbt Christus, ersteht am dritten Tage wieder auf, fährt in den Himmel auf und wird wieder Fleisch im Körper eines Säuglings, der gerade geboren wird... das hört nie auf, niemals. Das ist die Unsterblichkeit Christi. Alle dreiunddreißig Jahre kommt er wieder, um uns durch sein Opfer zu retten. Verstehst du?« »Ja, ja, Mutter, ich verstehe es.« »Und ich werde dir etwas sagen: ich habe die Daten seit seinem ersten Tod und seiner ersten Auferstehung ausgerechnet. Er fällt genau in dieses Jahr!« »Was fällt genau in dieses Jahr?« »Sein neuer Tod und seine neue Auferstehung natürlich! Dieses Jahr ist der wiedergeborene Christus dreiunddreißig Jahre alt. Er wird gekreuzigt werden. Er wird sterben, er wird wiederauferstehen... verstehst du, was das bedeutet? Wir werden gerettet werden!«

Er hob den Kopf, stieß einen leichten, nur für ihn hörbaren Seufzer aus und wandte sich wieder zum Fenster. Dort hinten, durch die schmutzigen Scheiben hindurch sah er, daß der blaue Streifen an dem gleichbleibend dreckigen, wie zugenagelten Himmel wieder verschwunden war. »Wer hat dir denn das in den Kopf gesetzt, Mutter? Mauriac? Renan?« »Aber nein! Es genügt, die heiligen Schriften lesen zu können, es genügt, wenn man den tiefen Sinn Seiner Lehre und Seines Opfers versteht. Glaubst du, daß, um all die Sünden der Welt zu tilgen, ein einziges Opfer ausreicht? Ein Opfer, das schon zweitausend Jahre zurückliegt? Bei all den Wahnsinnstaten, die wir begehen!... mein armer Junge! Christus kommt immer zurück; jede Generation wird durch sein immer erneutes Opfer erlöst.«

Sie verstummte. Einige Tropfen Regen schlugen an die Scheiben. Ohne sich umzudrehen, sagte er: »Dennoch, du glaubst doch nicht, daß man das erführe?« Er wollte seinen Gedanken genauer fassen, aber sein Gehirn weigerte sich, einen genauen, klaren, gegliederten Satz zu formen. Tief unter dem regnerischen Himmel flogen zwei schwarze Vögel in schnellem Flug von Norden nach Süden.

»Christus braucht keine Trommeln und Trompeten, um Sein Kommen anzukündigen, und auch nicht, um Seinen Tod zu feiern und Seine Auferstehung«, antwortete seine Mutter. »Wenn es niemand bemerkt, ist Sein Opfer nur um so größer.« Wenn es niemand bemerkt,... nur du! dachte er. Der Regen war stärker geworden, aber er wußte, daß er nicht lange andauern würde, wußte es aufgrund einer gewissen Klarheit des Himmels, aufgrund der durchsichtigen Blässe der Wolken. Seine Mutter sagte noch etwas, aber er hörte nicht mehr zu. Die Worte prallten gleichgültig von dem dünnen Panzer ab, mit dem er Ohren und Kopf manchmal abschirmte, er nahm sie nur noch als tönende, aber abstrakte Echos wahr; das störte ihn kaum, er war es gewohnt.

Mittags hatte der Regen aufgehört. Er mußte seine Mutter in das Badezimmer führen, damit sie ihren Bedürfnissen nachkommen konnte, dann kümmerte er sich um das Essen. In dem, was ehemals sein Zimmer gewesen war – er hätte denken müssen: ihr gemeinsames Zimmer, aber er zog es vor, das zu vermeiden –, zögerte er lange vor dem Stapel der Konservenbüchsen, der bis zur Decke reichte und eine unregelmäßige und vielfarbige Mauer bildete; schließlich wählte er eine Büchse Speckbohnen Marke Mirbel und eine Büchse Thunfisch Marke Lhouis. Das Essen auswählen, das war auch ein Ritus, fast ein Abenteuer. Als er die Büchsen geöffnet, die Speckbohnen aufgewärmt und den Tisch gedeckt hatte, schob er den Sessel seiner Mutter vor den Tisch, an die linke Seite wie immer. Natürlich setzte er sich mit dem Gesicht zum Fenster. »Siehst du, mein Liebling, wenn Christus wiederkäme, könnte man Ihn sehen, Ihn anfassen, zu Ihm sprechen«, sagte sie. Er wandte die Augen zu ihr; sie hatte ihren Teller kaum berührt und schaute geradeaus vor sich hin ins Leere; die Gläser ihrer Brille, auf die das verschleierte Licht des Tages schräg auffiel, bildeten einen undurchsichtigen Fleck vor ihren Augen. Er antwortete nichts, sondern verschlang eine große Gabel voll Speckbohnen. Warum versteift sie sich darauf, ›Christus‹ zu sagen, statt ›Jesus Christus‹, dachte er. Mit verschlossenem Gesicht kaute er schweigend die Bohnen, den Schinken, die Straßburger Würstchen. »In Wahrheit«, so fuhr sie fort, »hältst du mich für verrückt. Deine alte Mutter... du hältst sie für völlig bekloppt, so ist es doch, nicht wahr? Sag es mir, Francis, sag es mir; ach geh, ich fühle es genau, weißt du... Im Grunde bist du Kommunist, du auch.« Er schüttelte den Kopf, ausgelaugt. »Bitte, Mutter, bring nicht alles durcheinander. Ich bin kein Kommunist, und du weißt das genau. Und ich halte dich nicht für verrückt; du bist frei zu denken, was du willst, und ich bin frei zu denken, was ich will, das ist alles...« Er aß seine Speckbohnen auf, ohne sie anzusehen, ohne ein Wort hinzuzufügen. »Gibt es keinen Nachtisch?« fragte sie kurz darauf mit einer kleinen klagenden Stimme. Er holte eine angebrochene Büchse Pfirsiche aus dem Kühlschrank und gab ihr mit barschen Bewegungen davon. Dann nahm er seine Wacht vor dem Fenster wieder auf, ohne abzuräumen, ohne das Geschirr zu spülen.

»Es ist nicht gut für dich, ganz allein mit einer alten Frau wie mir zu leben«, sagte seine Mutter ein wenig später. »Du solltest... dir eine andere Frau nehmen, ich sage ja nicht für die Dauer, aber wenigstens eine, die von Zeit zu Zeit käme. Sie könnte sich auch um mich kümmern, das würde dich etwas entlasten. Du bist noch jung, du kannst nicht den Rest deines Lebens damit verbringen, dich zu Tode zu langweilen... Und wenn ich mal nicht mehr bin, was dann? Es ist jetzt immerhin drei Jahre her, daß Patrizia tot ist...«

»Es ist drei Jahre her, daß Patrizia getötet wurde«, hörte er sich wie im Traum entgegnen, als wären die Worte nicht von ihm. Tatsächlich war ihm diese Litanei aber so bekannt, daß er nicht zuzuhören brauchte, um zu hören, nicht verstehen brauchte, um zu antworten. Er fügte nur noch hinzu: »Du sagst mir das täglich, Mutter«, dann ließ er sich wieder in seinen schützenden Kokon gleiten, gleichgültig gegen alles, was nicht das unveränderliche Panorama war, das durch das vertikale Rechteck des Fensters begrenzt wurde: der schlammige Fluß, der brachliegende Garten, der erloschene Himmel, das dunkle Feld, die verlassene Straße. Eben auf dieser Straße kamen die vier Reisenden, und sie waren schon an der jähen Kurve vorbei, die um die Weidenhecke führte, ohne daß er sie richtig hatte kommen sehen; ihre Anwesenheit wurde ihm erst bewußt, als sie sich bereits auf dem Teil der Straße befanden, der in sanfter Neigung zum Garten herabführte. Der Nachmittag war fast zu Ende, und die dumpfen Grüntöne der Wiesen hatten sich in ein schmutziges Braun gewandelt. Er setzte sich in seinem Stuhl auf und beugte sich nach vorne. Was dort von der Straße kam, konnte harmlos sein; es konnte auch gefährlich sein, vielleicht tödlich, vor allem, wenn es sich um bewaffnete Männer handelte. Und die Ankömmlinge waren bewaffnete Männer. Oder genauer: drei von ihnen, die halb wie Zivilisten gekleidet waren, halb wie Soldaten und den Kopf mit einer flachen Schirmmütze aus Stoff bedeckt hatten. Sie trugen alle eine Maschinenpistole an einem Riemen und umgaben den vierten Mann, der sie an Größe überragte und mit unbedecktem Kopf marschierte. Er hatte einen wallenden Bart und sehr lange Haare, seine Kleidung bestand aus einer bedruckten Stoffhose und einem hellroten Hemd, über welches er eine Weste aus Schafsfell gestreift hatte.

Der Wächter erhob sich vorsichtig von seinem Stuhl und drückte sich links vom Fenster gegen die Wand. Seine Mutter fragte ihn, was los sei. »Schweig«, stieß er hervor. Dann fügte er hinzu: »Leute kommen; Soldaten, glaube ich. Mit einem Gefangenen. Es ist besser, sich nicht blicken zu lassen.«

Draußen waren die vier Männer auf der Höhe des Gartens stehengeblieben. Einer der Soldaten stützte sich auf den verfallenen Zaun und schien das einsame Haus mit dem Blick abzuschätzen. Sie merken wohl, daß es kein verlassenes Haus ist, dachte der Wächter, wobei er ein kurzes Ziehen in der Gegend des Brustbeins spürte. Unten auf der Straße berieten die Soldaten. »Wer ist das?« fragte die Mutter. »Was machen sie? Führe mich ans Fenster, ich möchte sie sehen...« »Bleib endlich ruhig«, rief ihr Sohn ungeduldig. »Francis, ich möchte wissen, was vorgeht!« schrie die alte Frau in einem erstaunlich festen Ton. Er seufzte, ging in den Halbschatten des Wohnzimmers zurück, nahm die Rückenlehne des Korbsessels in die Hand und schob ihn mit Mühe bis vors Fenster; das Holz krachte, die faltigen Hände der Frau klammerten sich an das Gewebe ihres Kleides, oberhalb der Beine, aus denen schon seit langem das Leben gewichen war. Die Männer besprachen sich immer noch vor dem Zaun; aber ohne Zweifel war es zu dämmerig, als daß man sie hinter den Scheiben des dunklen Zimmers bemerken konnte. »Wer ist dieser junge Mann?« fragte die Mutter. »Woher soll ich das wissen? Das ist doch gleichgültig... ein Hippie, ein Beatnik, ein Landstreicher, ein Kommunist, eine Rote Garde, ein Verdächtiger, ein Unschuldiger, der wegen irgend etwas angeklagt wurde, weil er lange Haare hat.« Seine Stimme war bitter geworden, und eine Art erstarrtes Grinsen war auf seinen Lippen erschienen. »Aber... wenn es Er wäre?« sagte seine Mutter sanft. »Wer, er?« fragte er, ohne zu begreifen. »Ja, Er, Christus. Christus, den diese Soldaten zum hundert Mal erneuten Martyrium führen...« »Ach, Mutter...« konnte er nur seufzen. »Betrachte Seine Gestalt«, fuhr die Frau fort, »betrachte Seine Kopfhaltung... Mein Gott... wenn es Er wäre... Wenn meine Gebete erhört worden wären? Wenn Sein Kreuzweg an der Schwelle unseres Hauses vorbeiführte?«

Sie schwieg, ihre pergamentene Hand ergriff den unteren Rand des Jacketts ihres Sohnes. »Geh zu Ihm, Francis, hol Ihn her, bring Ihn hierher. Ich möchte Ihn sprechen, ich werde imstande sein, Ihn wiederzuerkennen. Ich erkenne Ihn bereits wieder...« »Bist du dir dessen bewußt, was du da sagst?« schrie er, »hast du gesehen, wer diese Männer sind? Es sind Soldaten der Neuen Macht! Du hast mich gerade noch als Kommunisten hingestellt... und wenn sie nun auf denselben Gedanken kämen? Hast du daran gedacht?« Aber er schrie sich umsonst heiser. Seine Mutter hörte nicht einmal zu, sie hörte nur sich selber zu, sie lauschte der kleinen Stimme, die auf dem Grund ihres Herzens flüsterte, die ihr kurz vor dem Ende ihres Lebens eine strahlende Hoffnungsbotschaft brachte, eine himmlische Melodie des Glücks. Ihre Hand zupfte an dem Rand seines Jacketts, das sie nicht losgelassen hatte. Sie fügte noch hinzu: »Du verstehst, Francis, wenn es Er wäre... Er bräuchte mir nur die Hand aufzulegen, und ich wäre geheilt.« Überrascht senkte der Mann seine Augen auf die alte Frau, die ruhig im Sessel saß. Daran hatte er nicht gedacht, an diese Gerissenheit; er hatte nicht begriffen, daß der plötzliche Anfall von Mystik keinen anderen unbewußten Zweck hatte, als noch einmal die illusorische Hoffnung auf eine unmögliche Heilung zu wecken. Und er hatte auf einmal Mitleid mit ihr. Sie war eine alte kranke Frau. Sie war trotz allem seine Mutter. Sein Entschluß stand fest. Auf der Straße hatten die Soldaten ihren Weg wieder aufgenommen: vielleicht würden sie vorübergehen, ohne anzuhalten. Schnell legte er seine Hand beruhigend auf die Schulter seiner Mutter, sagte zu ihr: »Ich gehe zu ihnen, Mutter« und erreichte die Tür, die direkt nach außen führte. Er zögerte kurz, als er den Riegel vorzog, dann drückte er den Türflügel auf.

Durch die Scheiben voller Schlammspuren, durch die Blätter der Gartenbäume sah sie ihren Sohn auf der rechten Ecke des Hauses auftauchen, den bewaffneten Männern ein freundschaftliches Zeichen geben und zu ihnen gehen, die Hände geöffnet und die Arme bis zu den Schultern erhoben. Ein Gespräch entspann sich, das eine Zeitlang dauerte, manchmal machte Francis eine Gebärde zum Haus hin und die Soldaten drehten sich dann zu der stummen Vorderseite, deren Läden mit Ausnahme eines einzigen im Erdgeschoß geschlossen waren. Die alte Frau hatte den Eindruck, als hätten sie in einem bestimmten Augenblick alle angefangen zu lachen, sogar Francis, aber sie war sich dessen wegen der störenden Zweige, des dämmerig werdenden Lichts und ihrer schlechten Augen nicht sicher. Zudem hatte sie nur für Ihn Augen, Ihn, der inmitten dieser groben Männer unbeweglich blieb, gleichgültig gegen die Aufregung, deren Grund Er war, stolz, selbstsicher, friedlich.

Endlich setzte sich die kleine Truppe in Bewegung, an der Ecke des Hauses verlor sie sie aus den Augen, und sie richtete ihre kurzsichtigen Blicke nun auf die Tür, die halb geöffnet geblieben war. Ein glühendes Gebet stieg in ihr auf, sie hatte die Hände vor der mageren Brust gefaltet, sie wartete, sie wartete auf Ihn. Endlich wurde die Tür aufgestoßen, und Er war da, aufrecht vor ihr, ernst, ruhig, schlicht. Seine braunen Augen ruhten auf ihr, voller unendlicher Milde und Güte. Er sprach nicht, sondern begnügte sich damit, sie anzusehen, wobei Er Sein Gesicht, das von dunkelblonden Haaren wie von einem Heiligenschein umgeben war, leicht auf die Seite neigte. »Mein Herr Jesus Christus«, stammelte sie, »segnet mich.« Der wiedergeborene Sohn Gottes hob seine rechte Hand und machte schnell ein Kreuzzeichen über sie. Seine Finger waren feingliedrig und lang und wurden von mehreren schweren Ringen mit eingelegten farbigen Steinen geschmückt. »Herr Jesus Christus, meine Beine…« Sie konnte nicht fortfahren, vielleicht aus Scham. »Du wirst gehen können«, sagte Christus mit fast unhörbarer Stimme und streckte erneut seine braune, schöne Hand aus. Sie senkte den Kopf und erstickte fast an den Glücksseufzern, die ihre Brust erfüllten.

»Du wirst gehen können«, sagte der Gefangene. Einer der Soldaten, derjenige, der ein rundes Abzeichen mit dem Malteserkreuz auf seinem Kakhi-Hemd trug, grinste leicht und wandte sich zu Francis, einen spöttischen Ausdruck tief in sein schweres Gesicht eingegraben. Verlegen senkte Francis die Augen. Der scharfe Geruch von Schweiß und Schmutz, den die Männer ausströmten, regte ihn auf, und er zitterte jedesmal, wenn das Eisen der Waffen an dem Leder oder dem Stoff schabte. Der Gefangene im roten Hemd hielt weiterhin die Hand über dem grauen Kopf seiner Mutter ausgestreckt. Man könnte meinen, daß er den faschistischen Gruß zeigt, dachte Francis. In dem dunklen Zimmer, in dem alles unbeweglich geworden war, ging etwas vor; es war wie eine Welle, die man fast anfassen konnte, die aber von einer unbestimmbaren Substanz war; es war wie das Schlagen der Schwingen eines Erzengels, wie ein

Hauch voller Wohlgeruch aus einem Schattenmund, wie eine stille, sehr sanfte und einhüllende Musik, wie ein unsichtbares Licht. Der Soldat mit dem Abzeichen schüttelte sich, um dieses zarte Band zu zerreißen. »Also, das reicht«, sagte er. Komm her, du, Roter.« Der Mann in dem Schafsfell drehte sich langsam von der Frau weg und kam mit leichten Schritten zurück, um seinen untergeordneten Platz inmitten des bewaffneten Trios einzunehmen. Seine Augen waren ausdruckslos. Einer der Männer machte den Riemen seiner Maschinenpistole ab und hob ihre Mündung einige Grade an. Mit ihrem schwarzen Zyklopenauge fixierte sie schließlich bösartig den Magen des Gefangenen.

Der Anführer der Soldaten legte seine rechte Hand auf Francis' Schulter, eine Geste falscher Freundlichkeit. »Vergiß nicht, was du uns versprochen hast«, meinte er. »Nein, nein«, erwiderte der Wächter des einsamen Hauses hastig und mit einem etwas gequälten Lächeln.»Kommt...« Er machte eine unbestimmte Gebärde zu seiner Mutter hinüber und sagte: »Ich muß mit diesen Herrschaften noch etwas erledigen. Beunruhige dich nicht, es dauert nur ein paar Minuten.« Aber die alte Frau hob nicht einmal die Augen zu ihm. Er führte die Soldaten daraufhin zu dem Zimmer im Hintergrund, machte Licht, ließ sie eintreten und bedeutete ihnen zu nehmen, was sie wollten. Vor den Reihen und Reihen der vielfarbigen Büchsen ließ der Jüngste der Soldaten, ein Blonder mit rotem Gesicht und sympathischen Zügen, ein bewunderndes Pfeifen hören. »He du, du hast dich gut versorgt, was?« rief der Anführer Francis zu und zwinkerte komplizenhaft. Er streckte die Hand nach einem Stapel mit blau-etikettierten Sardinenbüchsen aus, zögerte, besann sich. Dann nahm er fünf Krabbenbüchsen, die mit einem schönen roten Schalentier auf grünem Grund lustig beklebt waren und hellgelbe hebräische Buchstaben trugen, und steckte sie in die Oberschenkeltaschen seines Drillichs. Seine beiden Begleiter hatten einige große zylindrische Büchsen unter ihren linken Ellenbogen geklemmt, um ihre Maschinenpistolen nicht loszulassen. »Wartet, ich werde euch einen Karton geben«, sagte

Francis, »das ist bequemer.« Er ging wieder in den Flur zurück und dachte: und all das wegen dieser armen alten Verrückten... Er kam mit einem rechteckigen Karton wieder, den die Söldner bald bis zum Rand gefüllt hatten. Aber letztlich war die Beute mager gewesen, die Stapel der Vorräte waren nicht einmal sichtbar geschrumpft. Und der da, sagt der niemals etwas? fragte sich Francis innerlich, wobei er den Gefangenen heimlich anschaute, dessen leere Augen irgendeinen Punkt der Nahrungsmauer fixierten. Er wandte sich offen zu ihm, räusperte sich und sagte: »Hm... mein Herr, ich habe ihnen noch nicht gedankt für... das mit meiner Mutter.« Der junge bärtige Mann senkte den Kopf, seine braunen Augen trafen für einen kurzen Moment den Blick von Francis, der dadurch so verwirrt wurde, daß er als erster den Kopf abwandte, zugleich verstört und wütend über sich selber. Was habe ich bloß, schimpfte er mit sich und dachte etwas wenig Liebenswürdiges über seine Mutter. Er wagte es nicht mehr, dem Gefangenen ins Gesicht zu sehen. Was hatte er in seinem Blick gelesen, das ihn in solchem Maße erschüttert hatte? Er wäre unfähig gewesen, es zu sagen. Er hatte etwas erlebt, ja, irgend etwas, aber was? Der Eindruck war so flüchtig gewesen, daß die Botschaft keine Zeit gehabt hatte, ihre Bedeutung mitzuteilen. Sie war wie eine augenblickliche Elektrifizierung der Atmosphäre vergangen und hatte bei ihm ein Aufschwellen vermischter und unbestimmbarer Gefühle bewirkt.

»Ist er immer so? Ich meine, daß er niemals etwas sagt?« fragte Francis den Anführer der Soldaten, als sie wieder in den Flur kamen. Der Mann grinste wie gewöhnlich und zuckte die Achseln. »Er nimmt Rauschgift«, antwortete er bloß. »Ach so...«, erwiderte Francis mit verständnisvoller Miene. »Sag mal, hättest du nicht etwas zu kippen, bevor wir gehen?« »Zu kippen?« wiederholte Francis, ohne zu begreifen. »Nun ja, zu trinken.« »Aber natürlich... kommt.« Francis öffnete eine kleine Holztür, die sich auf der rechten Seite des Flurs befand, unter dem Absatz der Treppe, die zu dem einzigen Stockwerk des Hauses hinaufführte. Die Männer stiegen im schwachen, orange getönten Licht einer Lampe hinab, die am Ende eines langen, blaugewirkten Stricks von der Steindecke herabhing. Francis nahm von einem Nagel an der Wand einen großen, schwarzen Schlüssel, der sorgfältig geölt war, und öffnete eine andere Tür. Man hörte befriedigte Ohos, und die Söldner betraten den Keller, wobei sie den Gefangenen immer vor sich her stießen. Francis seufzte. Glas splitterte. Sie könnten wenigstens einen Korkenzieher nehmen... Würden sie sich hier betrinken? Er seufzte noch einmal, dann trat er ein. Immerhin hatte er die schlaue Idee gehabt, die Söldner in den kleineren der beiden Keller zu führen, der schon zu dreiviertel leer war. Der andere Keller lag im Hintergrund, und seine Tür war durch Brennholz versteckt, das sich auf der Schwelle türmte. In ihm waren Flaschen aller Spirituosenmarken nach Qualität gelagert. In ihren parallelen Schlupfwinkeln glänzten sie wie kleine Ungeheuer.

»Hier! Trink einen Schluck!« sagte der Mann mit dem Malteserkreuz zu ihm. Sein Atem war schon von dem minderwertigen Rotwein verpestet; Francis unterdrückte eine Grimasse des Ekels. Mit einem mechanischen Lachen ergriff er die Flasche mit dem abgebrochenen Hals, die der andere ihm hinhielt, und stürzte einen Schluck Rotwein hinunter, der sich zur Hälfte auf das saubere Hemd ergoß. Der Soldat grinste. »He du, Roter«, rief er, »genier' dich nicht. Nimm dir einen Liter Wein. Der Herr hier hält uns frei...« Zur Überraschung von Francis zog der langhaarige Gefangene eine Flasche weißen Elsässers aus dem Gestell, schlug den Hals ab und trank auf einen Zug die Hälfte aus, ohne etwas zu verschütten. Dann setzte er sich inmitten des Kellers auf seine Fersen und betrachtete die Flasche mit seinem scheinbar erloschenen Blick. Die beiden anderen Soldaten tranken jeder für sich, in kleinen Schlucken, ohne den Abzug ihrer Maschinenpistolen loszulassen. »Ihr habt mir gar nicht genau gesagt, was er angestellt hat«, fragte Francis den Anführer, indem er auf den Gefangenen zeigte. »Ich weiß von nichts«, grummelte der Mann mit einer Handbewegung. »Und... was werdet ihr jetzt mit ihm machen?« Der Soldat schätzte Francis mit einem ausdruckslosen Blick ab, hob die rechte Hand langsam bis zur Höhe seiner Schulter und machte direkt vor dem Gesicht seines Gastgebers eine Bewegung, die andeutete, daß er erschossen werden sollte. »Aber… doch nicht hier?« stöhnte Francis. »Doch! Hier! In deinem Keller!« brüllte der Mann und gab ihm einen wilden Rippenstoß, bevor er in ein langes, trockenes Lachen ausbrach. Mein Gott, sie sind betrunken, dachte Francis. Das werden sie doch wohl nicht tun. Er begann nervös, seinen rechten Daumennagel zu beknabbern, doch seine Aufregung war unnötig: kurze Zeit später stiegen die Soldaten wieder hinauf, wobei sie die Sohlen ihrer Stiefel schwer auf den Betonstufen schleifen ließen. Francis machte sich im Flur zu schaffen, verriegelte den Keller und öffnete die Hintertür, die auf der Nordseite des Hauses direkt auf die Straße führte. »Ich lasse euch nicht wieder durch das Wohnzimmer gehen, wegen meiner Mutter«, murmelte er; aber niemand nahm davon Notiz.

Draußen hatte sich der Abend merklich verdichtet, und das gedämpfte Grün des Feldes begann, im torffarbenen Wasser der hereinbrechenden Nacht zu versinken. Im Westen zeichnete eine Reihe heller Wolken eine safranfarbene Kurvenlinie. Die Luft war lau und mild. Der Anführer der Soldaten machte seinen beiden Leuten ein verstecktes Zeichen, woraufhin diese den Karton mit den Vorräten absetzten und den Gefangenen mit der Laufmündung ihrer Waffen vor sich her stießen. Francis sah sie die Mauer entlanggehen und um die Ecke an der Ostseite biegen. Er wartete, in sich selbst versunken. Er wußte sehr gut, was sich abspielen würde, aber die einzige, lang andauernde Feuersalve, die das reine Gewebe des Abends zerriß, ließ ihn heftig zusammenzucken. Die beiden Männer kamen zurück, allein. Das war's, dachte Francis, das war's, sie haben's gemacht. Seine Kehle zog sich zusammen, er bekam Brechreiz. »Erledigt, Chef!« sagte der junge Soldat mit einem befriedigten Lächeln. Der Anführer hob den Kopf. »Aber ihr werdet ihn doch nicht dort liegenlassen?« ächzte Francis. »Warum nicht?« Der Soldat zog eine Grimasse. »Du mußt ihn nur beerdigen. Du hast doch wohl eine Schaufel und eine Hacke?« »Ja«, murmelte

Francis schwach, »ich habe eine Schaufel und eine Hacke.« In seinem Kopf drehte sich alles, er glaubte, ohnmächtig zu werden. »Du wirst deine Sache gut machen, da bin ich sicher«, sagte der Mann in einem fast netten Tonfall. Er schwankte, nicht sehr sicher auf seinen Beinen, und hielt sich an der Schulter von Francis fest. Dann drehte er sich, stolperte einige Schritte und gab seinen Spießgesellen ein Zeichen, ihm zu folgen. »Auf Wiedersehen, mein Kumpel!« rief er. »Und danke schön!« »Danke schön!« echote ein anderer Haudegen. »Und bis zum Wiedersehen!« Sie entfernten sich lachend, scherzend und lärmend. Francis hatte sie aus der Sicht verloren, als er noch immer ein Lied hörte, dessen Worte er nicht recht unterscheiden konnte, vielleicht war es ein zotiger Kehrreim, vielleicht eine alte Leier der Faschisten. Dann blieb nur noch die Stille der Nacht und Einswerden mit ihr; eingewebt in den Stoff dieser Stille das rhythmische Tschilpen eines geschwätzigen Vogels und das unaufhörliche Geräusch des Flusses als Kontrabaß. Francis ging langsamen Schrittes zum Haus zurück, stieß die Tür zum dunklen Wohnzimmer auf und schob den Riegel vor, bevor er den Schalter des altrosa verzierten Kronleuchters betätigte. Seine Mutter stand aufrecht in der Mitte des Wohnzimmers. »Mutter!« rief er aus.

Francis schob den Riegel zurück, suchte tastend den Schalter und knipste ihn an. Das Wohnzimmer verlor seinen Schatten, baute sofort seine feste Wirklichkeit wieder auf; seine alten, dunklen, stillosen Möbel, seine gedämpft grüne Tapete, sein lackiertes Parkett, sein Kamin aus grauem Marmor, alles tauchte blitzartig aus der gestaltlosen Masse der Nacht auf. »Mutter!« rief Francis aus. Sie war sofort in seinen Armen, er drückte ihren alten, wieder aufrechten Körper an sich, sagte immer wieder »Mutter, Mutter«, küßte sie und schmeckte voller Überraschung den Salzgeschmack seiner eigenen Tränen, die ihm langsam die Wangen hinabliefen.

Dann, als die erste Erregung abgeklungen war, ließ er sie los, und sie schritt mehrmals das Zimmer ab, behutsam und ohne Hast. Dabei strich sie mit ihrer etwas zittrigen Hand über die feste Oberfläche der Mauern, der Möbel, der geringen alten Gegenstände, die sie wiedererkannte, die sie wiederfand. Er wußte nicht, was er sagen sollte, er begnügte sich damit, sie anzusehen, sprachlos, ungläubig, glücklich. »Was ist aus Ihm geworden?« fragte sie plötzlich. »Ich habe vorhin Schüsse gehört – kurz bevor es mir gelang, mich zu erheben. Sie werden Ihn doch nicht...« Sie wagte nicht fortzufahren, aber ihr Mund blieb offen, und ihre runden Brillengläser sandten ihm ein schmerzlich fragendes Zeichen. »Aber nein, Mutter, sie haben Ihm nichts angetan. Sie haben Ihn nur weggeführt. Sie waren betrunken, sie haben in die Luft geschossen...« »Sie haben Ihn zum Gericht geführt, zur Kreuzigung«, sagte ganz leise die alte Frau. »Man wird Sein Leben gegen das irgendeines elenden Terroristen eintauschen, und Er wird noch einmal für uns alle sterben.« Sie nahm ihren unsicheren Gang durchs Wohnzimmer wieder auf. »Weißt du«, sagte sie, »meine Beine sind noch nicht wieder kräftig. Ich merke, wie es in meinen Gelenken kracht. Ich muß mich erst daran gewöhnen.« Ich auch, dachte Francis, ich muß mich auch erst daran gewöhnen. Dann sagte er laut: »Ich wage noch nicht, daran zu glauben, weißt du...« »Du bist wie Thomas, mein armes Kind: du glaubst an nichts. Du siehst mich herumgehen, und du glaubst immer noch nicht. Wo doch ein bißchen Glauben reicht...«

Später, nach dem Essen, als seine Mutter sich hingelegt hatte (ganz allein – zum erstenmal seit wie vielen Jahren?), fühlte sich Francis erneut vom Zweifel übermannt. Dieser rauschgiftsüchtige Landstreicher... Christus? Nein, das war zu unglaublich. Christus war wahrscheinlich überhaupt keine geschichtliche Gestalt, jedenfalls nicht so, wie ihn die Evangelien und das Neue Testament darstellen. Wie sollte man diese Geschichte der ständigen Wiedergeburten glauben, die das Hirn einer bedauernswerten Gelähmten hervorgebracht hatte? Wie sollte man an ein göttliches Wunder glauben! Seine Mutter konnte laufen, sicherlich; aber das ließ sich sehr leicht verstehen. Sie selbst hatte das Wort gesagt, das nötig war, um alles aufzuklären: es genügt ein bißchen Glauben... Genauso war es bei den

Wunderheilungen in Lourdes oder anderswo gewesen, die wissenschaftlich bestätigt worden sind. Die Lähmung der unteren Gliedmaßen ist eine psychosomatische Krankheit, das weiß jedermann. Manchmal vermag ein genügend starker Schock dem Kranken den Gebrauch seiner Beine wiederzugeben. Die Ankunft dieses bärtigen Hippie zusammen mit dieser mystischen Theorie hatten bei seiner Mutter diesen heilsamen Schock bewirkt. Es hatte ein Wunder gegeben, ja, aber ein Wunder, das nicht von der Güte eines abwesenden Gottes abhing. Alles war so einfach und offensichtlich, wenn man es auf diese Weise sah! Wenn man bedenkt, daß ich nahe daran war…, dachte Francis.

Aus der anderen Ecke des Wohnzimmers, das nunmehr nur durch eine kleine Bürolampe mit apfelgrünem Schirm erhellt wurde, erreichte ihn ein friedliches und gleichmäßiges Atmen. Er erhob sich geräuschlos aus seinem Sessel, ging in den Flur, nahm eine Taschenlampe von einem Regal und schritt in die Nacht hinaus. Seine Mutter würde nicht aufwachen. Es war der geeignete Augenblick.

Der Leichnam des Gefangenen lag dort, wo er hingefallen war. Die Arme überkreuz in den Brennesseln, das Gesicht gegen die Erde gedreht, erschien er ungeheuer groß. Francis beugte sich vor, der gelbe Lichtkegel seiner Lampe lief über den Leichnam. Die Feuergarbe hatte ihm die Brust schräg durchschlagen. Es schien wenig Blut geflossen zu sein. In der Handfläche der linken Hand hatte eine Kugel ein einziges, sauberes, rundes Stigma hinterlassen. Francis zuckte die Achseln und holte Schaufel und Hacke aus dem Schuppen, der sich seitlich an der Mauer befand. Wo sollte er diesen unglückseligen Rauschgiftsüchtigen begraben? Natürlich nicht hier. Er faßte ihn an den Armen und versuchte, ihn zu ziehen. Aber der Mann war schwer, sehr schwer… Francis gab es auf. Hierher kam doch niemand. Außerdem würde die Stelle bald wieder von Unkraut verdeckt werden. Er klemmte also die Taschenlampe in einen Mauerspalt und begann zu schaufeln. Es war eine mühsame Arbeit. Francis mußte oft einhalten, um nach Luft zu schnappen, seinen Schweiß abzuwischen, der ihm in die Augen floß, und die heftigen Schläge seines angestrengten Herzens zu beruhigen. Ich bin halt nicht mehr jung, dachte er bei sich und begab sich wieder an die Arbeit, sich selbst verwünschend. Er hätte niemals geglaubt, daß es so hart wäre, ein Loch von einem Meter Tiefe in die Erde zu graben. Er brauchte drei Stunden, um eine Grube auszuheben, die ihm angemessen schien und in die er den großen Körper des Landstreichers kippen ließ. Das Zuschütten war leichter, aber der blasse Morgen dieses regnerischen Frühlings dämmerte bereits im Osten, als er noch dabei war, die aufgeworfene Erde mit dem Rücken seiner Schaufel zu glätten. Er räumte die Werkzeuge im Schuppen auf und verlor sich dann einen Augenblick in der Betrachtung des Himmels, der über den Hügeln eine kalte, metallische Farbe annahm. Ein leichter Wind hatte sich erhoben, der die Blätter rascheln ließ. Der Fluß sang sein eintöniges Lied, noch im Schatten, noch geheimnisvoll. Ein neuer Tag begann. Francis ging hinein und legte sich hin, ohne Lärm zu machen. Seine Mutter schlief noch immer. Er hatte schmerzhaft verknotete Rückenmuskeln. Er erwachte erst gegen Mittag.

Dann nahm er seine Wache vor dem Fenster wieder auf. Worauf lauerte er? Was erwartete er? Das Vorübergehen eines neuen Christus? Das Licht eines neuen Wunders? Aber nein. Es hatte niemals einen Christus gegeben, niemals ein Wunder. Die Reihe der Tage war einen kurzen Augenblick lang unter dem Eindruck einer ungewöhnlichen Spannung unterbrochen worden, verlief aber jetzt wieder gleichbleibend, gleichmäßig. Der erstarrte Hintergrund auf der Leinwand des Fensters hatte sich ebensowenig geändert: da war immer noch die langsame Bewegung des grauen Wassers, immer noch das Rascheln der Pflanzen, die im Garten wild wucherten, immer noch das Fließen des grünen Feldes, immer noch der graue, blaue oder rosafarbene, ständig wechselnde Himmel, immer noch die winzige schuppige Straßenschlange, deren unbewegliches Kriechen nichts anderes versprach als unwahrscheinliche Besuche, taube Drohungen, grausame Risse im leeren Spiegel des Alltags.

Und dann war da natürlich noch seine Mutter, die sich im Haus abhetzte, die sich abrackerte, die aufräumte, die Staub wischte, die die Möbel umstellte, die wusch, plättete, kochte und sich so für die allzu lange Bewegungslosigkeit rächte durch einen fast übermenschlichen Eifer, der sich ihrem neu belebten, alten Körper mitteilte. Diese Überspannung war sicherlich eine Art Buße, abgelegt, um dem Himmel zu danken, ihm sein Wunder zu bezahlen, ihm zu zeigen, daß er ihr die neuen Beine nicht umsonst gegeben hatte. Allerdings regte Francis die ganze Turbulenz um ihn herum mehr auf, als seine Mutter sie genoß. Er ertappte sich manchmal dabei, daß er dachte: ich fände es besser, wenn sie noch an ihren Sessel gefesselt wäre – denn alle Aufmerksamkeiten, die seine Mutter nunmehr für ihn hatte, störten dauernd seine Träumerei. Und die Alte plapperte und plapperte, mehr noch als je zuvor, als hätte ihre Zunge neue Kraft erhalten durch die einfache Tatsache, daß ihre Beine ihre Funktion wiedererlangt hatten. Francis gab ihr gar keine oder nur einsilbige Antworten. Wenn er seine Ohren jenem Lärm verschloß und sein Blick sich in den Linien der grünen Felder verlieren konnte, dann schien letztlich alles – fast alles – wieder wie vorher zu sein.

Eines Morgens jedoch, beim Frühstück, insgeheim von einer kleinen geistigen Neckerei angestachelt, bat Francis seine Mutter, ihm ins Gedächtnis zu rufen, wieviel Zeit zwischen der Kreuzigung und der Auferstehung vergangen sei. »Christus ist am dritten Tage vom Tode auferstanden, in der sechsten Stunde des Nachmittags«, sagte ihm die alte Frau. Francis überschlug es schnell im Geiste – das hätte vorgestern sein müssen – schon! überlegte er; dann wunderte er sich, auf welch dumme Gedanken er kam. Sie gingen ihm aber den ganzen Tag über nicht aus dem Kopf. Im Banne einer Verhexung entschloß er sich am Abend, den Ort aufzusuchen, an dem er den Landstreicher begraben hatte. Er ging durch die Hintertür – es war das erste Mal seit jenem schrecklichen Abend, daß er das Haus verließ – ging die Mauer entlang, bog um die Ecke... und blieb einen langen Augenblick unbeweglich vor dem Graben stehen, ohne das Gewebe seiner Gefühle analysieren zu können, ohne ermitteln zu können, ob er erstaunt sei oder nicht, ob erschreckt oder nicht, ohne zu wissen, was er tun, was er denken, was er glauben sollte. Denn die Erde war völlig weggefegt und in großem Umkreis um das Grab zerstreut, als wäre sie durch eine unvorstellbare Gewalt aus dem Erdinnern weggeblasen worden.

Und natürlich war der Leichnam verschwunden.

## *Copyright-Vermerke, Quellen und Übersetzungshinweise*

Pierre Boulle: »Die Liebe und die Schwerkraft« (»L'amour et la pesanteur« in: Pierre Boulle, $E = mc^2$, Paris: René Julliard, 1957. © 1957 by René Julliard. Aus dem Französischen von Hilde Linnert.)

Ion Hobana: »Der unbekannte Jules Verne« (»Jules Verne, acest necunosc necunoscut« in: *Secolul 20,* Nr. 4, 1975. © 1975 by Ion Hobana. Aus dem Rumänischen von Hilde Linnert.)

Jean-Pierre Vernier: »Die Science-fiction von J. H. Rosny dem Älteren« (»The SF of J. H. Rosny the Elder« in: *Science-fiction Studies,* Vol. 2, Part 2, July 1975. © 1975 by R. D. Mullen und Darko Suvin. Aus dem Englischen von Franz Katzer.)

J.H. Rosny Aîné: »Die Xipehuz« (»Les Xipéhuz«, 1887. In: J. H. Rosny Aîné, *Récits de science-fiction,* Verviers: A. Gérard – Marabout, 1973. Aus dem Französischen von Michael Rumpf und Cornelia Rumpf.)

Jörg Krichbaum und Rein A. Zondergeld: »Die Sehnsucht der Sirene nach dem Wasser: Die Welt des Maurice Renard« (in: *Quarber Merkur,* Nr. 43, 1976. © 1976 by Franz Rottensteiner.)

Gérard Klein: »Der Reiter auf dem Hundertfüßler« (»Le cavalier au centipède« in: Gérard Klein, *Un Chant de Pierre,* Paris; Eric Losfeld, 1966. © 1966 by Eric Losfeld. Aus dem Französischen von Michael Rumpf.)

Jörg Weigand: »*Fiction* – Anmerkungen zu einem Magazin für Science-Fiction und Phantastik«. © 1978 by Jörg Weigand.

Jean-Pierre Andrevon: »Ein Christus aus Zufall« (»Un Christ par hasard« in: Jean-Pierre Andrevon, *Cela se produira bientôt,* Paris: Editions Denoël, 1971, Reihe ›Présence du futur‹, Nr. 135. © 1971 by Editions Denoël. Aus dem Französischen von Michael Rumpf.)

*Jean-Pierre Andrevon* (geb. 1937) war ursprünglich Zeichenlehrer und ist jetzt freier Schriftsteller. Er gilt als einer der talentiertesten unter den neueren französischen SF-Autoren.

*Pierre Boulle* (geb. 1912) ist der Autor von bekannten Kriegs- und Abenteuerromanen wie *Die Brücke am River Kwai.* Seine ins Deutsche übersetzte Science-fiction umfaßt den Roman *Der Planet der Affen (La Planète des Singes,* 1963) und den Erzählungsband *Die Liebe und die Schwerkraft* (DDR, 1970, eine Auswahl aus *Contes de l'absurde,* 1953, $E = mc^2$, 1957, und *Histoires charitables,* 1965.)

*Ion Hobana* (geb. 1931) ist Sekretär des rumänischen Schriftstellerverbandes und ein ausgezeichneter Kenner der französischen und rumänischen SF. Seine Arbeiten über die Geschichte der rumänischen und französischen SF erschienen bereits in vielen Zeitschriften und Büchern, deutsch u. a. in *Polaris 3.*

*Gérard Klein* (geb. 1937) ist ausgebildeter Volkswirtschaftler, namhafter SF-Kritiker, Herausgeber der prominenten SF-Reihe »Ailleurs et demain« bei Robert Laffont und unter seinem Namen und dem Pseudonym Gille d'Argyre einer der führenden französischen SF-Autoren. Seine Bücher wurden u. a. ins Amerikanische, Rumänische und Spanische übersetzt.

*Jörg Krichbaum* (geb. 1945) ist zusammen mit Rein A. Zondergeld Autor eines Buches über die phantastische Malerei *(Kleines Lexikon der phantastischen Malerei,* Köln: DuMont-Schauberg, 1977) und steuerte Illustrationen, Aufsätze und Geschichten zu den von Rein A. Zondergeld herausgegebenen Almanache der phantastischen Literatur *Phaïcon* bei.

*J. H. Rosny Aîné* ist ein Pseudonym für Joseph Henri Böex (1866-1940). Er gilt als einer der Vorläufer der französischen SF und war Autor zahlreicher realistischer, heute völlig vergessener Romane. Nur ein phantastischer Roman von ihm wurde ins Deutsche übersetzt, *La Force mystérieuse (Die geheimnisvolle Kraft.* Deutsch von Alfons Freiherrn von Czibulka. München: Drei Masken Verlag, 1922).

*Jean-Pierre Vernier* ist ein französischer Literaturwissenschaftler, Professor an der Université de Rouen und Verfasser des Buches *H. G. Wells et son temps.*

*Dr. Jörg Weigand* (geb. 1940) ist ein Kritiker der *Welt* und Herausgeber mehrerer SF-Anthologien: *Die triviale Phantasie* (Aufsätze; Bonn-Bad Godesberg: Asgard-Verlag, 1976), *Lo mejor de la Ciencia Ficcion Alemana* (Barcelona: Editorial Bruguera, 1976) und *Die Stimme des Wolfs.* Französische Science-fiction-Stories (München: Heyne Verlag, 1976).

*Rein A. Zondergeld* (geb. 1943) ist Lektor für niederländische Literatur an der Universität Göttingen, Übersetzer mehrerer phantastischer Autoren (u. a. Ray und Owen) und Herausgeber der Almanache der phantastischen Literatur *Phaïcon* bei Insel und Suhrkamp.

*Phantastische Bibliothek*
*in den suhrkamp taschenbüchern*

Band 1 Stanisław Lem, Nacht und Schimmel. Erzählungen. Aus dem Polnischen von I. Zimmermann-Göllheim. st 356
Band 2 H. P. Lovecraft, Das Ding auf der Schwelle. Unheimliche Geschichten. Deutsch von Rudolf Hermstein. st 357
Band 3 Herbert W. Franke, Ypsilon minus. st 358
Band 4 Blick vom anderen Ufer. Europäische Science-fiction. Herausgegeben von Franz Rottensteiner. st 359
Band 5 Gore Vidal, Messias. Roman. Deutsch von Helga und Peter von Tramin. st 390
Band 6 Ambrose Bierce, Das Spukhaus. Gespenstergeschichten. Deutsch von Gisela Günther, Anneliese Strauß und K. B. Leder. st 365
Band 7 Stanisław Lem, Transfer. Roman. Deutsch von Maria Kurecka. st 324
Band 8 H. P. Lovecraft, Der Fall Charles Dexter Ward. Zwei Horrorgeschichten. Aus dem Amerikanischen von Rudolf Hermstein. st 391
Band 9 Herbert W. Franke, Zarathustra kehrt zurück. st 410
Band 10 Algernon Blackwood, Besuch von Drüben. Gruselgeschichten. Aus dem Englischen von Friedrich Polakovics. st 411
Band 11 Stanisław Lem, Solaris. Roman. Aus dem Polnischen von I. Zimmermann-Göllheim. st 226
Band 12 Algernon Blackwood, Das leere Haus. Phantastische Geschichten. Deutsch von Friedrich Polakovics. st 30
Band 13 A. und B. Strugatzki, Die Schnecke am Hang. Aus dem Russischen von H. Földeak. Mit einem Nachwort von Darko Suvin. st 434
Band 14 Stanisław Lem, Die Untersuchung. Kriminalroman. Aus dem Polnischen von Jens Reuter und Hans Jürgen Mayer. st 435
Band 15 Philip K. Dick, UBIK. Science-fiction-Roman. Aus dem Amerikanischen von Renate Laux. st 440
Band 16 Stanisław Lem, Die Astronauten. Utopischer Roman. Aus dem Polnischen von Rudolf Pabel. st 441
Band 17 Phaïcon 3. Almanach der phantastischen Literatur. Herausgegeben von Rein A. Zondergeld. st 443
Band 18 Stanisław Lem, Die Jagd. Neue Geschichten des Piloten Pirx. Aus dem Polnischen von Roswitha Buschmann, Kurt Kelm, Barbara Sparing. st 302
Band 19 H. P. Lovecraft, Cthulhu. Geistergeschichten. Deutsch von H. C. Artmann. Vorwort von Giorgio Manganelli. st 29

Band 20 Stanisław Lem, Sterntagebücher. Aus dem Polnischen von Caesar Rymarowicz. Mit Zeichnungen des Autors. st 459

Band 21 Polaris 4. Ein Science-fiction-Almanach von Franz Rottensteiner. st. 460

Band 22 Das unsichtbare Auge. Eine Sammlung von Phantomen und anderen unheimlichen Erscheinungen. Erzählungen. Herausgegeben von Kalju Kirde. st 477 (erscheint im Oktober 1978)

Band 23 Stefan Grabiński, Das Abstellgleis und andere Erzählungen. Mit einem Nachwort von Stanisław Lem. Aus dem Polnischen von Klaus Staemmler. st 478 (erscheint im Oktober 1978)

Band 24 H. P. Lovecraft, Berge des Wahnsinns. Zwei Horrorgeschichten. Deutsch von Rudolf Hermstein. st 220

Band 25 Stanisław Lem, Memoiren, gefunden in der Badewanne. Aus dem Polnischen von Walter Tiel. Mit einem Nachwort des Autors. st 508 (erscheint im Februar 1979)

Band 26 Gerd Maximović, Die Erforschung des Omega-Planeten. Eine Erzählung. st 509 (erscheint im Februar 1979)

Band 27 Edgar Allan Poe, Der Fall des Hauses Ascher. Aus dem Amerikanischen von Arno Schmidt und Hans Wollschläger. st 517 (erscheint im April 1979)

Band 28 Algernon Blackwood, Der Griff aus dem Dunkel. Gespenstergeschichten. Deutsch von Friedrich Polakovics. st 518 (erscheint im April 1979)

st 400 Felix Timmermans, Pallieter
Mit Zeichnungen des Dichters
Aus dem Flämischen von Anne Valeton-Hoos
232 Seiten
»Der *Pallieter* von Timmermans ist ein ganz prachtvolles Buch, voll Sonne, Lachen und innigem Lebensbehagen, flämisch gesund wie die klassische Malerei dieses reichen Landes. ... *Pallieter* ist das schönste, liebenswerteste Gedicht naiv fröhlicher Lebensbejahung, das ich aus unseren Tagen kenne.« *Hermann Hesse*

st 401 Johan Huizinga
Holländische Kultur im siebzehnten Jahrhundert
Eine Skizze
Deutsch von Werner Kaegi
Fassung letzter Hand. Mit Fragmenten von 1932 und einem Nachwort von Horst Gerson
176 Seiten
Die Kultur Hollands im siebzehnten Jahrhundert gehört zu den großen Erscheinungen der Geschichte Europas, nicht weniger bedeutsam als die Kultur Venedigs oder der Toscana. Huizinga breitet in dieser Skizze von 1941 den Reichtum des Tatsächlichen aus, wobei er sehr bescheiden vorausstellt: Die Kultur ist nicht zu erklären, nur Voraussetzungen, die Kultur ermöglichen, können aufgezeigt werden. Der hier erneut vorgelegte Band ist ein Kulturbild hohen Ranges, wie seit den Tagen Jakob Burckhardts nur wenige entworfen worden sind.

st 402 August Strindberg, Ein Lesebuch für die niederen Stände
Herausgegeben von Jan Myrdal
Aus dem Schwedischen von Paul Baudisch
184 Seiten
In seinen hier vorgelegten theoretischen, gesellschaftskritischen Schriften erweist sich Strindberg als – freilich vormarxistischer – Sozialist. Jan Myrdal begründet die unverminderte Aktualität dieser hierzulande bislang un-

bekannten Strindberg-Arbeiten mit dem Hinweis, daß sie auch heute noch nichts an Wirkungskraft verloren haben.

st 403 Marieluise Fleißer, Ingolstädter Stücke
Fegefeuer in Ingolstadt. Pioniere in Ingolstadt
150 Seiten
»... begann ich zu lesen: die Theaterstücke vom dumpfen und wirren Leben der kleinen Leute im kleinen Ingolstadt... immer das gleiche Thema – und immer wieder anders geformt: die fanatische Sucht, in Worte und Geschehen zu fassen, was in jungen Menschen, dumpf und dunkel, an Unheimlichem und Unerklärbarem nach Licht, Liebe, Klarheit, Ausdruck und Gestalt strebt... Kaum jemals wehte mich so wie hier die überzeugende Stimme einer unter Qualen sich aus sich selbst emporringenden Dichterin an –, der Atem einer Begabung, welche in dieser Art, in unserer Zeit, als Frauendichtung, in dieser Stärke und Ursprünglichkeit sicherlich nicht ihresgleichen hat.« *Kurt Pinthus*

st 404 Marcel Proust, Briefe zum Werk
Ausgewählt und herausgegeben von Walter Boehlich
Deutsch von Wolfgang A. Peters
534 Seiten
Aus den vielen tausend Seiten der vorliegenden Sammlungen sind für diese Briefauswahl diejenigen Stücke ausgesucht worden, die einen konkreten Bezug zu Prousts Werken haben, sei es, daß sie zum Verständnis ihrer Entstehung oder ihrer Bedeutung beitragen, sei es, daß sie Erlebnisse des Erzählers in direkter, unreflektierter Form schildern.

st 405 Ilja Ehrenburg, 13 Pfeifen
Einzig berechtigte Übersetzung aus dem russischen Manuskript von Berit Schiratzki
194 Seiten
Die Pfeife des Diplomaten · Die Pfeife des Kommunarden · Die Pfeife des Juden · Die Friedenspfeife · Die Pfeife des Lords · Die Pfeife des Artisten · Die Pfeife des Holländers · Die Pfeife des Kapitäns · Die Pfeife der Neger · Die Pfeife Peters des Großen · Die verwirrende Pfeife · Die bayrische Pfeife · Die schwarzgerauchte Pfeife.

st 407 Samuel Beckett, Malone stirbt
Roman
Aus dem Französischen von Elmar Tophoven
160 Seiten
»Becketts Romane gehören zu jenen tiefer lotenden Zeitromanen, die ihre magisch aufspürende und abgründig diagnostische Kraft gerade aus dem Absehen von allem äußeren Requisit und Detail der Zeit gewinnen; denn sie bleiben hartnäckig nicht den Menschen, sondern dem Menschen unserer Zeit auf der Spur . . .«

*Frankfurter Allgemeine Zeitung*

st 408 Ludwig Börne
Spiegelbild des Lebens.
Aufsätze über Literatur
Ausgewählt und eingeleitet von Marcel Reich-Ranicki
146 Seiten
»Was immer Börne schrieb, es war Zeitkritik im Kampf um die Demokratie. Das gilt auch, versteht sich, für seine Auseinandersetzung mit der Literatur, dem Theater . . .« So formuliert Reich-Ranicki in seinem einleitenden Essay Börnes oft unterschätzte Bedeutung, um dann, in einem repräsentativen Querschnitt der literarkritischen Arbeit Börnes, jene Arbeiten folgen zu lassen, deren Themen für uns und heute noch von besonderem Interesse, ja von bisweilen verblüffender Aktualität sind.

st 409 Der Weg der großen Yogis
von Dilip Kumar Roy und Indira Devi
Einzig berechtigte Übertragung aus dem Englischen
von Liselotte Julius
368 Seiten
Die faszinierenden Autobiographien dieser beiden großen Yogis führen mit beeindruckender Intensität und Klarheit ein in indische Philosophie. Da beide keine »reinen« Philosophen sind, sondern Dilip außerdem Musiker und Indira Tänzerin und Dichterin, geriet ihre Lebenserzählung auch nicht zu einer trockenen Abhandlung über geistige Probleme des Yoga, sondern zu einer lebendigen Schilderung von Menschen, die mit ihnen wanderten, und vom Weg, der sie ihrem göttlichen Ziel immer näher bringt.

st 410 Herbert W. Franke, Zarathustra kehrt zurück
Science-fiction-Erzählungen
Phantastische Bibliothek Band 9
216 Seiten

Der Autor will die Aufmerksamkeit des Lesers auf Probleme lenken, die sich in einer gar nicht so fernen Zukunft der menschlichen Gesellschaft stellen.

»Hinter dieser Art von Literatur steht nicht zuletzt der Wunsch, Bildung auf eine Art und Weise zu vermitteln, die von seiten des Lesers nicht mehr als ein Interesse am Thema fordert und doch Vergnügen bereitet.«

*Helmut Eisendle*

st 411 Algernon Blackwood, Besuch von Drüben
Gruselgeschichten
Deutsch von Friedrich Polakovics
Phantastische Bibliothek Band 10
248 Seiten

Dieser Band variiert Blackwoods Lieblingsthema, das Gespensterhaus, in immer neuen und originellen Abwandlungen. Betritt ein sensibler Mensch ein solches Gebäude, dessen Atmosphäre vergiftet ist durch die haßerfüllten Gedanken und Taten früherer Bewohner, wird er leicht zum Angriffsobjekt des bösen Willens, der als unheilbringender ›Genius loci‹ auf sein Opfer lauert.

st 412 Werner Koch, Wechseljahre oder See-Leben II
204 Seiten

Dieser Band ist die unmittelbare Fortsetzung von *See-Leben I* (st 132). Wie in *See-Leben I* lebt der Angestellte einer Kölner Firma in seiner Hütte an einem See, und das bleibt weiterhin der Versuch, eine utopische Existenz zu verwirklichen, indem er von seinem Schreibtisch auf der Wiese aus seine berufliche Existenz zu meistern versucht und die Möglichkeiten eines individuellen Lebens durchprobiert.

»Kochs Buch gehört zu jenen geglückten literarischen Erzeugnissen, die eine leicht dahinfließende Feder mit Tiefgang in Bewegung hält ... Den Mann am See kennt wohl jeder, nur spricht er eben aus, was nicht jeder sagen kann noch auszusprechen sich traut.«

*Badische Zeitung*

st 413 Hermann Hesse, Innen und Außen
Gesammelte Erzählungen. Band 4 1919–1955
Zusammengestellt von Volker Michels
432 Seiten
Der vierte und letzte Band der Erzählungen Hesses setzt ein nach dem ersten Weltkrieg und enthält alle seitdem parallel zu den großen erzählerischen Werken, »Siddhartha«, »Der Steppenwolf«, »Narziß und Goldmund«, »Die Morgenlandfahrt« und »Das Glasperlenspiel« entstandenen kürzeren Erzählungen.

st 415 Hermann Hesse, Die Welt der Bücher
Betrachtungen und Aufsätze zur Literatur
Zusammengestellt von Volker Michels
382 Seiten
Dieser Band versammelt erstmals sämtliche grundsätzlicheren Schriften Hesses zur Literatur, ergänzt um zahlreiche Stücke, die er selbst nicht in die Ausgabe seiner *Gesammelten Schriften* von 1957 aufgenommen hat und die folglich größtenteils auch in der Hesse-Werkausgabe von 1970 fehlen.
»Bücher sind nicht dazu da, lebensunfähigen Menschen ein wohlfeiles Trug- und Ersatzleben zu liefern. Im Gegenteil, Bücher haben nur einen Wert, wenn sie zum Leben führen und dem Leben dienen und nützen, und jede Lesestunde ist vergeudet, aus der nicht ein Funken von Kraft, eine Ahnung von Verjüngung, ein Hauch neuer Frische sich für den Leser ergibt.« *Hermann Hesse*

st 417 Giorgio Strehler, Für ein menschlicheres Theater
Geschriebene, gesprochene und verwirklichte Gedanken
Herausgegeben und aus dem Italienischen übertragen von Sinah Kessler
284 Seiten
Strehler markiert die Basis seines Theaterkonzepts, in dem Verstand und Gefühl, Phantasie und dialektisches Denken, Beherrschung des ›Handwerks‹ und Bekenntnis zur vitalen Spontaneität des Theaters sich koordinieren zu einer unaufhörlichen Auseinandersetzung mit den menschlichen, politischen, sozialen, geistigen und künstlerischen Problemen unserer Gegenwart.

st 418 Jenseits der Erkenntnis. Fragen statt Antworten
Herausgegeben von Leonhard Reinisch
190 Seiten
Jene Menschen sind zu beneiden, die sagen können: Mit meinem Tod ist alles vorbei. Den übrigen bleibt die Frage, ob es so ist. Die Frage nach unserem Leben stellt sich nur dem gewußten Tod. Nach dem Scheitern immanent-rationaler Aufklärung und transzendent-emotionaler Gläubigkeit stehen wir da – so klug als wie zuvor.

st 420 Basis. Jahrbuch für deutsche Gegenwartsliteratur
Band 7
Herausgegeben von Reinhold Grimm und Jost Hermand
242 Seiten
*Aus dem Inhalt:* G. Sautermeister, Vergangenheitsbewältigung? Th. Manns *Doktor Faustus* und die Wege der Forschung; Chr. L. Hart Nibbrig, Sprengkitt zwischen den Zeilen. Versuch über Günter Eichs poetischen Anarchismus; R. Grimm, Dichter-Helden. *Tasso, Empedokles* und die Folgen; H. Gnüg, Gespräch über Bäume. Zur Brecht-Rezeption in der modernen Lyrik; J. Hermand, Zersungenes Erbe. Zur Geschichte des *Deutschlandliedes*, u. a.

st 421 Dieter Kühn, Ludwigslust
Erzählungen
104 Seiten
Auch hier greift der Autor zu historischem Material und führt zur Unterrichtung und zum Entsetzen des Lesers die Faszination von Wahrem und Möglichem vor.

st 422 Archibald MacLeish, Spiel um Job
Deutsch von Eva Hesse
174 Seiten
Hier wird die barocke Weltbühne erneuert. Die eigentlichen Akteure sind Gott und Satan. Drei Ebenen werden fugenlos vereint: die vordergründig-realistische der Millionärsfamilie und ihrer durchaus modernen Art des Untergangs; die Ebene des hoffnungslos-verlorenen Godot-Kommentars und schließlich die barocke Ebene von Gott und Satan.

st 423 Reinhold Schneider
Macht und Gnade. Gestalten, Bilder und Werte in der Weltgeschichte
296 Seiten
Reinhold Schneider sieht in der Geschichte Rechtfertigungsversuche für Macht, die bis zur Gegenwart an Glaubwürdigkeit verlieren. Diese These zu belegen, zieht er eine Fülle von Beispielen aus der Geschichte heran, u. a. Heinrich VIII., Richard III., Cromwell und den Eroberer Mexikos, Cortez, die die Gegenwart von 1940, dem Erscheinungsjahr des Buches, und den angemaßten Machtanspruch der Herrschenden relativieren.

st 424 Joseph Campbell, Der Heros in tausend Gestalten
Mit Abbildungen
ca. 460 Seiten
Campbell zeigt in seinem Buch den vielschichtigen Helden. Apollo, der Froschkönig aus dem Märchen, Wotan, Buddha und zahlreiche andere Protagonisten aus Volkssage und Religion stellen gleichzeitig verschiedene Aspekte der ihnen allen gemeinsamen Geschichte dar. Hinter den tausend Gestalten tritt der eine Heros hervor, der Archetyp aller Mythen.

st 425 Marie Luise Kaschnitz, Zwischen Immer und Nie
Gestalten und Themen der Dichtung
Mit einem Nachwort von Hans Bender
324 Seiten
Die Arbeiten, in den Jahren 1949 bis 1965 entstanden, reichen vom Engidu über Sappho, Diotima, Anna Karenina bis hin zu Peer Gynt, Fuhrmann Henschel und Lucky aus Becketts *Warten auf Godot*. Die subjektive Sicht dieses Sammelbandes vermittelt überraschende Einsichten, kann den Leser mitreißen, heraus aus den verknöcherten Interpretationsschemata der Schullektüre, und ihm längst vertraute klassische Literatur in neuem Licht zeigen.

st 426 Franz Fühmann, Bagatelle, rundum positiv
Erzählungen
112 Seiten
Fünf neue Erzählungen: *Drei nackte Männer. Die Ohnmacht. Bagatelle, rundum positiv. Spiegelgeschichte.*

*Schieferbrechen und Schreiben.* ». . . der Stoff, der auf der Straße liegt.« *Franz Fühmann*

st 427 Bernard von Brentano, Prozeß ohne Richter
Roman
Mit einem Nachwort von Martin Gregor-Dellin
114 Seiten
Dieser Roman erschien 1937 in Amsterdam. Er erzählt die Geschichte der Vernichtung eines Menschen durch ein nicht benanntes diktatorisches Regime. In ihm wird nicht direkt die Realität des Dritten Reiches abgebildet, sondern es wird das System der Despotie und dessen Mechanismus der Menschenvernichtung schlechthin angeklagt.
»Es ist, man sieht es, eine furchtbare reale Welt im Spiegel eines Wassertropfens. . . . Die Dunkelkammer der Despotie, in der Seelen und Moralen verwüstet werden.«
*Alfred Döblin,* 1937

st 428 Christiane Rochefort
Mein Mann hat immer recht
Roman
228 Seiten
»Aus ironischer Distanz und doch auch grimmig engagiert, gelingt es diesem Bericht über ein geistig-seelisches und soziologisches Dilemma, amüsant zu sein und melancholisch zu machen.« *Gabriele Wohmann*

st 429 Moshé Feldenkrais
Bewußtheit durch Bewegung. Der aufrechte Gang
Nach der vom Autor bearbeiteten englischen Fassung übersetzt von Franz Wurm
Mit Abbildungen
236 Seiten
Nach Feldenkrais ist der Mensch Gegenstand und Opfer einer repressiven Erziehung und muß sich erst seiner selbst und auch seines Leibes und dessen Funktionen innewerden, wenn er wirklich Mensch sein will. Die Methode, mit der das erreicht werden soll, ist ein bewußtes Training aller Funktionen, der geistigen wie der körperlichen. Feldenkrais stellt seine Lehre in fünf theoretischen Kapiteln dar, denen zwölf exemplarische Lektionen zur Einübung folgen.

st 430 Grenzerfahrung Tod
Herausgegeben von Ansgar Paus
348 Seiten
*Inhalt:* Der Tod als Geheimnis des Lebens. Der Tod in der Vorstellungswelt der Zeiten und Kulturkreise. Der Tod in theologischer Sicht. Das Leben mit dem Tode in der Antike. Der Tod in der Dichtung des zwanzigsten Jahrhunderts. Todesfurcht und Todessehnsucht. Suicid und Euthanasie. Menschlich sterben. Der Tod im Lichte des Marxismus, u. a.

st 431 Paul Nizon, Im Hause enden die Geschichten
Untertauchen. Protokoll einer Reise
188 Seiten
»Den Grabstein für ein Bürgerhaus setzend, nimmt Nizon Abschied von einer politischen und literarischen Epoche.« *Rolf Michaelis* über »Im Hause enden die Geschichten«
»Das Problem der Selbstfindung ist seit Jahrzehnten eines der Generalthemen unserer Literatur. Nizon hat eine neue Variante geliefert, eine glänzende, die ungeteilten Beifall verdient.« *Hans Dieter Schmidt* über »Untertauchen«

st 432 Günther Anders
Kosmologische Humoreske und andere Erzählungen
ca. 320 Seiten
»Die Übertreibung ist Anders' Methode; er weiß dies auch, er muß sie anwenden, um in einer Zeit zunehmender Gleichgültigkeit noch verstanden zu werden, um anzugehen gegen fortschreitende Unempfindlichkeit und sich verstärkende Bewußtlosigkeit.« *Ralph-Rainer Wuthenow*

st 433 Heinz Politzer
Franz Kafka. Der Künstler
ca. 580 Seiten
Das Eingangskapitel diskutiert anhand der Deutung eines kurzen Textes die Methodik der Arbeit; der Schluß des Buches stellt dem »metaphysischen Anarchisten« Kafka den »Menschen im Aufstand« Albert Camus' gegenüber. Dazwischen der Dreischritt von Kafkas Leben im Werk: der Junggeselle als Grundfigur; die Schriften der mittleren Zeit nach dem Durchbruch von 1912 vom *Urteil* bis zum *Schloß*; und schließlich das prekäre Gleichgewicht der letzten Erzählungen, das Kafka dem Wissen von seinem nahen Tod abgewann.

st 434 Arkadi und Boris Strugatzki
Die Schnecke am Hang
Aus dem Russischen von H. Földeak
Mit einem Nachwort von Darko Suvin
Phantastische Bibliothek Band 13
278 Seiten
In bildhaft dichter, phantastisch verschlüsselter Sprache erörtern die Autoren Probleme wie den Konflikt zwischen der Erhaltung menschlicher Werte und rein technologisch verstandenem Fortschritt und plädieren für einen Sozialismus des Herzens, nicht nur des Kopfes.
»Die Strugatzkis ... bieten dem Leser ein brillantes Wortkunstwerk.« *Darko Suvin*

st 435 Stanisław Lem
Die Untersuchung
Kriminalroman
Aus dem Polnischen von Jens Reuter und Hans Juergen Mayer
Phantastische Bibliothek Band 14
242 Seiten
»Die von Lem ersonnene Welt, Zukunftsbild und Symbol einer allgewaltigen, zum Selbstzweck gewordenen, den Menschen verschlingenden Organisation ist . . . weniger weit von den Grenzen des Möglichen entfernt, als man wahrhaben möchte. Ein Zukunftsalptraum.«
*Der Bund, Bern*

st 439 Gustav Regler
Das große Beispiel
Roman aus dem Spanischen Bürgerkrieg
Mit einem Vorwort von Ernest Hemingway
400 Seiten
Im Nachlaß Gustav Reglers, der als einer der vielen internationalen Freiwilligen im Spanischen Bürgerkrieg kämpfte, um den Faschismus zu verhindern, fand sich das Originalmanuskript dieses Buches. »Es gibt Ereignisse«, schreibt Hemingway in seinem Vorwort, »die so groß sind, daß ein Schriftsteller, der sie miterlebt hat, moralisch verpflichtet ist, sie so wahrheitsgetreu wie möglich zu berichten, ohne sich anzumaßen, sie durch Erfindung zu verändern. Ereignisse von dieser Bedeutung haben Reglers Buch hervorgebracht.«

st 440 Philip K. Dick, UBIK
Science-Fiction-Roman
Aus dem Amerikanischen von Renate Laux
Mit einem Nachwort von Stanisław Lem
Phantastische Bibliothek Band 15
222 Seiten
Das Schlüsselwort, das Joe Chip und seine Kollegen vor einer abscheulichen Verschwörung bewahren kann, heißt UBIK. Joe hat nie zuvor davon gehört. Er weiß aber, daß er dem geheimnisvollen UBIK auf die Spur kommen muß, wenn er seine surreale Existenz ändern will.
»Dick übertrifft in den Inventionen bei weitem seine Kollegen; seine sich verzweigende, ungeheure und ominös purzelbaum-schießende Welt ist voller Einfälle – manchmal mit satirischem Unterton.«

st 442 Hans Magnus Enzensberger, Politik und Verbrechen. Neun Beiträge
402 Seiten
»Enzensberger präsentiert seine eigenen Versuche, die Auffassungen von Recht und Rechtsverletzung, von Staat, Herrschaft, Gehorsam und Verrat zu revidieren. Es sind ... materialreiche und klug kommentierende Berichte von grellen Kriminalaffären, historischen Begebenheiten, politischen Verbrechen und großräumigen Gangstereien. Ein gemeinsames Interesse verbindet sie und macht sie zu Lehrstücken von literarischem Gewicht: das Interesse an der Symmetrie legaler und illegaler Handlungen.« *Jürgen Habermas*

st 444 Adolf Portmann, Das Tier als soziales Wesen
ca. 392 Seiten
In Einzeldarstellungen zeigt das Buch, in »wie hohem Maße alles Tierleben sozial ist«. Persönliches Erleben und Neigung des Verfassers bestimmen die Auslese, die von der Welt der Libellen zur Sozialwelt der Vögel und ihrer Sing- und Tanzrituale, zu den Fischströmen, Hirschrudeln und Wolfstrupps, zu den Pinguin-Kolonien und dem Sozialleben der australischen Vogelgattung Menura führt. Immer wieder ergeben sich von selbst auch Gesichtspunkte für das Beurteilen des menschlichen Gesellschaftslebens.

st 446 Fünf Minuten pro Patient
Eine Studie über die Interaktionen in der ärztlichen Allgemeinpraxis
Herausgegeben von Enid Balint und J. S. Norell
Aus dem Englischen von Käthe Hügel
256 Seiten
»Das Buch ... hat etwas von der Inspiration und von der selbstkritischen Skepsis, der Offenheit für menschliche Probleme wie auch der Einsicht in die Begrenztheit eigener Möglichkeiten, die den guten Arzt heute wie eh und je auszeichnen.« *Walter Bräutigam, FAZ*

st 448 Gert Ueding (Hrsg.), Materialien zu Hans Mayer, »Außenseiter«
218 Seiten
Der Band versucht, der inneren Struktur des Buches »Außenseiter« von Hans Mayer gerecht zu werden. Er versammelt Texte und Gespräche Hans Mayers, die in Rede und Gegenrede das Problem der Außenseiter auch theoretisch erneut zur Diskussion stellen. Selbst die meisten Rezensionen, von denen die wichtigsten hier dokumentiert werden, können als Bestandteil des Gesprächs verstanden werden, das Mayers großer Essay über die Außenseiter eröffnet hat.

st 449 Herbert Achternbusch, Die Stunde des Todes
Roman
100 Seiten
»Wie dieser Autor aus Querulantentum und Phantasie, eine bayrisch-bäuerische Kindheit im Rücken, Poetisches erschafft, das kann man sich mit seinem Roman unter die Haut lesen.« *Frankfurter Rundschau*

st 481 Walter Hinck, Von Heine zu Brecht
Lyrik im Geschichtsprozeß
156 Seiten
*Inhalt:* Ironie im Zeitgedicht Heines. Exil als Zuflucht der Resignation. Epigonendichtung und Nationalidee. Metamorphosen eines Volkslieds. Alle Macht den Lesern, Zur Lyrik Brechts. Das lyrische Subjekt im geschichtlichen Prozeß oder Der umgewendete Hegel.

# *Alphabetisches Gesamtverzeichnis der suhrkamp taschenbücher*